Für meine Schwester

Birgit

Verena Gross

Der digitale
Instinkt

Bibliografische Information der Deutschen Nationalbibliothek: Die Deutsche Nationalbibliothek verzeichnet diese Publikation in der Deutschen Nationalbibliografie; detaillierte bibliografische Daten sind im Internet über http://dnb.dnb.de abrufbar.

Cover-Image: Sergey Nivens, AdobeStock_294556355

Herstellung und Verlag: BoD – Books on Demand, Norderstedt

ISBN: 978-3-7519-0320-2

„Das Gegenteil einer richtigen Aussage
ist eine falsche Aussage.
Aber das Gegenteil einer tiefen Wahrheit
mag sehr gut eine andere tiefe Wahrheit sein."

Niels Bohr

Niels Henrik David Bohr (* 7. Oktober 1885 in Kopenhagen; † 18.
November 1962 ebenda) war ein dänischer Physiker. Er erhielt
den Nobelpreis für Physik im Jahr 1922 „für seine Verdienste um
die Erforschung der Struktur der Atome und der von ihnen aus-
gehenden Strahlung".

Inhalt

Prolog

Endlich! Nach fast vier Stunden Fahrt liegt die letzte Kreuzung vor ihr. Katharine biegt mit ihrem Auto nach links ab. Nur noch ein paar Grundstücke bis zu dem Haus ihrer Eltern.

Vor neun Monaten war sie ausgezogen. Stolz, wissbegierig und gespannt auf die neuen Freunde an der Universität. Rückblickend erscheint ihr die Zeit wie verflogen. Doch als sie auf das Grundstück ihrer Eltern fährt, fühlen sich die vergangenen Monate auf einmal kurz und lang zugleich an.

Eine freudige Erwartung verscheucht für einen Moment ihre schlechte Laune. Und ihr Vater enttäuscht sie nicht.

Während ihr Auto vor der Garage zum Stehen kommt, öffnet sich die Haustür und David geht freudestrahlend auf sie zu. Kaum ist sie ausgestiegen, steht er schon vor ihr und schließt sie in seine starken Arme: „Kathy! Wir haben dich so vermisst! Schön, dass du da bist."

Es war nicht leicht, schwerer als erwartet, die Tochter gehen zu lassen, hinaus in ihre eigene Zukunft. Und es fühlt sich tatsächlich an wie ein Geschenk, sie nach all den Monaten endlich wieder umarmen zu können. Er genießt diesen Moment und ergreift sie dann fürsorglich an den Schultern: „Komm herein, mein Schatz. Es ist kalt und du hattest eine lange Fahrt. Du bist bestimmt müde."

Für einen Augenblick fühlt sich Katharine wieder wie ein kleines Mädchen. Erst jetzt wird ihr bewusst, wie sehr sie diese Umarmung vermisst hat. Sie lächelt ihn an und nickt. Vom Beifahrersitz ihres Autos holt sie einen Rucksack und gibt ihn David. Anschließend holt sie einen Rollkoffer aus dem Kofferraum und folgt ihrem Vater in das Haus.

Im Flur hat sich nichts verändert. Das vertraute Gefühl von zu-Hause-sein mildert ihre Verärgerung etwas. „Ist Mama noch nicht da?"

„Sie kommt später. Sie ist noch bei einem Kunden." David dreht sich zu ihr. „Willst du dich erst einmal frisch machen?"

Katharine horcht kurz in sich hinein. „Nein. Eigentlich brauche ich erst mal einen Milchkaffee."

„Na, dann komm."

Sie lässt ihren Rollkoffer im Flur stehen und begleitet ihren Vater in die Küche. „Ist Simon nicht da?", fragt sie neugierig, verwundert darüber, dass ihr Bruder sie nicht stürmisch begrüßen kommt.

„Nein. Er ist bei meiner Mutter."

„Mein Bruder? Bei seiner Oma, auf dem Land? Zu Weihnachten?" Ungläubig blickt sie ihren Vater an.

„Ja", nickt David und legt den Rucksack seiner Tochter auf einem Stuhl ab. Dann holt er einen Becher aus dem Küchenschrank und bedeutet ihr mit einer einladenden Geste sich zu setzen. Nachdem er die Espressomaschine eingeschaltet hat, fährt er bedeutungsvoll fort: „Ja. Es ist viel passiert, in den letzten Monaten."

„Ich hoffe, Besseres als bei mir", nutzt Katharine die sich bietende Gelegenheit und verleiht ihrer schlechten Laune Ausdruck.

Erst jetzt bemerkt David, dass sie nicht nur erschöpft, sondern auch verärgert ist. Er bringt ihr den Becher mit Milchkaffee und setzt sich neben sie an den Tisch. „Was ist passiert? Gab es Stress auf der Fahrt hierher?"

Kathy lässt sich in ihre Enttäuschung fallen. Sie trinkt ein paar Schluck und fragt ihren Vater unvermittelt: „Wärst du sauer, wenn ich das Studienfach wechsle? Oder ganz aufhöre zu studieren?"

Überrascht blickt David seine Tochter an. Sie haben in den vergangenen Monaten viel über Handy miteinander kommuniziert und Katharine hatte in ihren Textnachrichten immer wieder stolz von ihren guten Noten berichtet. „Aber es läuft doch sehr gut. Oder nicht?"

„Ich hab gestern eine Hausarbeit zurück bekommen. In meinem Lieblingsfach", versucht sie ihre Frustration in Worte zu fassen: „Ungenügend! Eine 5!" Wütend schüttelt sie mit dem Kopf. „Der Dozent kann es einfach nicht ertragen, wenn man anderer Meinung ist als er."

Und, um den Beweis der ungerechten Behandlung vorzulegen, öffnet sie ihren Rucksack, greift hinein und zieht einen dünnen Plastikhefter hervor. Erregt schmeißt sie ihn vor sich auf den Tisch.

David betrachtet seine Tochter mitfühlend und versucht den Ernst der Lage einzuschätzen. Dennoch muss er ein Schmunzeln unterdrücken, weil er sich an ähnliche Situationen erinnert: Nachmittage, an denen sein kleines ehrgeiziges Mädchen unzufrieden über eine vermeintlich schlechte Leistung aus der Grundschule kam. Er schaut vor sich auf den Hefter und beschließt, sich genauso zu verhalten wie früher. „Darf ich es lesen? – Oder ist es zu wissenschaftlich für mich?"

„Ich bin im zweiten Semester, Paps", ermutigt sie ihren Vater und gibt zu: „Ich weiß, dass die Quellenangaben fehlen. Ich hab vor lauter Stress meine vorletzte Version abgegeben. Die, in der die Quellen noch nicht formatiert waren." Doch dann entrüstet sie sich erneut: „Aber das ist doch kein Grund, auch den Inhalt mit Fünf zu bewerten!"

Sie trinkt den Becher Milchkaffee leer und erhebt sich. „Ich bring dann mal meine Sachen nach oben."

Als Katharine die Küche verlassen hat, nimmt David den Hefter zur Hand und liest den Titel auf dem Deckblatt: „Der digitale Instinkt".

Er blickt auf, während er hört, wie seine Tochter mit dem Rollkoffer die Treppe nach oben zu ihrem Zimmer geht. Dann schaut er wieder auf den Hefter, öffnet ihn und beginnt zu lesen.

Der digitale Instinkt
von Katharine Campbell

1. Einleitung

Nach einer stammesgeschichtlichen Entwicklung von 23.000.000 (23 Millionen !) Jahren war der Homo sapiens vor rund 300.000 Jahren zu dem geworden, was wir Menschen heute sind.

Nicht mehr als nur etwa 250 Jahre ist es dagegen her, dass die sogenannte 1. industrielle Revolution den Übergang von der Agrar- zur Industriegesellschaft markierte. Als das Symbol dieses Umbruchs gilt die Dampfmaschine, die die Mechanisierung von Handarbeit durch Maschinen und eine Energieumwandlung ungekannten Ausmaßes ermöglichte. Die darauf folgende beschleunigte Entwicklung von Naturwissenschaft, Technik und Produktivität führte zu grundlegenden wirtschaftlichen Veränderungen, die durch den Begriff Kapitalismus umschrieben werden können. Sie wurde begleitet von einer starken Bevölkerungszunahme sowie von einer neuartigen Verschärfung sozialer Missstände.

Auf die „goldenen" 1920er, also die Zeit vor 100 Jahren, wird der Beginn der 2. industriellen Revolution datiert. Sie ist gekennzeichnet durch die Umstellung der Produktion auf die Massenfertigung mit Hilfe von Fließbändern und die sich verbreitende Nutzung der Elektrizität. Als das Symbol dieser zweiten Phase der Industrialisierung betrachte ich „Tin Lizzie", das Modell T genannte, schwarze Automobil der Ford Motor Company. Und die Auswirkungen der neuen Produktionsverhältnisse auf den Menschen sowie die damit verbundenen gesellschaftlichen Veränderungen sind meiner Meinung nach trefflich durch den Film „Moderne Zeiten" von Charles Chaplin veranschaulicht worden. Die wissenschaftlichen und technischen Entwicklungen dieser Zeit führten zur Nutzung der Atomenergie. Zu den dramatischen Begleiterscheinungen gehörten jedoch ebenfalls Nationalismus und Imperialismus, die im 2. Weltkrieg eskalierten.

Im darauf folgenden „Kalten Krieg" löste der, durch die Sowjetunion in der westlichen Welt verursachte, sogenannte Sputnikschock nicht nur den Eintritt von inzwischen unzähligen Satelliten in die Erdumlaufbahn aus, sondern beschleunigte vor nur etwa 50 Jahren auch den Übergang zur 3. industriellen Revolution. Deren technologische Basis, und ihr Symbol, ist der Mikrochip: ein „integrierter Schaltkreis" genanntes elektronisches Bauteil – aus der Sicht eines Laien ein kleiner Käfer mit einem schwarzen Gehäuse aus Plastik und mit silbernen Beinchen aus Metall. Mit dem Einsatz von Mikroelektronik und Informationstechnik verstärkte sich der Trend, Arbeitsprozesse durch elektronische Datenverarbeitung zu automatisieren und zu rationalisieren. Der Computer begann nicht nur im beruflichen, sondern auch im privaten Bereich Anwendung zu finden und sorgte für eine Entwicklung, die den Aufbau weltweiter Kommunikationsnetze ermöglichte.

Mit dem Eintritt in das 21. Jahrhundert brach das „digitale Zeitalter" an und wirkt sich seitdem erneut auf alle Lebensbereiche des Menschen aus. Die Dimension und die Intensität des derzeitigen Wandels in den Wirtschafts-, Produktions- und Arbeitsprozessen sowie die Informationsexplosion veranlasst manche Experten von dem Beginn einer 4. industriellen Revolution zu sprechen. Diese scheint uns in eine globalisierte Welt zu führen, in der sich unter anderem

Roboter, Menschen und Haushaltsgeräte durch Sensoren miteinander vernetzen, über das „Internet der Dinge" kommunizieren und technische Assistenzsysteme dem Menschen eigenständige Entscheidungen abnehmen. Der Wert digitaler Güter wird dabei wohl langfristig den klassischer materieller Produkte übersteigen und die Arbeitslosigkeit zunehmen, da selbst die billigste menschliche Arbeitskraft teurer ist als eine Maschine.

Jede der hier kurz skizzierten industriellen Revolutionen führte zu einer tiefgreifenden und dauerhaften Umgestaltung der wirtschaftlichen und sozialen Verhältnisse sowie der Arbeitsbedingungen und Lebensumstände der Menschen und wurde begleitet von einer starken Bevölkerungszunahme. Zusammenfassend lässt sich daher festhalten, dass sich das Leben der Menschen in nur zweieinhalb Jahrhunderten vollkommen verändert hat und dabei immer neue Herausforderungen an unsere intellektuelle und emotionale Anpassungsfähigkeit stellt – während wir uns mit unseren biologischen Instinkten unbestreitbar noch immer in der Steinzeit befinden.

In dieser Hausarbeit werde ich mich mit dem Wesen der 4. industriellen Revolution – der Digitalisierung – beschäftigen sowie mit ihren ungelösten technischen Problemen und den gesellschaftspolitischen Gefahren, die durch sie verursacht werden.

2. Die Herausforderungen der Digitalisierung

Digitalisierung – mit diesem technischen Begriff wird ein fundamentaler Wandel bezeichnet, der seit etwa zwanzig Jahren unser Leben auf globaler, nationaler und individueller

Ebene prägt und tief hinein in die Wirtschafts- und Gesellschaftssysteme wirkt. Das wirklich Neue an diesem Wandel sind die schnell wachsende Menge an Informationen und die dramatische Zunahme an Daten, die zur Verfügung stehen ebenso wie die Geschwindigkeit der Entwicklung der technischen Möglichkeiten zu ihrer Nutzung und Veröffentlichung. Die beschleunigte Digitalisierung der Gegenwart ist eine nicht mehr zu bremsende Realität und Daten sind der unerschöpfliche Rohstoff, der das weltweite Geschäft immer mehr auf Touren bringt. Damit steigert die unüberschaubare und nicht mehr zu kontrollierende Menge an Informationen die Komplexität der Berufs- und Alltagswelten. Und unsere Kompetenzen und traditionellen Methoden, mit deren Verschiedenartigkeit, Unübersichtlichkeit und Widersprüchlichkeit umzugehen und uns zu orientieren, stoßen an ihre Grenzen.

Diese dynamische Komplexität ist das eigentliche Wesen der Digitalisierung. Gerade erst begonnen hat der Prozess, der den Menschen zur Anpassung an die komplizierter werdende Umwelt zwingt, indessen nicht. Da es sich bei der Digitalisierung im Grunde um eine Transformation der menschlichen Kommunikation sowie der zwischen Mensch und Maschine handelt, lässt sie sich auch als eine Weiterentwicklung der Medien interpretieren. Hier können vier Epochen unterschieden werden: nämlich die Produktion von Informationen durch Sprache, unter Verwendung von Schrift, später mittels Buchdruck und nun mit Hilfe von Computern. Mit diesen Medien ließen sich jeweils schneller, mehr und bis dahin unbekannte Arten von Nachrichten verbreiten.

Eine Gesellschaft kann darauf auf zwei Arten reagieren: sie kann die Erweiterung der Kommunikation zulassen oder kontrollieren und einschränken. Tut sie Letzteres nicht, ist der Mensch heutzutage in steigendem Maße gezwungen, sich mit maschinell kommunizierten Informationen auseinanderzusetzen und sich eine Meinung zu bilden, ohne die Quelle und die Qualität der angebotenen Daten überprüfen zu können.

Für den Einzelnen bedeutet Digitalisierung demzufolge nicht nur eine wachsende Komplexität, sondern auch eine zunehmende Intransparenz. Und er oder sie braucht Unterstützung dabei, Informationen zu interpretieren und zu beurteilen – benötigt so etwas wie ein virtuelles Werkzeug, das hilft zu entscheiden, welche Daten interessant und wichtig sind.

Diese Entscheidungshilfe bieten Algorithmen. Das sind systematische Rechenvorschriften und logische Regeln, welche die Informationen filtern und selektieren und so die Unmenge an Daten reduzieren, damit sie für den Menschen nutzbar werden. Allerdings bestimmt derjenige, der die Algorithmen schreibt, direkt darüber, welche Informationen etwa durch sogenannte Suchmaschinen im World Wide Web dem Nutzer zur Verfügung gestellt werden.

Im Alltag werden wir daher nicht nur immer abhängiger von den „Big Playern", die derzeit die Märkte für Kurznach richten, Freundschaftsplattformen und den Einzelhandel via Internet beherrschen, wir werden auch manipulierbarer. So können Algorithmen beispielsweise eingesetzt werden, um unsere Kommunikation zu überwachen oder um Meinungen zu beeinflussen und damit unter Umständen unsere demokratischen Errungenschaften gefährden.

Gefahr droht hier nämlich nicht nur dadurch, dass sich einem Staat durch die Digitalisierung neuartige Möglichkeiten der Überwachung seiner Bevölkerung bieten, sondern insbesondere durch internationale Großkonzerne, deren Investitionsbudgets größer sind als die finanziellen Mittel, die manch kleineres Land zum Beispiel für Forschung und Entwicklung ausgeben kann. Ich denke, es ist keine Dramatisierung zu konstatieren, dass von der vom Internet profitierenden Wirtschaft schon vor Jahren die Machtfrage gestellt worden ist. Und auf dem ökonomisch geprägten Kriegsschauplatz geht es bei der Antwort um nichts weniger als darum, wer seine Zukunftsvorstellungen im Zuge der voranschreitenden Globalisierung durchsetzen kann.

Dabei folgt das Handeln der marktdominierenden Unternehmen, die gegenwärtig die weltweiten Datenströme beherrschen, dem Grundprinzip einer kapitalistischen Wirtschaftsordnung. Das ist eine Form der Marktwirtschaft, die sich gerade dadurch auszeichnet, dass ein enger Zusammenhang zwischen Vermögen und politischer Macht besteht. Darüber hinaus wird einzig und allein die Maximierung des Profits angestrebt, ohne ethische, soziale oder Aspekte der Nachhaltigkeit zu berücksichtigen. Als Beispiele lassen sich hier fragwürdige Geschäftsbedingungen nennen, die das Erlangen der Rechte an von Nutzern bereit gestellten Informationen beinhalten oder die massenhafte Beschäftigung von rechtlosen Kleinst-Selbstständigen, die vor Ort die Lücke zwischen der virtuellen Internetwirtschaft und der realen Marktschnittstelle etwa bei der Zustellung von materiellen Güter schließen.

Auf der Suche nach profitablen Absatzmärkten herrscht derzeit ein engagiert geführter Wettbewerb um neue Produkte und Dienstleistungen. Und zu den Gewinnern der digitalen Transformation werden neben den „Big Playern" höchstwahrscheinlich bisher unbekannte Geschäftsmodelle zählen, wie beispielsweise die Krypto-Währungen. Die ökonomische und politische Fixierung auf Wachstum durch Digitalisierung hat allerdings längst nicht mehr nur die Dienstleistungsbereiche erfasst, sie hat ebenfalls bei den produzierenden Branchen Einzug gehalten.

In Anlehnung an die Bezeichnung „4. industrielle Revolution" charakterisiert der Begriff „Industrie 4.0" hier jedoch weniger eine Produkt-, als vielmehr eine Systemrevolution. Auf der Basis von intelligenten und digital vernetzten Systemen und mittels moderner Informations- und Kommunikationstechnik soll eine weitestgehend selbstorganisierte industrielle Produktion möglich werden, in der nicht nur einzelne Maschinen, sondern darüber hinaus komplette Fertigungsanlagen und Logistikbereiche wie Lagern oder Transport und schließlich die Produkte selbst direkt miteinander kommunizieren und kooperieren. Durch die angestrebte Vernetzung wird dann nicht mehr nur ein einzelner Produktionsschritt optimiert, sondern eine ganze Wertschöpfungskette: von der Idee eines Produkts über dessen Entwicklung, Fertigung, Nutzung und Wartung bis hin zu seinem Recycling.

Die Vision von einer menschenleeren Fabrik mit maximaler Automatisierung ist nicht neu. Sie prägte schon die 3. industrielle Revolution und die Resultate sind bekannt, wie etwa die Zunahme von kostenintensiven Produktrückrufen. Purer Aktionismus im Sinne eines #WeToo! ersetzt keine nachhaltige Marketingstrategie, auch nicht – oder erst recht nicht – in einer Konsum-Welt der immer kürzer werdenden Produktzyklen.

Ob in der Industrie 4.0 oder für den privaten Haushalt,

die technische Basis der digitalen Transformation ist die globale Vernetzung, weshalb der Ausbau leistungsstarker Netzwerke derzeit weltweit voran getrieben wird. Allerdings birgt das Zusammenschalten unzähliger elektronischer Geräte gefährliche Risiken. In großen Versorgungssystemen, wie beispielsweise in Atom- und Wasserkraftwerken, müssen Komponenten verschiedener Hersteller miteinander kommunizieren, die zum Teil mehrere Jahrzehnte alt sind. Sie erschweren die Einbindung von neuen Netzwerkkomponenten und die Installation moderner Software. Daher öffnet der Ausbau der Kommunikationsnetze hier mögliche Einfallstore für kriminelle Angreifer – weswegen der IT-Sicherheit eine immer wichtiger werdende Bedeutung zukommt.

Hohe Anforderungen an die Verfügbarkeit, Schnelligkeit, Zuverlässigkeit und an die Sicherheit der eingesetzten Informationstechnik gelten grundsätzlich ebenso für kleinere Systeme, wie in Krankenhäusern oder mittelständischen Unternehmen. Oft verfügen diese jedoch nicht über die finanziellen Mittel oder scheuen Investitionen in die IT-Sicherheit, da kein unmittelbarer Nutzen erkennbar ist. Wenn etwas *nicht* passiert, ist es schwierig, „dieses Nichts" als Erfolg darzustellen. Doch auch Unternehmen, die bereitwillig in die Sicherheit vor Ort investiert haben, etwa indem sie ihre Programme ausschließlich auf Servern (in der Cloud) von Dienstleistungsfirmen laufen lassen, sind nicht sicher. Werden die Computer dieser Firmen gehackt, dann steht der Betrieb in den Unternehmen still.

Die weltweite Vernetzung von elektronischen Geräten hat verstärkte Abhängigkeiten von internationalen Technologielieferanten und vermehrte (Cyber-)Angriffe auf die digitalen Infrastrukturen von Industrie, Wirtschaft und Verkehr mit sich gebracht. Die Risiken, denen Unternehmen und Bevölkerung auf diesen Gebieten durch Kriminalität, Spionage und Sabotage in steigendem Maße ausgesetzt sind, können derzeit weder abgeschätzt, geschweige denn begrenzt werden. In letzter Konsequenz sind Staat und Gesellschaft von dieser gefährlichen Entwicklung betroffen – und damit jeder einzelne Bürger.

Durch die zunehmende Vernetzung aller Lebensbereiche werden die Menschen mehr und mehr dazu genötigt, digitale Infrastrukturen, Online-Dienstleistungen und Netzwerk-Endgeräte wie PCs, Tablets oder Smartphones zu nutzen, um am Alltagsleben teilhaben zu können. Eine Nutzung, die von technischer Fremdbestimmtheit und von mangelnder Kontrolle geprägt ist.

Zum Einen werden die Endgeräte und insbesondere ihre Betriebssysteme von nur einer Handvoll internationaler Großkonzerne entwickelt und vertrieben. Diese können sehr dynamisch agieren und versuchen, sich so weit wie möglich nationalstaatlichen Regulierungen, zum Beispiel in datenschutzrechtlicher Hinsicht, zu entziehen. Zum Anderen werden die hardware- und softwaretechnischen Schnittstellen der Endgeräte entweder (von vornherein) nicht sachgerecht mit Elementen der IT-Sicherheit ausgestattet oder die Anwendung von Schutzmaßnahmen sind so kompliziert, dass sie durch die einzelnen Nutzer nur unzureichend beherrscht werden.

Die daraus resultierende Gefahr, jederzeit ein Opfer krimineller Aktivitäten zu werden und die Verletzung der Privatsphäre (durch die nicht kontrollierbare Sammlung, Übertragung, Verarbeitung und Speicherung von persönlichen Daten) bedrohen die Souveränität der Bürger und ihr Recht auf Selbstbestimmung – das wohl edelste Privileg, welches das menschliche Leben hervorgebracht hat.

Im Spannungsfeld zwischen individueller Abhängigkeit, technischer Überforderung, digitaler Informationsexplosion und intransparenter Komplexität sorgt der „menschliche Faktor" jedoch für eine weitere beunruhigende Entwicklung. Die Digitalisierung als Transformation der menschlichen Kommunikation (siehe oben) hat das Alltagsleben, den Umgang der Menschen miteinander, dramatisch verändert und uns nach Ansicht einiger Autoren in eine gesellschaftliche Krise geführt.

In einer komplexen Umwelt benötigen wir als soziale Lebewesen eine Identität stiftende Orientierung, die durch die Zugehörigkeit zu einer Gemeinschaft und die Identifikation mit deren Werten erreicht werden kann. Die täglich wachsende Menge an für jedermann und jede Frau zugänglichen – sich widersprechenden – Informationen verstärkt dieses Bedürfnis nach Orientierung und Bestätigung. Allerdings ist in Zeiten der Social-Media-Plattformen die Suche nach der eigenen Identität zu einer neuen facettenreichen Herausforderung geworden.

Zwar haben im Zuge der Digitalisierung sehr viel mehr Menschen Zugang zum Internet erhalten, welches bei seiner Entstehung noch als Wissens- und Bildungsnetzwerk sowie als demokratischer Heilsbringer gefeiert wurde. Doch scheint die Identifikation durch Abgrenzung in den Sozialen Medien im Wesentlichen durch destruktive Polarisierung zu funktionieren. Wie lassen sich die Exzesse von Bosheit und Hass, aber auch die hemmungslose Verbreitung von Kinder-Pornos oder Unfall-Schadenfreude-Clips ebenso wie die epidemieartigen Publikationen von „Fake News" und Verschwörungstheorien erklären?

Im vermeintlich anonymen und daher – zumindest kurzfristig – sanktionsfreien Internet sind die Sozialen Medien zu einem Verstärker unserer Ängste und Aggressionen geworden. Die Kommunikations-Netzwerke wirken dabei wie ein mächtiges Echo unserer (geheimen) Wünsche, Träume und Gefühle. Und wie ein Spiegel zeigt es uns eben nicht nur niedliche Katzenbilder, sondern lässt uns auch in die tiefsten Abgründe unserer menschlichen Natur blicken.

Wir sind auf den Kontakt zu anderen Menschen angewiesen und die Kommunikation über das Internet befriedigt unser stärkstes emotionales Bedürfnis: nämlich die Sehnsucht danach, gehört zu werden! Sie ist Teil des menschlichen Strebens, einen möglichst wirksamen Einfluss auf unsere Umwelt nehmen zu können, um die Erfüllung unserer Wünsche und Begierden sicher zu stellen.

Und so haben wir uns in eine elektronisch gesteuerte Dauerschleife der (virtuellen) sozialen Anerkennung begeben, in der wir per Smartphone jederzeit und überall mit einem Klick für die Bestätigung der eigenen Wichtigkeit sorgen, die Verbindung mit „unserer Gruppe" herstellen und unsere Identität durch die Abgrenzung von anderen Gemeinschaften stärken können.

Im Hinblick auf die gesamte Gesellschaft trägt die Vernetzung damit derzeit eher zu ihrer eigenen Spaltung sowie zur Auflösung sozialer Regeln und Werte bei, anstatt uns zum Wohle aller Menschen miteinander zu verbinden.

3. Resümee

Die noch kaum erforschte gesellschaftliche Wirkungsweise und grenzenlos erscheinende Einflussnahme der Sozialen Netzwerke ist Teil der Digitalisierung. Ebenso wie eine durch die neuen Technologien entfesselte Wirtschaft, deren internationale Großkonzerne von der Politik nicht daran gehindert werden, aus reiner Profitgier massenhaft von Anderen – zum Teil im Laufe von Jahrhunderten – erarbeitete Werte abzuschöpfen. Allerdings lebt das Geschäftsmodell auch von der Habsucht im Kleinen. So müsste beispielsweise jedem Konsumenten einer vermeintlichen Gratis-App mittlerweile bewusst sein, dass er immer mit seinen persönlichen Daten bezahlt und in Wirklichkeit gar kein Kunde, sondern (kostenfreier) Zulieferer des jeweiligen Unternehmens ist.

Angesichts der im Verhältnis zu der Dauer unserer Menschwerdung wirklich nur sehr kurzen Phase, in der wir uns der industriellen Entwicklung unseres Lebens und unserer Umwelt gewidmet haben, hatten wir natürlich nicht ausreichend Zeit, um so etwas wie einen „digitalen Instinkt" zu entwickeln, der uns vor den Gefahren der Digitalisierung schützen könnte.

Aus biologischer Sicht handelt es sich bei einem Instinkt um einen Trieb, eine angeborene Verhaltensweise, die der Selbsterhaltung sowie der Erhaltung der eigenen Art dient, zum Beispiel der Fluchtinstinkt oder der Brutpflegeinstinkt. Umgangssprachlich bezeichnet der Begriff den intuitiven Affekt eines Menschen, (s)ein sicheres Gefühl für etwas oder einen „sechsten Sinn".

Die vielleicht größte Schwierigkeit für die Ausbildung einer solchen Sensibilität bildet der Umstand, dass sich eine Bedrohung durch die Nutzung digitaler Technik zumeist gar nicht direkt wahrnehmen lässt. Wenn sich die Nutzer ihrer eigenen (Daten-)Transparenz nicht bewusst sind und sich die möglicherweise folgenschweren Konsequenzen eines Missbrauchs erst langfristig offenbaren, wird der eigene Schutzbedarf selbstverständlich unterschätzt.

Da uns ein digitaler Schutzinstinkt nicht angeboren ist, bleibt die Möglichkeit, ein dementsprechendes Verhalten zu erlernen. Nur zu wissen, wie ein Computer oder ein Smartphone funktioniert, reicht dafür nicht aus. Es gilt, Risiken einschätzen und über das Schutzniveau der eigenen Kommunikation bedarfsgerecht entscheiden und demgemäß handeln zu können. Eine angemessene Medienkompetenz würde außerdem emotionale und soziale Anpassungen an die Herausforderungen der Digitalisierung erfordern und bedürfte einer „Hilfestellung" in Form von unmittelbaren und wirksamen Sanktionen im Falle von unmoralischem oder kriminellem Verhalten.

Um sich in der digitalen Welt, in einer vernetzten Gesellschaft, zurechtzufinden, müssten wir unsere Kinder lehren, mit einem nie gekannten Ausmaß an Vielschichtigkeit umzugehen. Wir müssten ihnen beibringen, ein Bewusstsein für Strukturen zu entwickeln und ihren Blick auf Zusammenhänge zu richten, anstatt sich auf vermeintliche Eindeutigkeiten zu konzentrieren und auf einfache Gewissheiten zu verlassen. Und wir müssten mit ihnen gemeinsam lernen, Verzicht zu üben – zum Wohle des ärmeren Nachbarn auf der anderen Seite des Globus.

Dem entgegen steht schlicht und ergreifend, dass eine Gesellschaft üblicherweise über ein Bildungssystem verfügt, das für ihre Wirtschaft von Nutzen ist ...

Im Laufe der drei vergangenen industriellen Revolutionen konnte nur eine – in verlustreich erkämpften Demokratien – aktiv und nachhaltig gestaltende Politik den ungezügelten Kapitalismus durch die Regulierungen einer sozialen Marktwirtschaft in die Schranken weisen und die negativen Auswirkungen neuer Technologien und Produktionsverhältnisse durch Gesetze in fürsorglichere Bahnen lenken.

Jedoch allein angesichts der immer weiter wachsenden Weltbevölkerung sehe ich – wenn ich mir derzeit die Zukunft unseres Planeten vorstelle – das folgende Bild vor mir:

Eine nicht enden wollende Schlange von miteinander vernetzten Lemmingen mit 3D-Brillen auf den Augen, die vor dem Raubtier-Kapitalismus in eine digital animierte Spiel-Welt fliehen und dabei auf einen, die Verbindung zum Internet herstellenden, riesigen Gas-Ballon zulaufen, der ein „Thumbs up"-Emblem trägt und sich still und sanft gen Himmel bewegt – um den Weg in den realen Abgrund freizugeben.

Und das Spiel, dem die Lemminge ihr Leben verschrieben haben (ohne den kleinen mausartigen Nagetieren damit zu nahe treten zu wollen), heißt: „Wie ich meine Seele verkaufe" ...

Beeindruckt lässt David den Hefter mit der Hausarbeit seiner Tochter vor sich auf den Tisch sinken. Durch die Vielzahl an Informationen fühlt er sich etwas verwirrt. Aber eines spürt er ganz deutlich: Stolz.

Tief atmet er ein und hebt den Hefter noch einmal vor die Augen, um den mit roter Farbe handgeschriebenen Text unter der Hausarbeit zu lesen:

Die Quellenangaben fehlen!!! Keine Ich-Form!! Polemisch und einseitig, unbelegbare Behauptungen (Industrielle Revolutionen und deren Technik überfordern den Menschen, obwohl er sie selbst erschaffen hat). Negative, wenn auch kreative, Imaginationen, die mit wissenschaftlicher Auseinandersetzung nichts zu tun haben. Bitte melden Sie sich bis Ende des Semesters zur mündlichen Nachprüfung an!

Traurigkeit ergreift David. Nicht wegen der angeblich ungenügenden Leistung seiner Tochter. Auch nicht aus Mitgefühl für ihren Zorn. Sondern über Kathys pessimistische Weltsicht und die Einsamkeit, die in ihrem abschließenden Bild der Hausarbeit zum Ausdruck kommt: Ihr Blick auf die nur in einer virtuellen Welt lebenden Mitmenschen, die als Lemminge ungeschützt auf einen todbringenden Abgrund zulaufen.

Er ist froh über die gemeinsame Zeit, die die kommenden Weihnachtsfeiertage ihnen schenken werden und trifft eine Entscheidung für ihre Gestaltung.

Da hört er Katharine die Treppe herunter kommen. Er schließt den Hefter und legt ihn vor sich auf den Tisch. Als sie die Küche betritt, fragt sie neugierig: „Hatte mein Bruder ein Coming Out?"

Überrascht blickt David seine Tochter an: „Simon? Wie kommst du darauf?"

„Über seinem Bett hängt ein Baldachin. Wie für eine Prinzessin", lacht sie.

„Nein", antwortet er ernsthaft. „Mit dem Netz schläft der Junge besser und hat weniger Kopfschmerzen."

„Ist das so ne Art von Psychomaßnahme?"

„Nein", antwortet ihr Vater nachdenklich und wechselt das Thema.

„Ich finde deine Hausarbeit wirklich sehr beeindruckend! So vielschichtig! Man merkt, dass da sehr viel Arbeit drinsteckt. Glaubst du denn, das wird ein Problem, mit der mündlichen Prüfung?"

„Der Dozent arbeitet bei Big G."

Er versteht den Zusammenhang nicht und schaut sie fragend an. Also ergänzt Katharine sarkastisch: „Wenn ich ihm erzähle, dass die Sozialen Medien der Garant unserer Demokratie sind und selbstfahrende Autos oder unter die Haut des Menschen implantierte GPS-Chips die Erfüllung unserer Bestimmung, gibt es bestimmt keine Probleme."

„Ich verstehe", lächelt David.

Seine Tochter wird ernst. „Du hast mich auf eine wirklich gute Uni geschickt. Ich weiß, was das kostet und ich danke dir dafür. Aber dieses arrogante, elitäre Gehabe meiner Kommilitonen ..."

Sie macht eine kurze Pause und fährt dann frustriert fort: „Alle machen mit, freiwillig oder gezwungenermaßen, weil wir keine andere Wahl mehr haben, als mitzumachen. Die Wirtschaftsbosse und die Politiker beschäftigen sich nur mit dem Erhalt ihrer Macht und geben den kleinen Leuten gerade soviel, dass die nicht rebellieren. Du kannst dir nicht vorstellen, wie viele meiner Kommilitonen sich mit dem herrschenden System identifizieren! Das kommt mir vor wie beim Goldrausch: es geht nur noch um Start-ups und die neuesten technischen Spielzeuge. Dass die sich alle selbst ausbeuten, in dem Wahn, reich und berühmt zu werden ..." Missbilligend schüttelt sie den Kopf.

„Nicht alle machen mit", versucht David in ruhigem Ton dagegen zu halten und fragt interessiert: „Siehst du die Zukunft wirklich so negativ wie in deinem Bild mit den Lemmingen?"

„Du bist doch alt! Entschuldige. Aber du müsstest das doch genauso sehen! Du weißt doch viel besser, wie es früher war – ohne Google und Facebook und Amazon."

Widersprechend hebt er die Augenbrauen. „Na ja. Weil ich älter bin, habe ich vielleicht mehr Geduld – aber auch Hoffnung. Muss ich doch auch, um meiner Kinder willen."

Dann kommt David zum Wesentlichen: „Eigentlich wollten Mama und ich dich entscheiden lassen, ob wir zu Simon und meiner Mutter aufs Land fahren, um dort Weihnachten zu feiern. Oder ob wir drei hier bleiben. Aber jetzt möchte ich dich doch bitten, morgen früh mit uns dorthin zu fahren. Ich bin mir sicher, es würde dir gut tun. Dein Bruder wird sich sehr freuen, dich zu sehen. Und du würdest besser verstehen, was ich dir alles zu erzählen habe. Dort könntest du dir auch einen eigenen Eindruck verschaffen."

„Ist soviel passiert in der Zeit, in der ich weg war?", fragt Katharine erstaunt.

„Ja, das ist es!", nickt ihr Vater vielsagend.

1. David

Von seiner inneren Uhr geweckt, öffnet David die Augen. Im Halbdunkel des Schlafzimmers wandert sein Blick zu der rotglühenden Anzeige des Weckers auf dem Nachttisch. 5:58 Uhr, zwei Minuten bevor das lautstarke Fiepen Theresa aufwecken würde. 5:59 Uhr. David langt zum Wecker und schaltet die Alarmfunktion rechtzeitig aus. Er setzt sich auf und schaut fürsorglich nach seiner neben ihm liegenden Frau. Dann streift er die Bettdecke ab und steht leise auf.

David, Anfang fünfzig, ein Mann von großer kräftiger Statur mit einem kleinen Bauchansatz und kurzen graumelierten Haaren, trägt eine bequeme Unterhose und ein weißes T-Shirt. Er geht zu einem Stuhl, auf dem seine ordentlich zusammengelegte Kleidung liegt und zieht sich an. Socken, Jeans und ein gebügeltes Sweatshirt mit dem Aufdruck der Adresse seines Autohandels. Er schlüpft in die vor dem Stuhl stehenden Hausschuhe, holt sein Handy vom Nachttisch und steckt es in eine Hosentasche. Noch einmal wirft er einen wohlwollenden Blick auf seine schlafende Frau und verlässt das Zimmer.

Er betritt das gegenüberliegende Badezimmer und betätigt den Lichtschalter. Die Neonröhre über dem Waschbecken beginnt zu flackern. David tritt vor das Becken, betrachtet die Leuchte mit gerunzelter Stirn und wartet kurz ab, ob das Flackern aufhört. Als das nicht geschieht, klopft er einige Male mit der flachen Hand gegen die Leuchte und hält erneut inne. Doch die Neonröhre flackert weiter. Wieder klopft er dagegen, bis sie schließlich anhaltend leuchtet und den Raum erhellt.

Wie die Möblierung des Schlafzimmers zeugt auch die Einrichtung des Bades von einem gehobenen Lebensstandard, nicht luxuriös, aber wohl situiert. David öffnet den Wasserhahn und lässt Wasser in das Waschbecken fließen. Von der Ablage darüber nimmt er einen Elektrorasierer, schaltet ihn ein und fängt an, sich mit Blick in den Spiegel zu rasieren. Der brummende Lärm seines Rasierers wird so laut, dass er das plätschernde Geräusch des Wassers übertönt. Er rasiert sich zuende, schaltet den Apparat aus, reinigt ihn und legt ihn wieder zurück. Anschließend greift er nach seiner elektrischen Zahnbürste und beginnt sich die Zähne zu putzen. Auch das mechanische Summen der Bürste drängt das Rauschen des Wassers in den Hintergrund.

Nachdem David seine Zähne fertig geputzt hat, legt er die Zahnpastatube und die gesäuberte Bürste zurück, wäscht sich das Gesicht und reinigt das Innere des Waschbeckens, indem er mit der Hand das fließende Wasser darin verteilt. Dann schließt er den Wasserhahn und greift nach einem Handtuch, um sich Gesicht und Hände abzutrocknen. Er hängt das Handtuch ordentlich zurück und kämmt sich die Haare. Zuletzt nimmt er seine neben dem Waschbecken liegende digitale Armbanduhr, bindet sie um und wirft einen prüfenden Blick auf das Becken, bevor er zur Tür geht, das Licht ausschaltet und das

Badezimmer verlässt.

Durch das großzügig geschnittene, sehr ordentliche Haus kommt David zur Küche. Auch hier ist die Einrichtung modern und erscheint fast wie aus einem Katalog, etwas unpersönlich, ganz nach dem Geschmack seiner Frau Theresa. Er betritt den aufgeräumten und sehr sauberen Raum, nimmt sich eine Tasse aus einem Wandschrank, geht zu einer großen Espressomaschine und schaltet sie ein. Während die Maschine ihre ratternde, gurgelnde und fauchende Arbeit verrichtet, deckt er den Frühstückstisch für zwei Personen.

Danach holt er die gefüllte Tasse, setzt sich an einen nicht gedeckten leeren Platz des Tisches und beginnt seinen Kaffee zu trinken. Er holt das Handy hervor und prüft seinen elektronischen Terminkalender. Als er damit fertig ist, steckt er das Handy wieder ein, trinkt noch einen Schluck und schaut eine Zeitlang zufrieden durch das Fenster hinaus in den grünen Garten. Schließlich blickt er auf seine Armbanduhr, trinkt den Kaffee aus, stellt die Tasse in die Geschirrspülmaschine und geht zurück zum Schlafzimmer.

Leise betritt er das Zimmer und geht zu der Seite des Bettes, auf der seine Frau noch zugedeckt liegt. Theresa ist ein femininer Typ, Ende vierzig, mit gepflegter Erscheinung und schulterlangen, braun gefärbten Haaren. Sie hat mit geschlossenen Augen vor sich hin gedöst, ist aber schon wach. Als David sich zu ihr auf die Bettkante setzt, öffnet sie die Augen. Ernst blickt sie ihren Mann an und wartet dessen Verabschiedung ab.

Mit gedämpfter Stimme spricht er sie an: „Ich mach mich jetzt auf den Weg. Soll ich für heut Abend irgendwas einkaufen?"

Theresa antwortet noch etwas schläfrig: „Ich weiß nicht, wann ich komme. Die Vertriebsschulung kann länger dauern. Vielleicht esse ich auch mit den Kollegen."

Sie deckt sich ein wenig ab und legt ihre Arme auf die Decke. Das Oberteil ihres modischen Nachthemds kommt zum Vorschein. Ihre Stimme verändert sich. In angespanntem Tonfall ergänzt sie: „Kannst du bitte Simon wecken und ihm sagen, dass er heut morgen nicht wieder so viel Stress machen soll. Ich muss pünktlich los."

Mit einem kurzen Kopfnicken beruhigt David seine Frau: „Mach ich." Er beugt sich hinunter und gibt ihr einen sanften Kuss auf den Mund: „Bis heut Abend."

„Bis heut Abend." Mit nach wie vor ernstem Blick schaut Theresa ihrem Mann hinterher, als er das Schlafzimmer verlässt.

2. Simon

Bevor er die Tür zum Zimmer seines dreizehnjährigen Sohnes öffnet, fällt Davids Blick wieder einmal auf das daran befestigte, selbst gemalte Schild: „Zutritt verboten – außer für Kathy!!!". Simon, von schlanker Statur und eher klein für sein Alter, liegt schlafend in seinem Bett. David geht zu ihm, setzt sich auf die Bettkante und betrachtet ihn einen kostbaren Moment lang.

Die Einrichtung des Zimmers spiegelt die Interessen des Jungen wieder. An den Wänden hängen Poster von Figuren aus Online-Rollenspielen wie „World Of Warcraft" und anderen Adventure-and-Fantasy-Games sowie ein Poster der Fussball-Nationalmannschaft und ein großes Foto seiner eigenen Schul-Mannschaft. In einem Regal stehen einige Fußballturnier-Pokale und Action-Figuren. Das neueste Modell einer Spielekonsole liegt auf dem Fußboden vor einem Flachbildfernseher und auf dem Schreibtisch steht ein PC mit Flachbildschirm, Tastatur und Maus. Ein Headset hängt an der Schreibtischlampe.

Im Gegensatz zu dem Rest des Hauses herrscht in diesem Zimmer eine lebendige Unordnung. Kleidungsstücke, Jeans, Socken und ein buntes Sweatshirt, liegen verstreut auf dem Fußboden herum, ebenso wie jeweils ein Paar Fußballschuhe und Stutzen neben einer offenen Sporttasche.

Auf dem Nachttisch neben dem Bett steht ein Bilderrahmen mit einem wenige Monate alten Foto von Simon und seiner neunzehn Jahre alten Schwester Katharine. Sie trägt eine Jacke sowie eine Baseballkappe mit der Aufschrift ihrer Universität und hat einen Gruß für ihren Bruder auf das Foto geschrieben. Vor dem Bilderrahmen liegt eine tragbare Spielkonsole.

David streicht seinem Sohn zärtlich mit einer Hand über den Kopf und beginnt ihn danach sachte an einer Schulter zu rütteln: „Aufwachen. Zeit zum Aufstehen."

Schläfrig dreht sich Simon zur Seite, weg von der rüttelnden Hand des Vaters und gibt mürrische Laute von sich.

Etwas lauter als zuvor mahnt dieser: „Na komm. Es ist Zeit."

Der Junge dreht sich zurück und blinzelt ihn verschlafen an. „Ich will heut nicht zur Schule."

Davids Tonfall bleibt freundlich: „Das ist nichts Neues, Kumpel. Nützt aber nichts."

Einen Moment lang scheint Simon zu überlegen. „Aber ich hab Kopfschmerzen."

„Das wundert mich nicht, wenn du den ganzen Abend vor dem Bildschirm hängst."

Er startet noch einen letzten Versuch. „Wir haben heut den halben Tag lang nur Microsoft-Office-Kram."

David muss lächeln: „Na, dann bist du doch eigentlich in deinem Element."

„Nein!"

Sein Ton wird etwas ernster: „Mama muss heut ganz pünktlich los. Hilfst du ihr beim Frühstück machen?"

„Ich hab keinen Hunger."

„Dann hilf ihr bitte, *ihr* Frühstück zu machen."

„Nein!", antwortet Simon in einer Mischung aus Müdigkeit und Trotz und zieht sich die Decke über den Kopf.

David wartet ab, bis er einen Einfall hat, wie er dem störrischen Verhalten begegnen könnte. Er sucht sich über Simons Kopf eine Stelle an der Kante der Bettdecke, die locker genug erscheint und zieht die Decke soweit herunter, dass dessen Augen zum Vorschein kommen. Sein Sohn lässt es zu und blickt ihn abwartend an. „Ich verlass mich auf dich, Kumpel."

Simon schweigt herausfordernd.

„Wollen wir heut Abend wieder grillen? Was meinst du?" David lässt die Decke los.

Der Junge zieht sie sich wieder über den Kopf und dreht sich erneut zur Seite: „Ist mir egal."

Er betrachtet die Bettdecke unter der sein Sohn liegt und streichelt noch einmal, über der Decke, mit einer Hand dessen Kopf.

Darunter schüttelt sich Simon kurz: „Lass das!"

Nach einem nachdenklichen, gütigen Blick auf die Bettdecke nimmt David die Digitaluhr vom Nachttisch und prüft die eingestellte Weckzeit. Er erhebt sich und stellt den Wecker, weit entfernt vom Bett, auf den Kleiderschrank.

Simon hat die Bettdecke etwas angehoben und beobachtet ihn. Nicht wirklich böse protestiert er: „Das ist gemein! Jetzt muss ich aufstehen, wenn er tutet."

Er beobachtet, wie sein Vater zum Fenster geht, die Gardinen aufzieht und einen Fensterflügel öffnet. „Das ist zu hell! Mach die Gardinen wieder zu!"

Noch einmal kommt David zu seinem Sohn, beugt sich über ihn und legt eine Hand an dessen Rücken: „Ich freu mich auf heut Abend. Dann machst du mich schlau über deinen Office-Kram."

Simon versucht die Hand, die er über der Bettdecke an seinem Rücken spürt, abzuschütteln. „Nein!"

Gutmütig schaut David auf die Bettdecke. „Machs gut. Bis heut Abend."

Doch mehr als ein mürrisches Brummen erhält er nicht zum Abschied. Er richtet sich auf und verlässt nach einem letzten Blick auf den unter der Decke liegenden Jungen das Zimmer – in der Hoffnung, dass sein Sohn den Bogen heute nicht überspannen wird.

3. Telegraph Road

David geht zur Garderobe im Flur, zieht die Hausschuhe aus und ein paar bequeme Sportschuhe an. Danach nimmt er seine Autoschlüssel von einer Kommode und öffnet die Haustür. Er tritt nach draußen, schließt die Tür und geht zu den beiden neuen, auf dem Grundstück neben dem Einfamilienhaus parkenden Autos, einem schwarzen Van und einem roten PKW.

Das einstöckige Haus steht inmitten einer gepflegten Vorstadtsiedlung. Es ist später Frühling. Im Licht der aufsteigenden Sonne glänzt der Morgentau auf den grünen, kurz geschnittenen Rasenflächen. Die ordentlich gestutzten Sträucher in den Vorgärten haben begonnen zu blühen und die Bäume der Umgebung tragen bereits ihre schattenspendenden Blätter.

David geht auf den Van zu, der den gleichen Aufdruck des Autohandels trägt wie sein Sweatshirt. Er betätigt den Druckkontakt an dem elektronischen Autoschlüssel in seiner rechten Hand, zieht mit seiner linken Hand an dem Griff der Fahrertür und versucht die Tür zu öffnen. Doch der Van bleibt verschlossen. Er drückt noch einmal etwas kräftiger mit dem Daumen auf den Autoschlüssel. Da reagiert das Fahrzeug mit einem kurzen akustischen Signal der Hupe sowie einem optischen Signal der Scheinwerfer und entriegelt die Türen.

Er öffnet die Fahrertür, setzt sich in den Van und nimmt eine CD mit der Aufschrift „Dire Straits" aus der Halterung der Mittelkonsole. Dann schiebt er die CD in den Schlitz der Hifi-Anlage, schließt die Tür, schnallt sich an und startet das Auto.

Die Rock-Ballade „Telegraph Road" beginnt mit einem dröhnenden Gewitterkrachen.

David fährt den Van vom Grundstück herunter und begibt sich auf den Weg durch die gutbürgerliche Siedlung.

Die klaren Töne einer elektrischen Gitarre und eines Keyboards leiten über zum Gesang.

„A long time ago came a man on a track
walking thirty miles with a pack on his back
and he put down his load where he thought it was the best
made a home in the wilderness
he built a cabin and a winter store
and he ploughed up the ground by the cold lake shore
and the other travellers came riding down the track
and they never went further, no, they never went back
then came the churches then came the schools
then came the lawyers then came the rules
then came the trains and the trucks with their loads
and the dirty old track was the telegraph road"

Um diese Uhrzeit ist Davids Van auf den Straßen in der Umgebung seines Hauses zunächst das einzige Auto, das unterwegs ist zur Stadt.

Ein Schlagzeug beginnt das Lied voran zu treiben.

„Then came the mines - then came the ore

then there was the hard times then there was a war
telegraph sang a song about the world outside
telegraph road got so deep and so wide
like a rolling river
And my radio says tonight it's gonna freeze
people driving home from the factories
there's six lanes of traffic
three lanes moving slow"

Auf der Landstraße gesellen sich andere Autos zu Davids Van.

Die melodischen Klänge der elektrischen Gitarre übernehmen die Führung und werden unterstützt durch die schlichten Harmonien des Keyboards.

„I used to like to go to work but they shut it down
I got a right to go to work but there's no work here to be found
yes and they say we're gonna have to pay what's owed
we're gonna have to reap from some seed that's been sowed
and the birds up on the wires and the telegraph poles
they can always fly away from this rain and this cold
you can hear them singing out their telegraph code
all the way down the telegraph road"

In der Nähe der Stadt tauchen im Hintergrund die großen Strommasten und Transformatoren eines Umspannwerkes auf. Davids Van lässt das Kraftwerk hinter sich und biegt ab in Richtung Autobahn.

„You know I'd sooner forget but I remember those nights

when life was just a bet on a race between the lights
you had your head on my shoulder you had your hand in my
hair
now you act a little colder like you don't seem to care
but believe in me baby and I'll take you away
from out of this darkness and into the day
from these rivers of headlights these rivers of rain
from the anger that lives on the streets with these names
'cos I've run every red light on memory lane
I've seen desperation explode into flames
and I don't want to see it again"

Auf der Autobahn schließlich reiht Davids Van
sich ein und wird Teil einer Vielzahl anderer Fahrzeuge, die sich auf dem Weg in die Großstadt befinden.

Die Rock-Ballade steuert auf ihren Höhepunkt
zu. Klar und fordernd begleiten die Klänge der Gitarre und des Schlagzeugs David zu seiner Arbeits-
stelle.

„From all of these signs saying sorry but we're closed
all the way down the telegraph road"

4. „Insolvent in einem halben Jahr"

Der Autohandel mit Reparaturwerkstatt, den David mit seinem Geschäftspartner Mark betreibt, befindet sich am Rande einer großen Stadt. Mit seinem Van fährt er auf den Firmenparkplatz und bringt das Fahrzeug neben dem Verkaufsgelände zum Stehen. Die Rock-Ballade „Telegraph Road" endet abrupt und er steigt aus seinem Auto. Auf dem Gelände neben dem Parkplatz sind zahlreiche gebrauchte und neue PKWs mit Angebotsschildern abgestellt. David geht auf die Verkaufshalle zu und schaut sich dabei prüfend um. Zufrieden stellt er fest, dass er nichts entdecken kann, um das er sich kümmern müsste. Durch die vordere Eingangstür betritt er die Verkaufshalle.

Dort befinden sich kleine und große, preiswerte und teure Fahrzeugmodelle, jedoch keine exklusiven Autos. Er geht durch die Halle auf einen Tresen zu, der sich gegenüber dem Eingang befindet. Hinter dem Tresen steht eine etwa dreißigjährige Angestellte mit dem Rücken zu ihm und sortiert Unterlagen. Sie trägt ein Kostüm und Schuhe mit hohen Absätzen.

Als David vor dem Tresen angekommen ist, begrüßt er die Frau scherzhaft: „So früh schon so fleißig?"

Die hübsche Angestellte dreht sich überrascht um und lächelt ihn an. „Morgen, Chef." Sie legt die Unterlagen, die sie in der Hand hält, zur Seite, greift nach einem Stapel aus kleinen und großen Briefen und übergibt sie ihm. „Hier, Ihre Post."

Mit gespieltem Missfallen nimmt er den Stapel entgegen: „So viel? Danke!"

Seine Angestellte lässt sich auf das ironische Wortspiel ein: „Bitte sehr!" Mit einem Lächeln blickt sie ihrem Chef hinterher, als er weitergeht.

Auf dem Weg zu einer Tür im hinteren Bereich der Verkaufshalle begrüßt David einen Ende zwanzigjährigen Verkäufer in Anzug und Krawatte, der an einem Schreibtisch sitzt und am PC arbeitet. Der junge Angestellte hat seinen Chef bereits bemerkt und grüßt mit einem Kopfnicken zurück: „Guten Morgen." Die beiden Angestellten widmen sich wieder ihren gewohnten Tätigkeiten, als David zu der Tür im hinteren Bereich geht, sie öffnet und die Verkaufshalle verlässt.

Mit dem Stapel Briefe im Arm betritt er einen großen Büroraum, in dem mehrere Schreibtische stehen. Zwei etwa vierzig Jahre alte, korrekt gekleidete Büroangestellte stehen an einem Kopiergerät. Der Buchhalter ist damit beschäftigt, Papier in das Gerät zu füllen. Die etwas pummelige Sekretärin bemerkt den Chef als erste und begrüßt ihn. Auch der Buchhalter blickt nun auf und ergänzt sein: „Guten Morgen". David wünscht ihnen ebenfalls einen guten Morgen und geht durch den Büroraum, weiter zur Werkstatt.

Als er den Raum verlassen hat, schauen sich der Buchhalter und die Sekretärin mit vielsagenden, sehr ernsten Blicken an – sie sind besorgt.

David kommt in die Werkstatt seiner Firma, eine

Halle, in der mehrere Autos gleichzeitig repariert werden können und in der zurzeit alle Plätze besetzt sind. Die Werkstatt macht einen sehr ordentlichen und sauberen Eindruck. Das Werkzeug hängt oder liegt an seinem Platz und moderne Diagnosegeräte auf Rollen stehen neben den abgestellten Autos. Er geht auf sein Büro zu und schaut sich dabei um.

Auf der anderen Seite der Halle, am offenen Tor der Werkstatt, stehen zwei Mitarbeiter und rauchen. Ein junger männlicher Lehrling und eine KFZ-Mechanikerin, Anfang dreißig, die beide Latzhosen mit Firmenaufdruck tragen.

Der Lehrling bemerkt den Chef als erster. David blickt entspannt, aber demonstrativ auf seine Armbanduhr und dann wieder zurück zu den beiden Mitarbeitern. Da macht der junge Mann die Kollegin geflissentlich auf die Anwesenheit des Chefs aufmerksam und löscht seine Zigarette. Die Mechanikerin schaut zu David, grüßt ihn von Weitem mit einem Kopfnicken und macht ebenfalls ihre Zigarette aus, bevor sie gemeinsam mit dem Lehrling in die Werkstatt hinein zu ihrem Arbeitsplatz geht.

Auch David geht weiter durch die Halle und kommt zu seinem Büro. In der Nähe arbeitet ein KFZ-Meister, Ende fünfzig, mit kurzen grauen Haaren und in einen grauen Arbeitskittel gekleidet, konzentriert an einem PKW. David bleibt vor der geschlossenen Tür seines Büros stehen und beobachtet amüsiert seinen fleißigen Mitarbeiter. Als der nach einem Werkzeug greift, bemerkt er plötzlich seinen Chef: „Morgen, David."

Er grüßt lächelnd zurück: „Guten Morgen. Lass dich nicht stören." Dann öffnet er die Tür und betritt mit dem Stapel Briefe im Arm sein Büro. Die Tür lässt er hinter sich offen stehen.

Eine große Glasscheibe gestattet den Blick in die Werkstatt. In der Mitte des Raumes stehen ein Besprechungstisch mit sechs Stühlen, an den Wänden Regale und Aktenschränke. An einer großen Pinnwand befinden sich Auftragszettel unter einer Art von Wochenübersicht und auf der Kommode davor stehen Kästen mit Plastikmappen. Darin stecken Unterlagen der zu reparierenden oder zu wartenden Kraftfahrzeuge sowie deren Schlüssel. Das Büro macht einen aufgeräumten Eindruck, allerdings liegen viele Bauteil-Kataloge, Prospekte und Ähnliches herum.

David geht zu der Pinnwand, prüft die dort hängenden Auftragszettel und nimmt einen ab. Anschließend geht er zu seinem Schreibtisch und legt den Zettel sowie den Stapel Briefe darauf ab.

Auf einer Seite seines Tisches steht ein großer flacher Monitor, davor befinden sich Tastatur und Maus. In der Mitte liegt eine große, bekritzelte, papierene Schreibunterlage und verteilt darum herum sind ein Taschenrechner, ein Metallbecher mit Kugelschreibern und Bleistiften, ein Lineal, ein Notizblock, ein Kalender sowie ein Telefonnummern-Verzeichnis. Neben dem Telefonapparat steht ein Bilderrahmen mit einem Foto seiner Familie: Ehefrau Theresa, Tochter Katharine und Sohn Simon.

Er geht um den Schreibtisch herum. Von diesem

Platz aus kann er durch die große Glasscheibe in die Werkstatt hinein schauen. Vor ihm, auf der Schreibunterlage, liegt eine schwarze Mappe, die seine Aufmerksamkeit erregt. Die Worte „Gewinn- und Verlust-Rechnung" sind darauf gedruckt und darunter ist ein Notizzettel angeheftet worden, auf den von Hand geschrieben wurde: „Wir müssen reden! Mark."

Erwartungsvoll nimmt David die Mappe zur Hand, setzt sich in den bequemen Schreibtischsessel und beginnt die Geschäftsunterlagen durchzublättern. Sie enthalten unter anderem die rot gedruckten Verlustzahlen der vergangenen drei Monate. Einige Zahlen sind von seinem Geschäftspartner angestrichen worden und an eine hat er geschrieben: *„Insolvent in einem halben Jahr!"*

David runzelt die Stirn. Was er da liest, überrascht ihn sehr. Er lässt sich nach hinten in den Sessel fallen und atmet tief durch. Nachdenklich blättert er die Mappe noch einmal durch.

Da fällt plötzlich etwas laut polternd in der Werkstatt zu Boden. Erschrocken schaut er auf.

Durch die Glasscheibe hindurch sieht er den KFZ-Meister zu dem Lehrling laufen, der bestürzt vor einem umgefallenen Diagnosegerät steht. Laut und ärgerlich hört er den Meister schimpfen: „Wie oft hab ich dir gesagt, dass du an deinem Arbeitsplatz Ordnung halten sollst! Wenn das hin ist, kannst du die nächsten Monate auf deinen Lohn verzichten!" Der Meister geht in die Hocke, prüft den Zustand des Diagnosegerätes und fordert den Lehrling auf, ihm dabei zu helfen, es wieder aufzustellen.

Während David das Geschehen noch beobachtet, betritt die pummelige Sekretärin das Büro durch die geöffnete Tür. Auf dem Weg zum Schreibtisch blickt auch sie einmal kurz durch die große Glasscheibe in die Werkstatt, zu dem am Diagnosegerät hantierenden KFZ-Meister.

Dann spricht sie ihren Chef an: „Die Polizei hat grad angerufen. Ein Bergungsauftrag für ein Motorrad." Sie reicht David einen Auftragszettel über den Schreibtisch. „Muss aber gleich sein. Ich hab gesagt, dass Sie kommen."

Er nimmt den Zettel entgegen und schaut darauf, in Gedanken noch mit den negativen Zahlen des Geschäftsberichts und dem Geschehen in der Werkstatt beschäftigt. Schließlich nickt er mit dem Kopf, blickt die Sekretärin an und bestätigt: „Mach ich."

Die Sekretärin verlässt das Büro wieder. David legt den Auftragszettel ab, schließt die Mappe mit der Gewinn- und Verlust-Rechnung und legt sie auf seinen Schreibtisch. Dann steht er auf, nimmt den Zettel wieder zur Hand und verlässt ebenfalls das Büro, ohne die Tür zu schließen.

Mit dem Auftragszettel in der Hand geht er zum Umkleideraum gegenüber von seinem Büro. Auf dem Weg dorthin schaut er noch einmal zu dem KFZ-Meister und dem Lehrling. Die beiden haben das Diagnosegerät wieder aufgestellt und der Lehrling schaut besorgt dabei zu, wie der Meister es in Betrieb nimmt, um zu prüfen, ob es noch funktioniert.

Im Umkleideraum geht David zu seinem Spind,

legt den Auftragszettel auf die davor stehende Bank, stellt seine Kombination am Zahlenschloss ein und öffnet die schmale Tür. Er zieht Schuhe und Jeans aus und hängt die Hose in den Spind. Dafür holt er eine Latzhose mit Firmenaufdruck und ein Paar Arbeitsschuhe hervor und zieht sie an. Anschließend holt er Brieftasche und Handy aus seiner Jeans und steckt sie in die Tasche im Latz der Arbeitshose. Er stellt seine Sportschuhe in den Spind, verschließt die Tür, nimmt den Auftragszettel wieder in die Hand und verlässt den Umkleideraum.

Dann geht er durch die Werkstatt zum offen stehenden Tor. Der Meister und der Lehrling sind noch immer damit beschäftigt, das Diagnosegerät zu testen. Im Vorbeigehen ruft er den beiden zu: „Und? Funktioniert es noch?"

Die Angestellten blicken auf. „Ja, sieht so aus, als ob der Kleine Glück gehabt hat", antwortet der Meister beruhigt, während der Lehrling pflichtschuldig ergänzt: „Tut mir leid, Chef."

Erleichtert mit dem Kopf nickend geht David weiter auf das geöffnete Tor zu: „Ich bin in etwa zwei Stunden wieder zurück."

5. Der Bergungsauftrag

Auf dem Hof hinter der Werkstatt stehen einige zur Reparatur oder Wartung abgestellte Autos sowie ein paar schrottreife Unfallfahrzeuge und ein großer Abschleppwagen. David geht zu dem Wagen, öffnet die Tür und steigt ein. Er schaut auf dem Auftragszettel nach der Adresse des Unfalls, legt den Zettel vor sich in die Ablage des Wagens und stellt am Navigationsgerät sein Ziel ein. Anschließend startet er den lauten Dieselmotor des Abschleppwagens und fährt los.

Kaum hat er das Firmengelände verlassen, klingelt sein Handy. Während er weiterfährt, greift er in das Latz seiner Arbeitshose, holt das Handy hervor, schaut kurz auf das Display und nimmt das Telefonat an. „Ja? – Nein, der Kunde will Originalteile. – Ja, mach ihm ein neues Angebot und fax es ihm. – OK. Tschüss." Er beendet das Telefongespräch mit dem Druck auf eine Taste und legt das Handy vor sich in die Ablage des Wagens. Dann schaut er kurz auf seine Armbanduhr und begibt sich auf den Weg zur Unfallstelle.

Er fährt stadtauswärts und biegt auf eine kaum befahrene Landstraße ab. Nach einer Weile kommt ihm ein anderes Fahrzeug entgegen. Es ist ein Krankenwagen, der ohne Blaulicht und Sirene vorbeifährt.

Er fährt noch einige Zeit weiter auf der Landstraße, bis kurz vor eine enge Kurve, an der ein Polizeiauto und der Wagen eines Bestattungsunternehmens stehen. Vom Fahrerhaus aus kann David in der Kurve ein total verbeultes Motorrad sehen. Es liegt auf der Straße, in einer großen Ölpfütze, in der Nähe eines Baumes. David hält seinen Abschleppwagen kurz vor der Unfallstelle an und steigt aus. Kaum hat er den Wagen verlassen, klingelt sein auf der vorderen Ablage des Fahrerhauses liegendes Handy. Er hört es jedoch nicht mehr und geht weiter ohne sich umzudrehen.

In der Nähe ihres Fahrzeugs stehen zwei Polizisten in Uniform sowie, in ihrer Alltagskleidung, der Fahrer des Bestattungswagens und seine Begleiterin. Alle vier Personen blicken David entgegen. Er kennt den älteren der beiden Polizisten, Steve, Ende fünfzig, persönlich. Der junge Polizist ist ihm jedoch ebenso wenig bekannt wie die beiden Bestatter.

„Na, das ging ja schnell. Hallo, David", begrüßt ihn Steve mit einem Handschlag. Nachdem sich auch alle anderen Anwesenden formell begrüßt haben, fährt Steve fort: „Tja, war nichts mehr zu machen. Da hat sich mal wieder einer total überschätzt."

Auf der Straße in der Kurve ist deutlich eine lange Bremsspur zu erkennen, an deren Ende sich das Motorrad befindet. In der Nähe liegen, in einer großen Blutlache und mit einer Decke verhüllt, der Leichnam des Motorradfahrers sowie sein beschädigter Helm.

Während alle zu der Unfallstelle blicken, beginnt Steve mit seinen Händen gestikulierend den vermutlichen Unfallhergang zu schildern: „Der Tacho klemmt bei 120 Sachen. Der ist von da gekommen, hat den Split vor der Kurve übersehen, dann wahrscheinlich noch versucht, sich in die Kurve zu legen und dabei die Kontrolle verloren. Und ist direkt an den Baum geknallt. Exitus. 23 Jahre alt. – So schnell kanns gehen."

Zwischen den fünf Personen entsteht ein kurzer Moment des Schweigens, den der Fahrer des Bestattungswagens beendet: „Na gut, dann werden wir mal loslegen." Seine Begleiterin und er gehen zu der bereits geöffneten Ladefläche ihres Wagens, ziehen einen Sarg für den Transport hervor und tragen ihn zu der Unfallstelle, um den Leichnam des Motorradfahrers hinein zu legen.

Steve wendet sich währenddessen an David und seinen Kollegen: „Macht ihr mal den Papierkram. Ich mach den Platz frei." Er geht die Pylonen einsammeln, mit denen die Unfallstelle abgesichert worden ist, damit der Abschleppwagen an das Motorrad heranfahren kann.

Der junge Polizist holt ein Klemmbrett mit Papieren aus dem Polizeiauto. Er reicht es David zur Unterschrift und beobachtet, wie der in der Tasche im Latz seiner Arbeitshose vergeblich nach etwas zum Schreiben sucht. David blickt auf: „Hätten Sie einen Stift für mich?"

„Na klar", antwortet der Polizist, greift an eine der Brusttaschen seines Hemdes, zieht einen Kugelschreiber heraus und reicht ihn David. Der prüft kurz die ausgefüllten Übergabepapiere, unterschreibt an zwei Stellen und gibt dem jungen Polizisten Klemmbrett und Stift zurück.

Dann geht er zu seinem Abschleppwagen, steigt ein und fährt näher an das Motorrad heran. Er steigt wieder aus und bereitet anschließend das Aufladen vor, indem er den hydraulischen Kranauflieger in Richtung des Unfallfahrzeugs steuert. Zwischendurch beobachtet er, wie die Bestatter den Sargdeckel schließen und den Helm des Motorradfahrers oben auf den Deckel legen. Langsam tragen sie den Sarg zu ihrem Wagen, schieben ihn hinein und schließen die Türen zur Ladefläche.

Als sich das Ende des Kranaufliegers über dem Motorrad befindet, beginnt David damit, die Gurte am Unfallfahrzeug zu befestigen. Währenddessen klingelt im Fahrerhaus des Abschleppwagens erneut sein auf der Ablage liegendes Handy.

Es klingelt einige Male, bis Davids Frau Theresa schließlich aufgeregt auf die Mailbox spricht: „Ja, ich bin es. Hallo? Kannst du bitte rangehen! – David, ruf mich bitte sofort zurück. Ich stecke mitten in der Schulung, ich kann hier jetzt nicht weg! Simons Schule hat grad angerufen. Irgendetwas ist passiert. Er soll jemanden verprügelt haben! Sie wollen, dass er sofort abgeholt wird. Ich kann hier jetzt unmöglich weg! – Ich probiers noch mal in der Firma."

David ist damit beschäftigt, das Motorrad aufzuladen und bemerkt von dem Anruf nichts. Der Wagen des Bestattungsunternehmens verlässt die Unfallstelle und fährt mit geringer Geschwindigkeit zurück in die Stadt.

Während David das Motorrad auf der Ladefläche

des Abschleppwagens festzurrt, beseitigen die beiden Polizisten die Ölpfütze und die Blutlache, indem sie die Flüssigkeiten mit Bindemittel bestreuen und zusammenfegen.

Als er fertig ist, geht David zum Fahrerhaus des Wagens und ruft den beiden, noch mit der Reinigung der Straße beschäftigten Polizisten zu: „Machts gut. Seid noch schön fleißig. Steve, wir sehen uns beim Bowlen."

Der junge Polizist und Steve schauen auf. „Ich hab das letzte Mal gewonnen. Du schuldest mir noch ein Bier!"

David steigt grinsend in den Abschleppwagen. „Schade. Ich hab gehofft, du hättest es vergessen."

Er fährt los und verlässt den Unfallort, während die beiden Polizisten die Reinigungsarbeiten beenden und ihr Material im Auto verstauen.

6. Die Kreuzung

Es ist fast Mittag geworden, als David mit seinem Abschleppwagen den Stadtrand erreicht. Auf einer mäßig befahrenen, mehrspurigen Hauptstraße fährt er auf die rot leuchtende Ampel einer Kreuzung zu und bringt seinen Wagen zum Stehen. Vor ihm hält bereits ein anderes Fahrzeug – es ist der Wagen des Bestattungsunternehmens.

Einen Moment lang betrachtet er nachdenklich die Aufschrift des Fahrzeugs vor ihm und beobachtet dann, wie die Ampel auf grün umschaltet. Der Bestattungswagen fährt los und David beginnt ihm geradeaus über die Kreuzung zu folgen.

Plötzlich hört er das laut quietschende Bremsen eines größeren Fahrzeugs und schaut erschreckt zur rechten Seite.

Durch das Fenster der Beifahrertür sieht er einen großen LKW, der mit hoher Geschwindigkeit auf ihn zu rast!

David gerät in Panik, gibt Gas und reißt das Lenkrad seines Abschleppwagens zur linken Seite. Der Wagen bricht nach links aus und droht dadurch auf der Kreuzung in den Gegenverkehr zu geraten. Er lenkt gegen, bremst seinen Wagen stark ab und bringt ihn kurz hinter der Kreuzung am rechten Straßenrand zum Stehen.

Entsetzt hält David inne. Er hat den Wagen abgewürgt. Dann schaut er sich nach rechts hinten um, in der Erwartung, dort den Verursacher des Beinahe-Zusammenstoßes zu entdecken.

Doch an der Kreuzung ist auf der von rechts ein-
mündenden Straße nur ein an der Ampel wartender
Pickup zu sehen, dessen Fahrtrichtungsanzeiger
rechts blinkt und dessen Fahrerin erschrocken zu
seinem Abschleppwagen schaut.

An der kreuzenden Straße schaltet die Ampel auf
grün. Die Fahrerin des Pickups hat sich von ihrem
Schreck jedoch noch nicht ganz erholt und bemerkt
das grüne Licht nicht. Ein hinter ihr stehender PKW
beginnt zu hupen, solange, bis die Fahrerin die Situation realisiert und losfährt.

Ihr Pickup biegt rechts ein und fährt langsam
links am Abschleppwagen vorbei. Besorgt schaut sie
dabei hoch zum Fahrerhaus. Doch David kann noch
keinen klaren Gedanken fassen und starrt einfach
nur zurück.

Der Pickup fährt weiter und er blickt ihm hinterher. Zögernd versucht David sich bewusst zu machen, dass das Ganze eine Halluzination gewesen ist.

Er braucht eine Weile, um sich wieder zu sammeln. Mehrmals muss er den Abschleppwagen starten, bis der Motor wieder anspringt. Noch immer
erschüttert über das Geschehen auf der Kreuzung
beschließt er, eine Pause einzulegen und sucht, während er langsam weiterfährt, nach einer Möglichkeit
zum Halten. Er entdeckt eine kleine Gaststätte und
biegt ab, um auf den davor liegenden Parkplatz zu
fahren.

Er parkt den Abschleppwagen und schaltet den
Motor aus. Nachdem er noch einmal tief durchgeat-
met hat, schaut er zu dem Eingang der Gaststätte

und steigt aus. Draußen stehen einige Tische und Stühle, es sitzt jedoch nur ein Mann dort, der eine Zigarette raucht und einen Kaffee trinkt.

David betritt die einfache, leere Gaststätte, geht zum Tresen und schaut auf die Angebotskarte an der Wand dahinter. Die Serviererin begrüßt ihn mit einem knappen „Hallo" und wartet geduldig, bis er bestellt: „Eine Bier, bitte."

Die Serviererin geht zum Kühlschrank, holt eine Flasche Bier heraus und öffnet sie. Auf dem Rückweg zum Tresen greift sie nach einem Becher, füllt das Bier vor seinen Augen geschickt hinein und stellt den Becher auf den Tresen.

„Haben Sie Zigaretten?", fragt David.

Sie zeigt in eine Ecke des Raumes neben den Türen zu den Toiletten. „Dort, am Automaten."

Er geht zu dem Automaten und zieht sich eine Schachtel Zigaretten. Danach kommt er zurück zum Tresen, bezahlt das Bier, nimmt den vollen Becher zur Hand und geht damit hinaus.

Draußen vor der Gaststätte nimmt David an einem Tisch Platz, von dem aus er auf den Abschleppwagen schauen kann. Er trinkt einige Schlucke aus dem Becher. Anschließend öffnet er die Schachtel Zigaretten, holt eine heraus und sucht in seiner Arbeitshose vergeblich nach einem Feuerzeug. Der rauchende Tischnachbar hat David beobachtet und kommt ihm zu Hilfe: „Feuer?".

Er schaut sich zu ihm um, erhebt sich und lässt sich Feuer geben: „Danke." Dann setzt er sich wieder und beginnt mit tiefen Zügen die Zigarette zu rauchen.

Sein Blick wandert zu seinem Abschleppwagen. Beunruhigt betrachtet er das total verbeulte Motorrad auf der Ladefläche und versucht, sich der drohenden Erinnerung mit einem weiteren Schluck Bier zu entziehen.

Auf der vorderen Ablage im Fahrerhaus des Wagens beginnt Davids Handy erneut zu klingeln. Wütend spricht Theresa die zweite Nachricht auf die Mailbox ihres Mannes: „Wo bist du? Warum gehst du nicht ran? Also, die Schule hat grad nochmal angerufen. Und ich muss jetzt offensichtlich die Pause hier nutzen, um hin zu fahren. – David, wir hatten etwas ausgemacht und ich erwarte, dass du dich daran hältst! Ich erwarte, dass du zur Schule kommst und Simon mitnimmst. Ich kann mich heut nicht um ihn kümmern. Du weißt genau, wie wichtig diese Fortbildung für mich ist! Also ruf mich bitte zurück und komm zur Schule!"

David sitzt zu weit entfernt, er hat das Klingeln seines Handys wieder nicht gehört. Nach dem gefährlichen Erlebnis auf der Kreuzung versucht er sich zu beruhigen, trinkt sein Bier aus und raucht die seit vielen Monaten erste Zigarette zu Ende.

7. Der Geschäftspartner

Mit leerer Ladefläche fährt der Abschleppwagen auf den Hof hinter der Werkstatt. David stellt den Wagen ab, steigt aus und geht zu dem offen stehenden Tor.

Auf dem Weg durch die Werkstatt zu seinem Büro stellt er fest, dass inzwischen nicht nur die drei Mitarbeiter der Frühschicht vor Ort sind, sondern auch die vier Angestellten der Tagesschicht. Soweit sie nicht in ihre Arbeit vertieft sind und die Ankunft ihres Chefs bemerken, begrüßen sie David auf seinem Weg. Er grüßt zurück und verschafft sich, während er sich umschaut, einen Eindruck von den zurzeit ausgeführten Tätigkeiten.

Die Tür zum Büro ist während seiner Abwesenheit von jemandem geschlossen worden. David öffnet sie, betritt den Raum und lässt die Tür erneut offen stehen. Er geht zu seinem Schreibtisch, auf dem noch immer die Mappe mit der „Gewinn- und Verlust-Rechnung" sowie der Stapel ungeöffneter Briefe liegen und setzt sich. Vor sich entdeckt er einen großen Zettel und nimmt ihn zur Hand. „Bitte Ihre Frau zurückrufen! Dringend!", hat die Sekretärin darauf notiert. David runzelt überrascht die Stirn, lehnt sich nach vorne und lässt dabei die Hand mit dem Zettel vor sich auf den Schreibtisch sinken. Als er mit der anderen Hand zum Telefonhörer greift, betritt sein Geschäftspartner Mark das Büro. Er ist Anfang vierzig und trägt einen dunklen Anzug mit gestreifter Krawatte.

Mark begrüßt ihn lässig mit einem „Hi", geht am Besprechungstisch vorbei auf David zu und setzt sich gegenüber vom Schreibtisch an die Kante des Tisches. Ohne Umschweife kommt er mit einem Fingerzeig auf die auf dem Schreibtisch liegende Mappe zur Sache: „Hast du schon reingeschaut?"

David zieht seine Hand vom Telefonhörer zurück. „Ja", antwortet er abwartend und eine kurze Pause entsteht.

„Wir können die Entscheidung nicht weiter vor uns herschieben!", fordert Mark und fährt fort: „Ich hab für zwei Uhr einen Termin mit der Bank gemacht. Damit wir mal Zahlen auf dem Tisch haben, mit denen wir rechnen können."

Nachdenklich betrachtet David seinen Geschäftspartner. „Zahlen sind eine Sache, aber vernünftige Ideen eine andere."

„Du hältst Investitionen in das Marketing für unvernünftig?", hakt Mark nach.

David lässt sich Zeit, seine Gedanken zu formulieren. „Die Werkstatt brummt", erklärt er und deutet mit einer Geste in Richtung der Halle. „Die Leute haben kein Geld. Sie investieren in ihre Gebrauchten, nicht in neue Autos. Mehr Werbung zaubert auch kein Geld in die Taschen der Kunden."

„Es geht nicht um mehr Werbung, sondern um die richtige Werbung!", kontert sein Geschäftspartner. „Du kriegst das hier hinten in deiner Werkstatt nicht mit, aber wir vorne im Verkauf sehen keinen Kunden mehr, der nicht vorher im Internet war und sich schlau gemacht hat!" Während Mark seinen

Satz beendet, ertönt aus der Werkstatt ein lautes Fluchen.

„Verdammte Scheiße! Wie hast du das schon wieder hingekriegt?", ist die Stimme des KFZ-Meisters zu hören. Mark und David blicken durch die große Glasscheibe in die Werkstatt und sehen die Mechanikerin auf das Büro zu laufen.

Sie bleibt in der Bürotür stehen und blickt zu ihrem Chef. „Sie sollen mal bitte kurz kommen! Der Neue hat schon wieder einen Schraubenkopf abgerissen."

Mark erhebt sich von der Tischkante und wendet sich an David: „Wir treffen uns um kurz vor zwei?"

Auch David steht auf und nickt Mark bestätigend zu. Abgelenkt legt er den Zettel mit der Nachricht der Sekretärin, dringend seine Frau zurückzurufen, mit der Vorderseite nach unten auf seinem Schreibtisch ab, neben den Stapel ungeöffneter Briefe.

Während Mark die Werkstatt in Richtung Büroraum verlässt, gehen David und die Mechanikerin auf ein Auto zu, vor dessen geöffneter Motorhaube der KFZ-Meister und der neue Mitarbeiter stehen. Die Mechanikerin wendet sich dem daneben abgestellten PKW zu und setzt den begonnenen Reifenwechsel fort.

Der neue Mitarbeiter, ein etwa dreißigjähriger Mann in Overall und Arbeitsschuhen, blickt dem auf ihn zukommenden Chef besorgt entgegen. Als David vor der Motorhaube angekommen ist, versucht der Neue dem drohenden Ende seiner Probezeit mit einer zerknirschten Entschuldigung zuvor zu kommen:

„Chef, es tut mir wirklich leid! Ich weiß nicht, wie das schon wieder passieren konnte."

Der Meister steht über den Motor gebeugt und hat gerade festgestellt, dass die Schraube tatsächlich ausgebohrt werden muss. „So eine Scheiße!"

Er richtet sich auf und wendet sich ungehalten an David. „Der Idiot hat das zweite Mal ne Zylinderkopfschraube abgedreht! Ich hab ihm gesagt: wechsele die Zylinderkopfdichtung und sag Bescheid, falls du ein Problem hast."

„Aber nein!" Er greift nach dem neben der Motorhaube liegenden sehr langen Schraubenschlüssel, hält ihn demonstrativ hoch und fährt sarkastisch fort: „Nehmen wir halt den längsten Hebel, den wir finden können! Ja? Immer nur mit Gewalt, kein bisschen Köpfchen."

Sein Tonfall wird resignierend: „Sie hören nicht zu. Sie tun nicht, was man ihnen sagt." Endlich beruhigt sich der Meister wieder und fordert David sachlich auf: „Schau es dir an, aber ich denke, wir müssen sie ausbohren."

David und der Meister beugen sich über die Motorhaube und untersuchen die Sachlage. Der neue Mitarbeiter steht zunächst unruhig daneben und beobachtet die beiden Männer, dann schaut er zu der Mechanikerin nebenan.

Sie hat den Reifenwechsel beendet und ihr Werkzeug zur Seite geräumt. Nachdem sie in den PKW gestiegen ist, startet sie den Motor und fährt den Wagen langsam durch die Halle und das offene Tor, hinaus auf den Hof.

8. Theresa

Draußen auf dem Hof stellt die KFZ-Mechanikerin den PKW ab und geht zu einem der anderen Autos. Sie öffnet die Fahrertür, steigt ein und fährt das Auto in die Werkstatt hinein. Ruhe kehrt ein, eine Zeitlang herrscht auf dem Hof kein Betrieb.

Schließlich kommt ein Lieferfahrzeug angefahren und hält in der Nähe des offenen Tores. Zwei Männer steigen aus, holen ein paar Pakete mit Ersatzteilen aus dem Fahrzeug und bringen sie in die Werkstatt hinein.

Weiter hinten auf dem Hof befindet sich der von David abgestellte Abschleppwagen. Auf der vorderen Ablage im Fahrerhaus liegt nach wie vor sein Handy. Es klingelt einige Male, bis Theresa fassungslos die dritte Nachricht auf der Mailbox ihres Mannes hinterlässt: „David, es ist mir schleierhaft, wo du dich rumtreibst. Ich steh jetzt hier mit Simon vor der Schule und warte auf dich! Dein Sohn hat zwei Mitschüler verprügelt. Der eine hat eine blutende Nase und eine kaputte Brille, der andere ist gefallen und hat eine Beule am Kopf."

Sie hat sich in Rage geredet: „Ich musste mir hier vorwerfen lassen, wir würden unseren Sohn verwahrlosen lassen! Wir würden uns nicht um sein offensichtliches Aufmerksamkeits-Defizit-Syndrom kümmern. Simon hätte asoziale Tendenzen und das uns das doch hätte auffallen müssen. Also, ich wäre praktisch schuld daran, dass er zugeschlagen hat!"

Theresas Ton wird sarkastisch. „Simon hat selbstverständlich nichts gemacht. Die anderen sind schuld, weil die ihn gemobbt haben. Und er hätte sich nur gewehrt. Dafür ist er aber jetzt eine Woche suspendiert worden. Und bevor er kein Attest vom Psychiater hat, darf er nicht wieder am Unterricht teilnehmen!"

Die Aussicht darauf, dieses Problem in den kommenden Tagen lösen zu müssen, überfordert sie derzeit. „Ja. Also, wir stehen jetzt hier. Ich müsste längst zurück in der Firma sein. Simon hat mir vorgeschlagen, alleine nach Hause zu fahren. Aber, ich hab keine Lust, in einer Stunde auf irgendeiner Polizeistation erscheinen zu müssen, weil er den nächsten Mist angestellt hat. Ich versuche es jetzt noch mal in deinem Büro. Vielleicht kann ich ihn ja bei dir vorbei bringen."

Die beiden Männer, die die Ersatzteile ausgeliefert haben, kommen zurück zu ihrem Fahrzeug, steigen ein und fahren mit dem Lieferfahrzeug vom Hof.

Währenddessen sitzt David in seiner Latzhose am Schreibtisch in seinem Büro und arbeitet am PC. Vor ihm liegen einige geöffnete Briefe des Stapels Post, den er am Morgen entgegen genommen hat. Dazwischen liegt der Zettel mit der Nachricht seiner Sekretärin – nach wie vor mit der beschriebenen Seite nach unten. Er nimmt ein auf dem Schreibtisch liegendes Sandwich zur Hand und beißt davon ab. Als er es zurück legt, erscheint Mark in der geöffneten Tür: „Warum bist du noch nicht umgezogen? Wir müssen los!"

Überrascht schaut David auf. Dann blickt er auf seine Armbanduhr, nickt kurz und erhebt sich.

„Ich warte vorne im Auto auf dich", teilt Mark ihm mit, dreht sich um und geht. David greift nach seinem Sandwich und verlässt essend das Büro.

Kaum ist er gegangen, klingelt das Telefon auf seinem Schreibtisch. Es läutet viele Male.

Mark ist zur Verkaufshalle gegangen und verlässt sie durch die vordere Eingangstür. Er läuft ein paar Schritte in Richtung Firmenparkplatz und schaut sich dabei um. Auf dem Verkaufsgelände vor dem Gebäude entdeckt er ein junges Pärchen bei einem der angebotenen Gebrauchtwagen. Er blickt sich um in Richtung Verkaufshalle und versucht festzustellen, ob einer der Angestellten heraus kommt, um sich um die Kundschaft zu kümmern. Er kann jedoch keinen entdecken. Dann schaut er wieder zu dem Pärchen und entschließt sich, zum Gebäude zurück zu gehen, um einen Verkäufer zu rufen.

Er öffnet die Eingangstür und ruft ungeduldig in die Verkaufshalle hinein: „Kundschaft!" Mark bleibt in der geöffneten Tür stehen, bis der etwa dreißigjährige Verkäufer erscheint. Mit einem „Entschuldigung, Chef!" läuft er schnellen Schrittes an ihm vorbei zu den Kunden.

Nun kann Mark auf den Parkplatz zu einem teuren Sportwagen gehen. Er öffnet ihn, steigt ein und fährt vor die Verkaufshalle. Wieder in Jeans und Sweatshirt gekleidet, wartet David schon dort und steigt zu ihm, bevor sie das Firmengelände eilig mit dem Wagen verlassen.

Auf dem Verkaufsgelände zeigt der Angestellte dem jungen Pärchen noch einen anderen Gebrauchtwagen. Nachdem er dessen Motorhaube geöffnet hat, setzt sich die Frau in den Wagen und der Mann beginnt mit dem Verkäufer über den Zustand des Motors zu fachsimpeln.

Währenddessen ist ein firmenfremder Abschleppwagen mit einem geladenen PKW auf das Gelände und weiter auf den Hof hinter der Werkstatt gefahren.

In der Nähe des offenen Tores hält der Abschleppwagen, und der Fahrer, Ende dreißig und in Arbeitskleidung, steigt aus, um in Richtung Werkstatt zu gehen. Da kommt ihm die KFZ-Mechanikerin durch das Tor mit einem Lächeln entgegen. „Was machst du denn hier?"

Der Fahrer schmunzelt die Frau an: „Kontrolle." Die beiden gehen aufeinander zu, nehmen sich in den Arm und küssen sich kurz, aber leidenschaftlich, auf den Mund.

„Hast du mich so vermisst?", lockt sie ihn.

Er lässt sich auf das zärtliche Spiel ein: „Ja. Hab extra ne Autopanne arrangiert", und fährt vielsagend fort: „Wo willst du ihn hin haben?"

„Na, an die gleiche Stelle wie letzte Nacht", erwidert seine Freundin verliebt.

Sie küssen sich noch einmal, lösen dann grinsend ihre Umarmung und die Mechanikerin deutet auf einen freien Platz in der Nähe des firmeneigenen Abschleppwagens. Ihr Freund fährt mit seinem Wagen dorthin und beginnt den PKW abzuladen. Die junge Frau folgt ihm zu Fuß und beobachtet ihn bei seiner Tätigkeit, bereit mit anzupacken, falls er Unterstützung braucht. Plötzlich hört sie in der Nähe ein Handy klingeln und schaut sich suchend um.

Auf der vorderen Ablage im Fahrerhaus von Davids Abschleppwagen liegt noch immer sein Handy. Es ist wieder Theresa, die vorwurfsvoll ihre vierte Nachricht auf der Mailbox hinterlässt: „Ich bin wirklich sehr gespannt, was du heute Abend als Entschuldigung zu sagen hast! Angeblich bist du schon wieder unterwegs. Ich frag mich wirklich, wozu du eigentlich ein Handy hast."

Sie klingt sehr enttäuscht. „Ich hab grad mit meinem Chef telefoniert. Es ist jetzt sowieso zu spät, um zurück zur Schulung zu fahren. Ich hab Zuviel verpasst. Ich bin jetzt zu Hause und werde den Stoff von heute nacharbeiten. – Und wir müssen reden! Nicht nur wegen Simon. Du hast mir versprochen, kürzer zu treten. Du hast versprochen, mich zu unterstützen. Aber, wenn ich dich brauche, wenn dein Sohn dich braucht, bist du nicht da! – Also, ich hoffe, du bist demnächst zu Hause."

Da wird eine Tür des Fahrerhauses des Abschleppwagens geöffnet. Die mit etwas schwarzem Fett verschmierte Hand der KFZ-Mechanikerin greift nach Davids Handy und nimmt es von der Ablage. Die junge Frau steigt wieder aus, schließt die Wagentür und steckt, auf dem Weg zurück zu ihrem Freund, das Handy ihres Chefs ein.

Der Abschleppwagen-Fahrer hat den transportierten PKW abgestellt und schreibt etwas in Papiere auf einem Klemmbrett, das er in der Hand hält. Als seine Freundin bei ihm angekommen ist, reicht er ihr das Brett und seinen Kugelschreiber. „Na, dann hätt ich gerne mal ne Unterschrift, Liebste."

Die Mechanikerin unterschreibt die Übergabepapiere, nimmt eine Seite heraus und reicht ihm das Klemmbrett mit den restlichen Papieren zurück.

„Danke sehr, Madame. Und jetzt – zu dir oder zu mir?" Die beiden lächeln sich an und setzen ihr verliebtes Spiel fort.

„Zwei Stunden muss ich noch. Aber, falls du nichts zu tun hast", fordert sie ihn heraus, „kannst du ja schon mal einkaufen, Wäsche waschen und das Abendbrot vorbereiten."

Zärtlich greift er nach ihrer Hand. „Na, dann muss ich leider noch vier Stunden arbeiten."

„Dacht ich es mir doch", erwidert sie scheinbar enttäuscht.

„So ein Abendbrot bei dir wäre mir aber Einiges wert." Während er spricht, lässt der Fahrer die Hand seiner Freundin wieder los, greift in eine Hosentasche, holt zwei Eintrittskarten für ein Konzert hervor und reicht sie ihr.

Die junge Frau nimmt die Eintrittskarten überrascht und neugierig entgegen, liest kurz, was auf ihnen steht. Und fällt ihrem Freund dann mit beiden Armen und einem strahlenden Lächeln um den Hals. Erfreut erwidert er ihre Umarmung.

„Woher weißt du, dass ich die Gruppe mag?"

„Ich hab in deiner CD-Sammlung rumgeschnüffelt, während du gestern stundenlang mit deiner Schwester telefoniert hast."

„Ey, ich freu mich total!" Da löst die Mechanikerin plötzlich die Umarmung und blickt sich zum offenen Tor der Werkstatt um. „Ich glaub, ich mach jetzt besser weiter, sonst macht der Alte wieder Stress. Also, sehen wir uns bei mir?"

„Sicher", antwortet ihr Freund scherzend. „Ich bring meine Schmutzwäsche mit!"

Schmunzelnd blickt sie auf die Konzertkarten in ihrer Hand. „In diesem Fall ist das ein Deal."

Die beiden umarmen sich noch einmal und küssen sich zärtlich zum Abschied. Der Fahrer geht zu seinem Abschleppwagen und dreht sich vor dem Einsteigen lächelnd um. „Bis nachher!"

„Ich freu mich schon!" Glücklich schaut die Mechanikerin dem Abschleppwagen ihres Freundes nach, während er vom Hof fährt. Dann wendet sie sich der Werkstatt zu, steckt die Konzertkarten ein und geht in Vorfreude lächelnd durch das offene Tor hinein.

9. Die Nachricht

Die KFZ-Mechanikerin kommt durch die offen stehende Tür in Davids Büro und geht zu seinem Schreibtisch. Sie holt das Handy ihres Chefs hervor, legt es an einer freien Stelle des Tisches ab und verlässt den Raum wieder, um in der Werkstatt weiter zu arbeiten.

Plötzlich klingelt Davids Handy erneut.

Doch dieses Mal ist es nicht Theresa, die eine Nachricht auf der Mailbox hinterlässt, sondern eine ältere Frau. Zögernd beginnt sie zu sprechen: „Hallo, David. Hier ist deine Mutter." Sie macht eine Pause und spricht dann langsam weiter. „Ich wollte dir nur sagen, dass – dein Vater im Sterben liegt."

Vorsichtig fährt sie fort: „Vielleicht möchtest du dich ja trotz allem von ihm verabschieden." Sie macht noch eine Pause. „Er wird nicht mehr lange leben. Er ist kaum noch ansprechbar. Vielleicht kannst du mich ja zurückrufen." Mit einem klickenden Geräusch endet der Anruf.

David befindet sich währenddessen mit seinem Geschäftspartner auf dem Rückweg von ihrem Termin bei der Bank. Schweigend und mit ernsten Blicken haben sie das Gebäude der Filiale verlassen und gehen zum Sportwagen. Sie steigen ein, fahren los und Mark beginnt erneut, sich in leidenschaftlichem Tonfall für seine Investitionspläne einzusetzen.

„Ich sehe keine andere Möglichkeit. Wir müssen den Verkauf umstrukturieren. Wir können das mit dem Internet nicht mehr selber machen. Wir brauchen dafür ein paar Profis und die kosten nun mal Geld. Die Außenwerbung auf unserem Gelände ist seit Jahren die gleiche. Von nichts kommt nichts. Wenn wir den Verkauf ankurbeln wollen, müssen wir was tun."

David bleibt leidenschaftslos. „Wenn der Verkauf nicht läuft, aber die Werkstatt, warum dann nicht dort die Kapazitäten erweitern?"

„Das sagst du, weil es dein Bereich ist. Wenn die Werkstatt nicht laufen würde, würdest du mich bitten, *deinen* Plänen zuzustimmen", kontert Mark

David antwortet nicht. Sein Partner weiß selbst, dass die Werkstatt immer gut lief.

Mark fährt fort: „Wie gesagt, ich sehe keine andere Möglichkeit. Entweder wir entlassen die Hälfte der Leute oder wir investieren."

„Du hast den Mann von der Bank gehört, ohne Hypothek auf unsere Häuser geht es nicht."

„Ja, und?", erwidert Mark ungehalten. „Ich verstehe dein Problem nicht. Dein Haus ist abbezahlt. Theresa arbeitet wieder Vollzeit bei der Versicherung. Das Studium deiner Tochter ist gesichert und ich will gar nicht wissen, was du alles in Aktien angelegt hast."

„Hattest ...", hält David sarkastisch dagegen.

„Gut. Aber wir haben doch unter viel riskanteren Bedingungen angefangen. Wir haben doch schon ganz andere Zeiten überstanden. Es ist doch nur für ein, zwei Jahre. Dann haben wir den Kredit zurückgezahlt."

David reagiert nicht. Mark blickt ihn während der Fahrt kurz von der Seite an und empört sich: „Ich verstehe nicht, wo dein Geschäftssinn geblieben ist."

„Der steckt in dem, was wir bisher erreicht haben", antwortet David gelassen. „Dass zu viele Leute im Verkauf vorne arbeiten, darüber haben wir schon mal diskutiert. Du wolltest davon nichts wissen, weil du deiner Familie und deinen Freunden ein gutes Werk tun willst. Das ist ja auch in Ordnung, aber dann müssen sie eben mit uns kürzer treten."

„Was soll das heißen?"

„Dass sie vielleicht auf Teilzeit gehen müssen."

„Aber das ändert doch nichts an dem Problem, dass sich die Kaufgewohnheiten in den letzten zehn Jahren verändert haben und unser Internetauftritt unprofessionell ist."

David schweigt wieder, er ist noch nicht überzeugt.

Mark biegt mit seinem Sportwagen in die Straße vor ihrer Firma ein und fährt auf den Parkplatz neben dem Verkaufsgelände.

Auf dem Gelände steht eine Angestellte neben einem neuen Sportwagen. Sie ist Ende vierzig, trägt ein Kostüm und befindet sich in einem Verkaufsgespräch mit einem dicken, glatzköpfigen, unvorteilhaft in eine zu enge Jeans und ein Hemd gekleideten Kunden.

Mark parkt seinen Wagen und steigt zusammen mit David aus. Verärgert schlägt er die Autotür zu und droht ihm frustriert, während sie beide nebeneinander auf die Verkaufshalle zu gehen. „Wir beide haben seit der Zeit in der Armee immer an einem Strang gezogen. Ich habe dir nicht erzählt, wie du deine Werkstatt zu führen hast und du hast mir nicht reingeredet. Aber du kannst mich jetzt hier nicht einfach ausbremsen und meinen, du verstehst mehr vom Geschäft als ich. – Wenn wir es gemeinsam nicht mehr hinkriegen, dann gibts auch andere Möglichkeiten."

„Na klar, die gibts immer." David kennt und schätzt seinen Partner tatsächlich seit mehr als zwanzig Jahren und reagiert daher gelassen.

„Du hast doch die Zahlen gesehen! Es muss doch was passieren!", drängt Mark erneut.

„Lass uns das in Ruhe überlegen. Ich entscheide das jetzt nicht kurz vor Feierabend."

„Ja. Das sagst du mir seit Wochen!", wirft Mark seinem Kameraden vor und betritt wütend die Verkaufshalle.

David beschließt außen um das Gebäude herum zur Werkstatt zu gehen. Die ältere Angestellte und der dicke Kunde beenden erfolglos ihr Verkaufsgespräch. Der Mann geht zum Firmenparkplatz zu einem großen Van und die Frau ebenfalls zurück in die Verkaufshalle.

10. Auf dem Heimweg

Es ist früher Abend geworden und David sitzt wieder an seinem Schreibtisch. Dort liegen nur noch zwei der Briefe des Stapels Post, den er am Morgen entgegen genommen hat. Dazwischen befindet sich jedoch, nach wie vor mit der beschriebenen Seite nach unten, der Zettel mit der Nachricht der Sekretärin, dringend seine Frau zurückzurufen.

Er blättert in einem Ersatzteilkatalog, findet, was er sucht und vergleicht die Abbildung dort mit der Grafik auf seinem PC-Monitor. Schließlich entscheidet er, das Richtige gefunden zu haben und veranlasst die Online-Bestellung.

Da klopft die KFZ-Mechanikerin an die offene Tür und betritt das Büro. Sie hat sich umgezogen und trägt ein Kleid, das ihre weibliche Figur betont, und ein paar hochhackige Schuhe.

„Schönen Feierabend, Chef. Ich habe Ihr Handy auf den Schreibtisch gelegt. Sie hatten es im Abschleppwagen liegen lassen." Sie deutet zu der Stelle auf dem Tisch, an der sie das Handy abgelegt hat.

Davids Blick folgt ihrem Fingerzeig und wendet sich wieder seiner Mitarbeiterin zu. „Danke. Ihnen auch einen schönen Feierabend."

Als die Mechanikerin das Büro verlässt, schaut er auf seine Armbanduhr und hebt erstaunt über die fortgeschrittene Zeit die Augenbrauen. In diesem Moment klingelt das Telefon. Er nimmt den Hörer ab und hört dem Anrufer kurze Zeit schweigend zu. Dann entscheidet er: „Ja, aber das hat Zeit bis morgen. Ich muss jetzt los. Ich hab meinem Sohn versprochen, mit ihm zu grillen. Leg es mir einfach auf den Schreibtisch. Ich mache die Rechnung gleich morgen früh fertig."

David legt den Hörer auf, schaltet den PC aus und steht auf. Er nimmt sein Handy vom Schreibtisch, steckt es ein und verlässt das Büro.

Auf der Autobahn herrscht Feierabend-Stau, der Verkehr kommt nur stockend voran. Am Steuer seines Vans lauscht David der Rock-Ballade „Telegraph Road", als er plötzlich den Signalton für die Empfangsmitteilung einer SMS-Nachricht hört. Er holt sein Handy hervor und drückt auf ein paar Tastensymbole, bis auf dem Display die Nachricht erscheint: „Habe ein erstes Angebot für die Gestaltung und Vernetzung unseres Internetauftritts eingeholt. Bin früh im Büro, damit wir darüber reden können. Mark."

Nachdem er den Text gelesen und die Nachricht geschlossen hat, entdeckt er auf dem Display die Mitteilung, dass fünf Anrufe von der Mailbox abgerufen werden können. Erneut tippt er auf ein paar Tastensymbole und hält dann das Handy an sein Ohr. Als er damit beginnt, die erste Nachricht abzuhören, runzelt er überrascht die Stirn.

Der Stau löst sich auf und der Verkehr beginnt zu fließen. David verlässt an einer zu dieser Zeit kaum befahrenen Ausfahrt die Autobahn, biegt ab und fährt auf die über die Autobahn führende Brücke. Mitten auf der Brücke bremst er den Van plötzlich ab und hält an.

Er schaltet den CD-Player aus und die Musik endet abrupt. Anschließend drückt David wieder auf ein paar Symbole seines Handys und blickt betroffen auf das Display, während er die letzte Nachricht der Mailbox noch einmal laut abhört.

„Hallo, David. Hier ist deine Mutter. – Ich wollte dir nur sagen, dass dein Vater im Sterben liegt. – Vielleicht möchtest du dich ja trotz allem von ihm verabschieden. – Er wird nicht mehr lange leben. Er ist kaum noch ansprechbar. Vielleicht kannst du mich ja zurückrufen." Mit einem klickenden Geräusch endet der Anruf.

Fassungslos lässt David die Hand, in der er das Handy hält, auf seinen Schoß sinken. Ohne wirklich wahrzunehmen, was um ihn herum zu sehen ist, schaut er aus dem Auto. Im Van herrscht minutenlang Stille.

Draußen, auf der Brücke über der Autobahn, steht allein sein Van, während der lärmende Feierabendverkehr darunter entlang rauscht.

Einige Zeit später fährt David mit dem Van in die Auffahrt seines Hauses und hält neben dem PKW seiner Frau. Er schaltet den Motor aus und lehnt sich nachdenklich in seinem Sitz zurück. Schließlich wappnet er sich noch einmal tief einatmend auf das, was ihn nun erwartet.

Er steigt aus dem Auto, schließt die Fahrertür und öffnet die hintere Seitentür. Vom Rücksitz nimmt er eine mit Lebensmitteln gefüllte Einkaufstasche, schließt die Tür wieder und betätigt den Druckkontakt an seinem elektronischen Autoschlüssel. Das Fahrzeug reagiert mit einem kurzen akustischen Signal der Hupe sowie einem optischen Signal der Scheinwerfer und verriegelt die Türen.

Mit der Einkaufstasche in der Hand geht David langsam zum Eingang des Hauses.

11. Ben

Theresa sitzt im Wohnzimmer an einem kleinen Schreibtisch vor einem Laptop. Daneben liegen eine aufgeschlagene Mappe mit Schulungsmaterial zum Vertrieb von Immobilienversicherungen, ein Block Papier und ein paar Stifte. Zwei Fotos stehen auf ihrem Schreibtisch: eines von Tochter Katharine bei der Übergabe des Schulabschlusszeugnisses und eines von Sohn Simon mit einem Fußball-Pokal im Arm. Das Wohnzimmer ist, wie der Rest des Hauses, modern eingerichtet und sehr ordentlich. Die etwas unpersönlich wirkende Möblierung besteht aus einer Couchgarnitur, einem großen Flachbildfernseher mit DVD-Player, einer Stereoanlage, ein paar Gemälden mit moderner Kunst und einigen Möbelstücken für die Unterbringung von Musik-CDs, Film-DVDs, Reise-Souvenirs und Büchern.

David kommt in Hausschuhen in die Küche und stellt die Einkaufstasche auf dem Tisch ab. Dann geht er zum Wohnzimmer. Seine Frau trägt eine Lesebrille. Als er den Raum betritt, nimmt sie sie ab und blickt ihm grimmig entgegen. Sie trägt noch die Kleidung, die sie tagsüber anhatte, eine Bluse und einen Rock. Die Jacke ihres geschmackvollen Kostüms hängt über der Lehne des Stuhls, auf dem sie sitzt.

Auf dem Weg zu seiner Frau nimmt er sich einen anderen Stuhl. Verärgert schüttelt Theresa mit dem Kopf, während er den Stuhl neben ihr abstellt und sich ihr zugewandt darauf setzt. Ohne Umschweife kommt sie vorwurfsvoll zur Sache: „Was sollte das heute? Die Vertriebsschulung mitmachen zu dürfen und die Abschlussprüfung zu bestehen, sind Voraussetzungen dafür, aufsteigen zu können. Ich werde bald fünfzig! Das ist nicht wie bei dir in der Werkstatt. In meiner Branche bist du mit Ende vierzig eigentlich weg vom Fenster. Wenn ich beruflich vorankommen will, muss ich mir nicht nur einen guten Kundenstamm aufbauen. Ich muss mich auch fachlich weiter qualifizieren!"

Wieder einmal wartet David zunächst geduldig ab, bis seine Frau ihr Herz ausgeschüttet, ihre Gefühle bei ihm abgeladen und sich alles von der Seele geredet hat.

„Es ist nicht selbstverständlich, dass mir mein Chef diese Chance gibt. Alle anderen im Kurs sind jünger als ich! Du hast mir versprochen, mich zu unterstützen. Du hast mir versprochen, mir den Rücken frei zu halten! So wie ich es getan habe, als die Kinder klein waren."

Theresa interpretiert das Schweigen ihres Mannes als Gleichgültigkeit und wird wütend: „Was sollte das heute? Wo warst du? Ich habe den ganzen Tag hinter dir her telefoniert! Hast du meine Anrufe abgehört?"

Mit einer Entschuldigung versucht er seine Frau zu beruhigen. „Ja, das habe ich. Tess, es tut mir wirklich leid! Ich habe mein Handy liegen lassen, ich war heute viel unterwegs. Ich werde mich bemühen, dass so etwas nicht wieder vorkommt."

Doch sie kann sich noch nicht beruhigen. „Ich habe die ganze Woche Schulung. Ich kann mich nicht um Simon kümmern. Ich kann nicht zu Hause rumhocken und auf *die* Chance meines Lebens verzichten, weil der Junge zur Strafe suspendiert wurde!"

„Das brauchst du nicht. Ich kümmere mich um ihn. Ich nehme ihn mit."

„In die Werkstatt? Das ist doch keine Strafe!"

„Nein", erklärt er. „Ich fahre zu meiner Mutter. Sie hat angerufen." Er macht eine kurze Pause und ergänzt: „Mein Vater ist ernsthaft erkrankt."

Theresa schaut ihren Mann überrascht an. Aufgeregt wechselt sie das Thema. „Ben? Dieser selbstherrliche Gefühlskrüppel? Der dich behandelt hat, wie einen Aussätzigen? David, ich habe ihn nur zweimal erlebt. Aber dass du ihm völlig gleichgültig bist, hat er dich sogar in meinem Beisein spüren lassen! Ein gefühlloser Despot, aber kein Vater! Und um den willst du dich kümmern? Warum? Meinst du, dass er sich eines Besseren besonnen hat, dass er seine Vaterliebe entdeckt hat?"

Verneinend schüttelt David den Kopf. „Ich will wegen Hellen fahren. Ich habe den Eindruck, dass es ihr darum geht, dass ich komme und ihr helfe. Falls es wirklich so ernst ist, wie sie sagt, ist ja vermutlich auch Einiges zu regeln."

Nachdem sie erfahren hat, dass sie sich den Rest der Woche um ihre berufliche Zukunft kümmern kann, beruhigt sich Theresa etwas. „Na ja. – Und was machen wir mit Simon?" Ihr Tonfall wird wieder vorwurfsvoll. „Ich habe dir schon ein paar Mal gesagt, dass der Junge ADHS hat. Du wolltest es mir ja nicht glauben. Aber die Lehrer sind auch der Meinung. Und die müssen es doch wissen. Die haben ja schließlich genug von der Sorte vor sich sitzen. Jedenfalls haben wir es jetzt schriftlich, dass Simon erst wieder am Unterricht teilnehmen darf, wenn er untersucht worden ist. Hat er ADHS, muss er Medikamente nehmen, sonst lassen sie ihn nicht zurück kommen. Dann kann er sich auch endlich mal auf die Schulaufgaben konzentrieren und zuhören, wenn man ihm was sagt. Ich wollte schon vor drei, vier Jahren, dass er untersucht wird. Erinnerst du dich? Und es ist ja seitdem noch schlimmer geworden!"

Ratlos fährt sie fort: „Das ist doch nicht normal, wie der immer rumhampelt. Ich verstehe das nicht. Wir haben eine vernünftige Tochter. Es kann doch nicht nur an uns liegen!"

David lässt sich auf die Geschichte mit der angeblichen Aufmerksamkeits-Defizit-Hyperaktivitäts-Störung seines Sohnes nicht ein. „Was ist denn überhaupt passiert? Simon schlägt doch nicht einfach so zu."

„Angeblich haben ihn ein paar Klassenkameraden im Unterricht gemobbt. Und in der Pause sind die dann aneinander geraten und er hat zugeschlagen. Vor dem Direktor wollte er sich da nicht weiter zu äußern."

Er runzelt die Stirn, David findet die Erklärung nicht befriedigend. „Ist er oben?"

„Ja. Ich habe ihn in sein Zimmer geschickt und ihm verboten, Computerspiele zu spielen. Ich habe ihm gesagt, er soll aufräumen und nachdenken, über das, was er gemacht hat. Und dass du mit ihm reden würdest, wenn du heute Abend kommst. Sein Verhalten kann ja nicht ohne Konsequenzen bleiben. Du bist da immer viel zu gutmütig."

„Gut, dann werde ich jetzt mit ihm reden. Und danach kümmere ich mich ums Abendessen." Noch während er spricht, erhebt sich David, nimmt den Stuhl zur Hand und bringt ihn zurück. Anschließend verlässt er das Wohnzimmer, um zu seinem Sohn zu gehen.

Halbwegs zufrieden gestellt setzt Theresa ihre Brille auf und widmet sich wieder ihrem Schulungsmaterial.

Simons Zimmer ist aufgeräumt. Er liegt angekleidet im nicht gemachten Bett und beschäftigt sich mit seiner tragbaren Spielkonsole. Als sein Vater das Zimmer betritt, wirft er erschrocken die neben ihm liegende Decke über sich, um zu verbergen, dass er gespielt hat.

David kommt zum Bett und setzt sich darauf. Amüsiert betrachtet er die Decke. „Als ich das letzte Mal hier war, hast du auch unter der Bettdecke gesteckt." Beruhigend klopft er mit der flachen Hand auf die Decke, an einer Stelle, an der er den Oberarm seines Sohnes vermutet. „Komm, junger Mann. Wir müssen miteinander reden."

Der Junge reagiert nicht. „Ich meine es ernst. Schau mich an", fordert David ruhig, aber bestimmt und zieht die Bettdecke langsam herunter. Sein Sohn lässt es zu, aber er dreht sich weg.

„Ich möchte wissen, was passiert ist. Von dir! Ich

will hören, was *du* zu sagen hast."

Simon denkt einen Moment lang nach. Dann wirft er sich plötzlich herum und richtet sich im Bett auf, bis er seinem Vater gegenüber sitzt. Aufgeregt beginnt er zu erzählen.

„Wir waren im PC-Raum. Ich hab genau gesehen, was die über mich gechattet haben! William hat vor mir gesessen. Er hat dem Direktor gesagt, ich lüge. Aber ich hab es ja gesehen, was die geschrieben haben. Auf seinem Monitor!" Er blickt David Verständnis suchend an.

„Und was haben die geschrieben?"

Der Junge blickt betroffen auf die kleine Spielkonsole in seiner Hand und schweigt.

Er lässt seinem Sohn Zeit, die richtigen Worte zu finden, doch der scheint sich zu sehr zu schämen, um antworten zu können. „Worum ging es denn?", fragt er anteilnehmend.

Simon zögert. Er hat bemerkt, dass sein Vater ihm gerade eine Brücke gebaut hat. Schließlich siegt der Wille, seinem Herzen Luft zu machen und er murmelt: „Dass ich der Kleinste in der Klasse bin. Und wie ein Affe in der Gegend rumhüpfe. – Und so."

„Und warum ist das ein Grund, sie zu verprügeln?"

„Weil sie sich in der Pause lustig gemacht haben über mich! Die haben gedacht, dass ich das nicht mitgekriegt habe, dass sie über mich gechattet haben", empört er sich.

„Und du musstest es ihnen zeigen, indem du zuschlägst?"

Beschämt lässt Simon den Kopf wieder sinken. „Ich hab eben ne Macke. Hat Mama doch auch gesagt. Dass ich jetzt Pillen nehmen muss. Und zum Psycho-Doktor gehen muss."

„Sie hat auch gesagt, dass ein Junge eine blutende Nase und eine kaputte Brille hat? Und der andere eine Beule am Kopf?"

„Die waren zu dritt", rechtfertigt er sich leise.

„Du hast dich mit drei Jungs auf einmal angelegt?", fragt David überrascht nach.

Sein Sohn nickt bejahend mit nach unten gesenktem Kopf.

„Und was machst du, wenn sie dich wieder mobben?"

Er zögert, schließlich zuckt er mit den Schultern. Er weiß es nicht.

David betrachtet ihn nachdenklich. „Gut, dann ist das deine Aufgabe bis morgen. Mir zu sagen, was du beim nächsten Mal machst, wenn du dich von ihnen geärgert fühlst. Und die Brille, die muss selbstverständlich bezahlt werden. In Raten, von deinem Taschengeld."

Simon protestiert: „Warum nicht von meinem Sparkonto?"

„Weil ich möchte, dass du dich die nächsten Monate daran erinnerst, dass das nicht geht, was du gemacht hast."

„Das ist gemein!"

Der Vater hält dem empörten Blick des Sohnes ruhig stand, bis Simon erneut seinen Kopf senkt.

„Wenn du älter bist, kommst du für so etwas ins Gefängnis!", beschwört er ihn. „Ich möchte das niemals erleben! Ich möchte dich niemals im Gefängnis besuchen müssen." Er lässt die mahnenden Worte einen Moment lang schweigend wirken.

Dann erhebt er sich vom Bett. „Komm bitte und hilf mir mit dem Abendessen." Er bleibt zwei Schritte vor dem Bett stehen und wartet darauf, dass sein Sohn ebenfalls aufsteht.

Nach einigem Zögern rutscht Simon an die Bettkante und erhebt sich. Die tragbare Spielkonsole schmeißt er wütend auf das Bett und wendet sich zum Gehen.

David schaut zu der auf der Decke gelandeten Konsole und danach zu seinem Sohn. Ihre Blicke begegnen sich, lange genug, um die wortlose Botschaft auszutauschen, dass der Vater vom Verbot der Mutter wusste.

12. Aufmerksamkeits-Defizit-Hyperaktivitäts-Störung

In der Küche bereiten Vater und Sohn das Abendessen vor. In einer Pfanne auf dem Herd braten drei Koteletts. David holt einen Plastikbeutel mit Gemüse aus dem Gefrierschrank, öffnet den Beutel und füllt das Gemüse in eine Glasschüssel.

Simon steht an der Arbeitsplatte der Küchenzeile und schneidet eine große grüne Gurke auf einem Brett mit einem kleinen Messer in dünne Scheiben. Gleichzeitig bewegen sich seine Knie rhythmisch vor und zurück. Nachdem er ein paar Scheiben abgeschnitten hat, legt er das Messer zur Seite, geht zu einer Schublade, zieht sie auf und kramt lautstark in ihr herum. Er holt ein etwas größeres Messer hervor und geht zurück, um ein paar weitere Scheiben von der Gurke abzuschneiden. Wieder beginnen seine Knie sich vor und zurück zu bewegen und wieder unterbricht er eine kurze Zeit später seine Arbeit.

Mit dem Messer in der Hand geht er zum Küchenradio und schaltet es ein. Er sucht einen Sender, der Hip-Hop-Musik spielt und geht zurück. Erneut schneidet er einige Scheiben von der Gurke ab.

David ist mit der Glasschüssel zur Mikrowelle gegangen, stellt das Gemüse hinein und tippt an zwei mit Pieptönen reagierenden Tasten die Aufwärmzeit ein. Simon nutzt die Gelegenheit, die Arbeit noch einmal zu unterbrechen und teilt seinem Vater mit: „Die ist kaputt!"

Er betätigt den Starttaster und tatsächlich: das

Gerät reagiert nicht. David wiederholt den Einstell-
vorgang, mit dem gleichen Ergebnis. Mehr zu sich
selbst, als zu seinem Sohn sagt er: „Stimmt." Also
holt er einen Topf aus dem Schrank, füllt das Gemüse hinein, stellt den Topf auf den Herd und schaltet
die Herdplatte ein.

Simon wendet sich wieder der Gurke zu. Mit gerunzelter Stirn schneidet er weitere Scheiben ab. Bis
er schließlich ungeduldig, mit schnellen, ausholen-
den Schnitten, drei dicke Scheiben von der Gurke
abhackt und danach das Messer überfordert zur
Seite auf die Arbeitsplatte wirft. „Das geht nicht!
Wenn die Gurke so kurz ist, kann man keine dünnen
Scheiben mehr abschneiden", ruft er unbeherrscht.

David kümmert sich gerade um das Essen auf
dem Herd vor ihm und rät seinem Sohn: „Dann
schneidest du sie eben in Stücke."

Simon geht auf seinen Vater zu. „Das geht auch
nicht!"

„Dann deck den Tisch", beauftragt er ihn in ruhigem Ton.

Lärmend beginnt der Junge damit, Teller, Salat-
schalen, Gläser, Besteck und Servietten hervorzuho-
len und, sich bewegend zum Takt der Hip-Hop-
Musik, den Tisch zu decken.

David schneidet die Gurke zu Ende, füllt sie in
eine Schüssel und verteilt das Essen auf zwei Servierplatten.

Da betritt Theresa die Küche. Sie hat sich einen
bequemen Hausanzug angezogen und schaut sich
um nach dem Stand der Vorbereitungen für das

Abendessen. Zufrieden geht sie zum Kühlschrank, holt eine Flasche Mineralwasser heraus und nimmt die Schüssel mit der geschnittenen Gurke zur Hand. Auf dem Weg zum Tisch blickt sie entnervt zum Küchenradio und wendet sich im Befehlston an ihren Sohn: „Mach das Radio aus!"

Simon reagiert nicht, deckt weiter den Tisch und legt, nun mit demonstrativer Genauigkeit, das Besteck neben die Teller.

Theresa beobachtet ihn einen kurzen Moment lang und lässt sich auf die nonverbale Provokation ein. „Simon, ich habe mit dir geredet!"

Triumphierend blickt er zu seiner Mutter und verkündet mit gekünstelter Empörung: „Papa hat gesagt, ich soll den Tisch decken. Beides auf einmal geht nicht!" Mit betonter Langsamkeit legt er das Besteck ab und geht danach zum Küchenradio, um es auszuschalten.

Theresa hat die Schüssel und die Flasche Mineralwasser auf den Tisch gestellt und setzt sich. David kommt mit den zwei Servierplatten in den Händen und stellt die Koteletts und das Gemüse in die Mitte des Tisches. Er setzt sich ebenfalls, übereck zu seiner Frau, während Simon gegenüber von seiner Mutter Platz nimmt.

David und Theresa reichen sich gegenseitig die Servierplatten und die Salatschüssel und füllen sich das Essen auf ihre Teller. Simon nimmt sein Besteck zur Hand und lümmelt sich auf seinen Stuhl. Er rutscht mit dem Unterkörper etwas nach vorne und stützt Oberkörper und Kopf an die Rücklehne des

Stuhls. Halb liegend beobachtet er seine Eltern und beginnt mit dem Besteck ungeduldig an die Kante des Tisches vor seinem Teller zu klopfen.

Immer lauter und schneller wird sein Klopfen, bis Theresa sich erneut entnervt an ihn wendet: „Lass das bitte! Und setz dich richtig hin. Du hast für heute wirklich genug angestellt. Ich möchte in Ruhe essen!"

David schaut zu seinem ihm übereck sitzenden Sohn, wartet kurz, bis dieser mit einem unschuldigen Blick zurück reagiert und nickt ihm daraufhin bestätigend zu. Der Junge setzt sich widerwillig auf und füllt sich Fleisch und Gurkensalat auf seinen Teller.

Eine Zeitlang isst die Familie schweigend, während Simon auf seinem Stuhl ruhelos mit den Knien auf und ab wippt und in Gedanken den morgigen Tag plant. Naiv und mit Unschuldsmiene fragt er: „Also bleibe ich dann morgen allein zu Hause?"

Fassungslos lässt Theresa ihre Hände mit dem Besteck darin auf den Tisch sinken und antwortet entrüstet: „Als Belohnung dafür, dass du Mitschüler verprügelst, eine Woche lang vierundzwanzig Stunden am Tag Computerspiele? Das könnte dir so passen! Dein Vater fährt morgen für ein paar Tage zu seinen Eltern und du wirst ihn begleiten."

„Aufs Land?", empört sich Simon. „Die kenne ich doch gar nicht mehr! Was soll ich denn da?"

David versucht ihn zu beschwichtigen. „Ich muss dahin. Und du kannst nicht alleine zu Hause bleiben."

Wütend wirft der Junge das Besteck vor sich auf den Tisch. Er rutscht mit dem Stuhl zurück, verschränkt beide Arme vor der Brust und verkündet trotzig: „Nein! Ich will nicht! Ich will hierbleiben!"

„Du hast mich bereits einen Tag gekostet. Noch einen kann ich nicht versäumen!", regt sich Theresa darüber auf, dass ihr Sohn ihre beruflichen Pläne sabotiert. „Ich habe dir heute Morgen erklärt, wie wichtig diese Fortbildung für mich ist. Und ich erwarte von dir, dass ..."

Da springt Simon plötzlich auf, unterbricht seine Mutter und brüllt sie vorwurfsvoll an: „Seitdem Kathy auf die Uni geht, interessierst du dich doch sowieso nur noch für deine Arbeit! Ich gehe überhaupt nicht mehr zur Schule!" Er läuft aus der Küche und schreit dabei wütend: „Ihr könnt mich alle mal!"

„Komm wieder zurück und setzt dich an den Tisch!", ruft Theresa ihm hinterher.

David hat den Eindruck, dass beide, Mutter und Sohn, zurzeit nur an sich denken können und versucht seine Frau zu mehr Gelassenheit zu bewegen. „Lass ihn doch."

„Das sagst du immer! Aber ich bin nicht mehr bereit, mir dieses Verhalten bieten zu lassen!"

„Lass dich doch nicht auf sein Spiel ein." Zärtlich greift er nach einer Hand seiner Frau und beschwichtigt sie. „Lass uns in Ruhe essen."

Ermutigt durch die Reaktion ihres Mannes lässt Theresa es zu, froh darüber zu sein, dass ihr Sohn nicht mehr am Tisch sitzt und setzt gemeinsam mit David das Abendessen fort.

13. Entladung

Am nächsten Morgen hat sich David eine schwarze Hose und ein dunkelblaues Hemd angezogen. Nachdem er die Betten ordentlich gemacht hat, packt er Kleidung aus dem Schlafzimmerschrank in eine bereits halb gefüllte Reisetasche. Als die Tasche voll ist, verschließt er sie und schaut in Richtung seines Nachttisches, um zu kontrollieren, ob er etwas vergessen hat. Sein Handy liegt noch dort. Der Wecker daneben zeigt 8:24 Uhr.

Er holt das Handy, steckt es ein, geht zu seiner Reisetasche und ruft in angespanntem Tonfall zur offenen Zimmertür hinaus: „Bist du fertig, Simon?"

Noch im Schlafanzug sitzt der Junge an seinem Schreibtisch vor dem Monitor seines PCs, spielt ein Online-Game und tut so, als würde er nichts hören.

Als David in das Zimmer kommt, sieht er verblüfft, was sein Sohn treibt. Verärgert spricht er ihn an und geht dabei auf den PC zu: „Zieh dich jetzt an! Sonst nehme ich dich im Schlafanzug mit." Dann betätigt er den Hauptschalter des PCs und der Monitor wird dunkel.

Empört springt Simon von seinem Stuhl auf: „Ich hab noch nicht gesichert!"

Vater und Sohn stehen sich gegenüber und blicken sich erregt an.

„Der Spielstand war noch nicht gesichert!", wiederholt Simon wütend.

„Ich sage es nicht noch einmal!", droht David.

Einen weiteren spannungsgeladenen Moment

lang stehen sich Vater und Sohn schweigend, abwartend gegenüber. Schließlich schaut David nach der in der Mitte des Zimmers bereit gestellten leeren Reisetasche. Er nimmt sie, geht damit zum Kleiderschrank, stellt die Tasche davor ab und öffnet die Schranktür.

Simon hat seinen Vater beobachtet. Wütend stampft er mit einem Fuß auf und schreit außer sich, mit geballten Fäusten: „Aber ich will nicht mitkommen, Mann! Ich will nicht aufs Land!"

Unbeeindruckt von dem Tobsuchtsanfall seines Sohnes beginnt David damit, Kleidung aus dem Schrank in die Reisetasche zu legen. Simon ändert die Taktik. Verzweifelt fleht er: „Warum kann ich nicht hierblieben? Ich bin doch vorher auch schon allein zu Haus geblieben."

David packt weiter. „Die ist zu klein! Die passt mir nicht mehr!", ruft sein Sohn protestierend, als er eine Hose aus dem Schrank holt. Er legt sie zurück, nimmt die Reisetasche zur Hand, dreht sich um und geht zu Simon. Vor seinen Füßen stellt er die Tasche ab und befiehlt ihm: „Du hast zehn Minuten Zeit, deine Sachen selbst zu packen, dich anzuziehen und zum Auto zu kommen! Wenn ich noch mal in dein Zimmer kommen muss, schleife ich dich zum Auto. Mit oder ohne Schlafanzug."

Noch immer wütend tritt der Junge gegen die Reisetasche. „Mann, ich will aber nicht!"

„Zwing mich nicht handgreiflich zu werden!" Davids Geduld ist zu Ende. „Ich meine es ernst! Wir haben eine lange Fahrt vor uns."

Er verlässt das Zimmer, ohne sich noch einmal umzusehen, während sein Sohn ihm hinterher schreit: „Du bist ein blöder Wichser!"

Simon tritt noch einmal, mit aller Kraft, gegen die Reisetasche, so dass sie über den Fußboden rutscht. Gekränkt, hilflos, verschränkt er seine Arme vor der Brust und verharrt regungslos, böse zur offenen Zimmertür starrend.

Nach einer Weile besinnt er sich und geht zu der Tasche. Er dreht sie mit der Öffnung nach unten, hebt sie hoch und lässt den Inhalt schüttelnd auf den Fußboden fallen. Mit der geleerten Tasche geht er zum Kleiderschrank und packt sie neu. Danach zieht er seinen Schlafanzug aus und wirft ihn auf das Bett. Nachdem er Sweatshirt, Jeans und Turnschuhe angezogen hat, fasst er die Reisetasche an einem seitlichen Griff an und geht, die halb angehobene Tasche hinter sich her ziehend, aus dem Zimmer.

Resigniert schleppt Simon sich den Flur entlang, indem er seine Turnschuhe über den wollenen Teppichbodenbelag schleifen lässt und verleiht seiner Stimmung geräuschvollen Ausdruck durch das Poltern der Reisetasche, deren Ende auf der Treppe von Stufe zu Stufe fällt. Er schlurft weiter durch die offen stehende Haustür bis zum Auto seines Vaters, lässt die Tasche dort ganz zu Boden fallen und teilt ihm vorwurfsvoll mit: „Ich hab noch nichts gegessen!"

David ist damit beschäftigt, seine Reisetasche und einen kleinen Rucksack im Kofferraum des Vans zu verstauen und erwidert beherrscht: „Ich habe dich dreimal zum Frühstück gerufen."

„Da hatte ich noch keinen Hunger."

„Und jetzt hast du Hunger?"

Darauf hoffend, die Abfahrt verzögern zu können, antwortet Simon eifrig: „Ja!"

David holt aus dem kleinen Rucksack, den er bereits im Kofferraum abgestellt hatte, eine gefüllte Brotdose hervor, hält sie seinem Sohn hin und ergänzt: „Limo ist im Auto."

„Das will ich nicht!", sagt Simon enttäuscht.

Da steckt David die Brotdose unbeeindruckt wieder zurück in den Rucksack und befiehlt seinem Sohn: „Steig ein!"

Simon hat den Eindruck, dass sein Vater auf alles, was er sich noch ausdenken könnte, vorbereitet ist und gibt wortlos auf. Er geht auf die andere Seite des Vans, um sich auf die Rückbank hinter den Platz des Fahrers zu setzen. Beim Einsteigen durch die bereits geöffnete Autotür fasst er an den metallenen Türrahmen des Vans.

Da zuckt seine Hand unwillkürlich zurück. Simon schreit auf und springt einen Schritt nach hinten. „Aua! Dein Auto ist kaputt!"

Irritiert blickt David hinter der Rückseite des Vans hervor und versucht zu verstehen, was passiert ist.

Alle Materie, jeder Körper und jeder Gegenstand, ist aus kleinsten Bausteinen der Natur, aus Teilchen, aufgebaut. Diese, Atome genannten, Teilchen bestehen aus noch kleineren Elementarteilchen, die eine ganz besondere Eigenschaft besitzen: die elektrische Ladung.

Durch unterschiedliche Vorgänge können Elementarteilchen mit ihrer elektrischen Ladung – als Ladungsträger – von einem Gegenstand auf einen Körper und umgekehrt übergehen.

Während Simon mit schlurfenden Schritten über den aus Wolle bestehenden Teppichboden im Flur gelaufen ist, sind durch die Reibung der Gummisohlen seiner Turnschuhe Ladungsträger vom Teppich auf ihn übergegangen. Diese unsichtbaren Ladungsträger haben sich über seinen ganzen Körper verteilt und er wurde mit jedem schlurfenden Schritt elektrisch immer mehr aufgeladen.

Als der Junge dann beim Einsteigen mit der Hand das Auto berührte, gingen die gesammelten, überschüssigen Ladungsträger von seinem Körper auf das Metall des Fahrgestells über. Und durch das Fließen dieses elektrischen Stroms wurde Simon wieder entladen.

Aber diese Entladung war so stark, dass sich bei dem blitzartigen Übergang der Ladungsträger ein ganz kleiner Funke bildete und Davids Sohn einen leichten, aber schmerzhaften elektrischen Schlag erhielt.

Noch einmal empört sich Simon laut. „Dein Auto hat mir einen Stromschlag gegeben. Das hat weh getan!"

„Dann fass beim Einsteigen nicht an etwas Metallisches", versucht David seinen Sohn zu beschwichtigen.

„Und wie soll ich das machen? Reinfliegen?"

„Reinhüpfen reicht", kontert der Vater.

„Sehr witzig!"

„Du hast dich jetzt sowieso entladen. Nochmal passiert es nicht." Er verstaut Simons Reisetasche im Kofferraum, klappt die Haube zu und kommt auf die Fahrerseite. Ungeduldig blickt er seinen, immer noch vor dem Auto stehenden, Sohn an und fordert ihn auf: „Können wir jetzt los?"

Während der Junge besonders umständlich, ohne mit den Händen etwas zu berühren, in das Auto steigt, geht David zum Haus und verschließt die Tür. Dann kommt er zurück, wartet bis Simon nach dem Sicherheitsgurt greift, um sich anzuschnallen und klappt die hintere Autotür zu. Schließlich steigt er selbst ein und startet den Van.

Er fährt vom Grundstück herunter und begibt sich auf den Weg durch die gutbürgerliche Vorstadtsiedlung Richtung Autobahn. Während der Fahrt schaut er im Inneren des Autos in den Rückspiegel nach seinem Sohn.

Simon sitzt auf der Rückbank hinter ihm und spielt mit seiner tragbaren Konsole.

David entspannt sich etwas, schaltet die Hifi-Anlage ein und die Rock-Ballade „Telegraph Road" beginnt mit einem dröhnenden Gewitterkrachen.

Der Van biegt ab auf die Autobahn. Stadtauswärts herrscht dort vormittags nur sehr wenig Verkehr. Noch ist die Landschaft flach und die Infrastruktur der Umgebung durch Industrie und die nahe Großstadt bestimmt.

14. Die Fahrt in die Berge

Es ist Mittag geworden. David fährt mit seinem Van durch eine von Landwirtschaft geprägte, hügelige Gegend auf einer wenig befahrenen Landstraße. Hinter dem Lenkrad genießt er während der Fahrt den Anblick der kräftigen grünen Farben des dichten Mischwaldes, der die Straße streckenweise säumt.

Plötzlich ruckelt die Lehne seines Sitzes nach vorne. Auf der Suche nach dem Grund blickt er in den Rückspiegel nach hinten zu seinem Sohn, kann dort jedoch nichts Ungewöhnliches entdecken.

Simon spielt noch immer mit seiner Konsole, hat inzwischen aber Kopfhörer aufgesetzt und hört Musik aus seinem Smartphone.

David schaut wieder vor sich auf die Straße, als seine Rücklehne erneut ruckelt. Noch einmal blickt er in den Rückspiegel nach hinten.

Der Junge hat es sich auf der Rückbank bequem gemacht. Er ist mit dem Unterkörper nach vorne gerutscht, hat seine Knie angezogen und die Schuhsohlen an die Rückseite der Lehne des Fahrersitzes gestellt. Im Takt der Techno-Musik, die er hört, hat er begonnen, mit seinen Füßen gegen die Rücklehne zu stoßen.

Im gleichen Rhythmus wippt die Lehne des Fahrersitzes vor und zurück und stört Davids Konzentration. Er ruft seinem Sohn zu: „Kannst du bitte damit aufhören!"

Die Lehne wippt weiter vor und zurück. Wieder schaut er in den Spiegel nach hinten und versucht noch einmal, etwas lauter, seine Aufmerksamkeit zu erregen. „Simon? Hallo! – Kannst du bitte damit aufhören!"

Der Junge reagiert nicht. Er stößt weiter im Takt der Musik seine Füße gegen die Rücklehne des Fahrersitzes vor ihm.

Da begreift David, dass sein Sohn ihn durch die Kopfhörer hindurch nicht hören kann. Zunehmend gereizt fährt er mit vor und zurück wippender Lehne weiter und beginnt auf der Landstraße nach einer Möglichkeit zum Anhalten zu suchen.

Kurze Zeit später findet er einen kleinen Rastplatz am rechten Fahrbahnrand und fährt darauf. Er bringt seinen Van zum Stehen, stellt den Motor ab und steigt aus. Der Rastplatz ist leer und von dichtem Mischwald umgeben.

Simon ist nach wie vor in das Spiel auf seiner Konsole vertieft und stößt währenddessen im Takt der Musik gegen die Rücklehne des Fahrersitzes. Unbeherrscht reißt David die hintere Autotür auf und schimpft ihn an. „Nimm die Füße runter und rutsch rüber!"

Erschrocken schaut Simon auf. Durch die Musik, die er hört, hat er nichts verstanden. Er drückt sich mit den Schuhen an der Rücklehne zurück und rutscht auf der Sitzbank nach oben. Als er wieder aufrecht sitzt, stellt er die Füße auf den Boden des Autos, legt die Spielkonsole zur Seite und nimmt den Kopfhörer von den Ohren. Verwundert darüber, dass sein Vater so böse erscheint, fragt er ernsthaft: „Was ist los?"

Noch immer ungehalten antwortet David: „Ich sagte, rutsch rüber!"

„Warum? Was hab ich gemacht?" Simon hat keine Ahnung, warum sein Vater ihn so anherrscht.

David fühlt sich erschöpft. Es fällt ihm schwer, nachzuvollziehen, dass die Ahnungslosigkeit seines Sohnes nicht gespielt ist. In etwas weniger gereiztem Tonfall wendet er sich erneut an ihn. „Du störst mich beim Fahren mit deiner Ruckelei. Also, rutsch bitte rüber auf die andere Seite, damit wir weiter fahren können."

„Was für eine Ruckelei?"

Er ist zu müde für eine Diskussion. In versöhnlichem Tonfall erklärt er: „Ich habe jetzt keine Lust auf lange Erklärungen. Ich möchte weiterfahren."

Simon fühlt sich ungerecht behandelt. „Deshalb musst du mich doch nicht so anmachen! Wenn du schlechte Laune hast, dann musst du sie nicht an mir auslassen."

„Rutscht du jetzt *bitte* rüber?"

Der Junge spürt, dass er Oberwasser bekommt und versucht sein Blatt auszureizen: „Nein!"

Hilflos blickt David seinen Sohn an.

Um dem Vater zu zeigen, dass die Angelegenheit für ihn erledigt ist, hebt Simon die Arme und will den Kopfhörer wieder aufsetzen.

Da verliert David die Kontrolle. Er macht einen Schritt nach vorne, heran an die geöffnete Autotür und greift nach Simon. Doch der Junge reagiert schneller, rutscht auf die andere Seite der Sitzbank und öffnet von innen die Tür auf der Beifahrerseite.

Er springt aus dem Auto, streift das ihn behindernde Kopfhörerkabel ab und rennt über den kleinen Rastplatz in den nahen, dichten Wald.

Überrascht schaut David hinter ihm her und beobachtet, wie sein Sohn im Wald zwischen Bäumen und Gestrüpp verschwindet.

Unentschlossen wartet er einen Moment lang ab, dann nimmt er sich gezwungenermaßen die Zeit, sich zu beruhigen. Noch einmal schaut er zum Waldrand, zu der Stelle, an der Simon verschwunden ist.

Das Unterholz, bestehend aus alten Ästen, jungen Bäumen, Sträuchern und Gebüsch versperrt den Blick in den Wald hinein. Langsam geht David um das Auto herum und auf die Bäume zu.

Im dichten Wald muss der Junge das Tempo verringern und sich durch das Unterholz kämpfen. Er läuft weiter, schaut sich jedoch immer wieder um und prüft, ob er das Auto des Vaters noch lokalisieren kann. Als er den Eindruck hat, tief genug in den Wald hinein gelaufen zu sein, so dass er vom Rastplatz aus nicht mehr gesehen wird, bleibt er stehen und schaut sich aufmerksam um. Aus der Ferne hört er David auffordernd rufen.

„Simon!"

Er blickt in die Richtung, aus der er den Ruf gehört hat und überlegt, was er als nächstes tun soll. Sein Blick wandert nach oben in die Baumkronen und sie bringen ihn auf eine Idee.

Schleichend, Geräusche vermeidend und in gebückter Haltung, beginnt er einen Baum zu suchen, von dem aus er auf den Rastplatz schauen kann, ohne selbst gesehen zu werden. Dabei dienen ihm die Rufe des Vaters als Orientierung.

„Bitte! Komm wieder zurück."

David ist am Waldrand angekommen und späht, seinen Oberkörper bewegend, in den dichten Wald hinein. Noch einmal appelliert er an seinen Sohn, sich zu zeigen und zurück zu kommen.

„Der Wald ist sehr dicht. Ich kann dich nicht sehen. Ich bin doch kein Spürhund. Simon?"

Der Junge lauscht wieder nach der Stimme des Vaters. Er hat einen geeigneten Baum gefunden und klettert ihn hinauf.

Währenddessen geht David, in das Unterholz spähend, am Waldrand hin und her, in der Hoffnung seinen Sohn zu entdecken. Vergeblich.

Oben in der Krone des Baumes angekommen, legt sich Simon auf einen Ast und beginnt von dort aus neugierig seinen alten Herrn zu beobachten. Dessen Stimme klingt inzwischen reumütig.

„Bitte. Es tut mir leid! Ich hätte dich nicht so anschnauzen dürfen."

Zwischen den Blättern hindurch kann er sehen, wie sein Vater auf und ab geht und weiter am Waldrand nach ihm Ausschau hält.

Erneut bittet David: „Was soll ich denn machen? Ich kann dich nicht sehen! Wie soll ich denn in diesem Gestrüpp nach dir suchen?" Zum wiederholten Male schaut er sich um. Er vermutet, dass sein Sohn ihn beobachtet und überlegt, wie er sich verhalten soll. Schließlich entscheidet er sich dafür, sich selbst und Simon eine Ruhepause zu gönnen.

Er geht zurück zum Auto und betrachtet es gedankenverloren. Nach einer Weile tritt er an die hintere Tür der Beifahrerseite, nimmt den davor auf dem Erdboden liegenden Kopfhörer hoch und legt ihn auf die hintere Sitzbank. Dann macht er die Wagentür zu, geht ohne Eile zur Fahrerseite und schließt auch hier die hintere Tür. Die Fahrertür lässt er offen stehen.

Auf der Landstraße fährt ein Auto vorbei. Langsam geht David zum Straßenrand, steckt unentschlossen seine Hände in die Hosentaschen und schaut abwartend in beide Fahrtrichtungen. Es ist kein Fahrzeug mehr zu sehen. Er zieht eine Hand aus der Tasche, blickt auf seine Armbanduhr und steckt die Hand wieder zurück. Noch einmal schaut er die Landstraße entlang, dreht sich um und geht mit bedächtigen Schritten zurück zu seinem Van.

Von seinem Ast aus beobachtet Simon aufmerksam, wie der Vater beginnt neben dem Auto nachdenklich auf und ab zu gehen.

In der Hoffnung, dass sich sein Sohn inzwischen zurück geschlichen hat, bleibt David stehen und schaut wieder zum Waldrand.

Da überkommt ihn eine tiefe Müdigkeit. Er steigt in den Van und lässt sich in den Sitz fallen. Bei geöffneter Fahrertür schaut er einen Moment lang gedankenverloren vor sich auf die Anzeigen seines Fahrzeugs. Dann legt er die Unterarme auf den oberen Rand des Lenkrads, beugt den Kopf vor, stützt seine Stirn auf die Rückseite seiner Hände und schließt die Augen.

Auf dem Rastplatz herrscht Stille. Hin und wieder lässt ein leichter Wind die Blätter der Bäume rascheln. Die Dunkelheit des dichten Waldes – fast kommt es ihm so vor, als ob er sie spüren kann. Fühlen kann, wie sie sich ausbreitet und droht, nach ihm zu greifen.

Verwundert über diese spontane Phantasie versucht David sich zu konzentrieren: auf die Stirn an seinen Handrücken, auf die Stille um ihn herum. Ganz sachte beginnen die Geräusche des Waldes das Gefühl der inneren Leere zu füllen. Das Blätterrauschen wird stärker und lauter und vertreibt endlich die Entschlusslosigkeit.

Simon liegt nach wie vor auf dem Ast des Baumes und beobachtet zunehmend gelangweilt den Van, in dem sein Vater sitzt.

Da öffnet David die Augen und rafft sich auf. Er greift nach einer im Seitenfach der Fahrertür steckenden Straßenkarte, stellt fest, wo er sich befindet und welche Straßen in der Umgebung sind. Danach steckt er die Karte wieder weg und nimmt einen neuen Anlauf. Er steigt aus dem Van und geht noch einmal zum Waldrand. Inzwischen macht er sich doch Sorgen, dass Simon sich überschätzt hat und zu weit in den Wald hinein gelaufen ist, um zurück zu finden. Erneut beginnt er nach seinem Sohn zu rufen.

„Simon, bitte, es tut mir leid! Bitte komm wieder zurück!"

Die Stimmung des Jungen verändert sich. Das Vergnügen daran, den Vater herauszufordern, ihm

Sorge zu bereiten, lässt nach.

„Mach doch wenigstens ein Geräusch, damit ich weiß, dass es dir gut geht!"

Wieder späht David, den Oberkörper bewegend, in den dichten Wald hinein. Doch plötzlich hält er inne, richtet sich auf und macht mit einem tiefen, hilflosen Ausatmen kehrt. Er geht zurück zum Van, schaut noch einmal zum Waldrand und setzt die getroffene Entscheidung um.

Von seinem Ast aus beobachtet der Junge, wie David in den Van steigt, den Motor startet und losfährt!

Sein Vater verlässt ohne ihn den Rastplatz! Einen Moment lang wartet Simon erschrocken ab, ob das Auto wendet und wieder zurück kommt. Als das jedoch nicht geschieht, klettert er so schnell es geht von dem Baum herunter.

15. Auf dem Rastplatz

Simon kommt aus dem Wald zum Straßenrand gerannt und schaut aufgeregt und außer Atem die Landstraße hinunter. Das Auto seines Vaters ist gerade noch in der Ferne zu erkennen. Ungläubig sieht er, wie es in einer Kurve verschwindet.

Von links hört er das leise Brummen eines Motors und schaut in die andere Richtung. Ein alter Lastwagen nähert sich, fährt heran und an ihm vorbei. Auch diesem Fahrzeug blickt er hinterher, bis es in der Ferne verschwindet.

Eine Zeitlang steht er ratlos am Straßenrand, dann fällt ihm sein Handy ein. Er sucht in seinen Hosentaschen, bis er sich erinnert: „Scheiße! Das liegt im Auto."

Angespannt schaut er in die Richtung, in die der Van seines Vaters weggefahren ist, in der Hoffnung, dass er ihn zurückkommen sieht. Nach einer Weile entdeckt er tatsächlich ein Fahrzeug. Er spürt freudige, erleichterte Erwartung, als er erkennt, dass das Auto die gleiche Farbe hat, wie Davids Van. Als es näherkommt, wird die Idee, das Versteckspiel fortzuführen jedoch durch seine Feststellung verscheucht, dass es sich bei dem schwarzen Auto um ein anderes Modell handelt. Und als der PKW an ihm vorbei fährt, sieht er enttäuscht, dass es zudem nur ein Zweitürer ist.

Zur rechten und zur linken Seite liegt die Landstraße verlassen vor ihm. Nun ist er es, der ungeduldig, hilflos, ärgerlich auf sich selbst und zunehmend beunruhigt auf und ab geht. Eigentlich ist er sich sicher, dass sein Vater ihn hier nicht einfach zurück lassen würde. Aber vielleicht hat er es ja diesmal übertrieben mit seinem Ungehorsam. Hat die Auseinandersetzung mit David gewonnen und doch gleichzeitig verloren.

Verunsichert schaut sich Simon um, kann jedoch nichts entdecken, was ihm weiter hilft. Um sich von seinem Frust abzulenken und sich die Zeit zu vertreiben, fängt er an, ein paar kleine Steine auf dem Erdboden mit dem Fuß weg zu kicken.

Als das Steinekicken beginnt langweilig zu werden, hört er wieder ein Auto auf sich zu kommen, allerdings von links, der Richtung, aus der er seinen Vater nicht erwartet. Er schaut hoch und entdeckt einen alten, fast schrottreifen, großen PKW, der sich – immer langsamer werdend – dem Rastplatz nähert.

Der PKW fährt im Schritttempo auf den Rastplatz und hält direkt neben Simon. Die Scheibe der Beifahrertür senkt sich und im Inneren des Fahrzeugs wird ein etwa vierzigjähriger, ungepflegter Mann mit Halbglatze und Drei-Tage-Bart sichtbar.

Betont freundlich wendet sich der Fahrer an den Jungen: „Was machst du denn hier so allein, Kleiner?"

Schüchtern schaut Simon den Mann an und dann nach rechts, in die Richtung, aus der sein Vater kommen müsste.

„Wo sind denn deine Eltern? Is was passiert?"
Er schüttelt verneinend mit dem Kopf.

„Warum stehst du denn hier so verlassen in der Gegend rum?"

Er nimmt seinen Mut zusammen und antwortet, so überzeugt, wie er es vermag: „Mein Papa kommt gleich wieder."

Doch der fremde Mann lässt nicht locker und fragt ihn weiter aus. „Warum ist er denn weggefahren und hat dich hier allein gelassen?"

Simon schaut wieder in die Richtung, in die David weggefahren ist. Mit Fremden darf er nicht sprechen.

„Bist du sicher, dass er wiederkommt? Vielleicht hat er ja eine Panne und wartet im nächsten Ort auf dich."

Demonstrativ teilnahmslos schaut Simon weiter die Landstraße hinunter und wünscht sich sehnsüchtig, dass sein Vater endlich zurückkehrt.

„Es dauert nicht mehr lange, bis es dunkel wird. Ich kann dich doch nicht hier so alleine zurück lassen. Das ist doch viel zu gefährlich!"

Der fremde Mann geht ihm auf die Nerven. Simon möchte, dass er weiterfährt.

„Soll ich dich bis zum nächsten Ort mitnehmen? Bestimmt wartet dein Vater da auf dich."

Zu Fremden darf er auch nicht ins Auto steigen. Aber vielleicht hat der Mann ja Recht. Der Junge wird unsicher. Prüfend schaut er zu dem fremden Mann. Der langt über den Beifahrersitz und öffnet von innen, vom Fahrersitz aus, die Autotür.

„Na komm. Ich tu dir doch nichts. Ich bring dich zu deinem Papa."

Hin- und hergerissen betrachtet Simon den ungepflegten Mann. Vielleicht hat sein Vater ja wirklich eine Panne und kommt deshalb nicht zurück. Vielleicht steht David mit einem Platten in der Ferne hinter der Kurve und kann ihn nicht anrufen, weil sein Handy im Auto liegt.

Zögernd geht er ein, zwei Schritte auf die geöffnete Beifahrertür zu. Da hört er noch ein Auto heran fahren. Doch es kommt wieder von links, aus der falschen Richtung. Simon bleibt stehen, schaut zu dem auf ihn zukommenden Fahrzeug und wartet verunsichert ab.

Da versucht der fremde Mann noch einmal so freundlich wie es ihm möglich ist, seine unerwartete Chance zu nutzen.

„Na komm. Dein Papa macht sich bestimmt schon Sorgen um dich."

Der Widerstand des Jungen lässt nach. Er legt die rechte Hand oben an die Beifahrertür und macht noch einen kleinen Schritt nach vorne.

Plötzlich hört Simon das sich nähernde Auto hupen und laut beschleunigen. Es fährt mit hohem Tempo auf den Rastplatz und stoppt stark bremsend direkt hinter dem schrottreifen PKW.

Es ist der Van seines Vaters.

David öffnet die Fahrertür und steigt bei noch laufendem Motor halb aus dem Auto. Besorgt schaut er zu seinem Sohn.

Erleichtert lässt Simon die Tür los und blickt ein letztes Mal zu dem zwielichtigen Mann ins Auto.

Dann läuft er zu dem Van seines Vaters und

steigt auf der hinteren Beifahrerseite ein. Währenddessen gibt der schrottreife PKW Gas und fährt
schnell weiter.

David setzt sich zurück auf den Fahrersitz und
schließt die Autotür. Er dreht sich zu seinem Sohn,
um sich zu vergewissern, dass mit ihm alles in Ordnung ist. Ihre erleichterten Blicke treffen sich.

Schweigend wartet er, bis Simon sich ange-
schnallt hat und fährt los – in Richtung Westen, der
untergehenden Sonne hinterher.

16. Triumph Bonneville

Es ist Abend geworden, als David mit seinem Van von der Landstraße auf das Grundstück eines einfachen, kleinen Motels fährt. Er parkt ganz am Ende des flachen, eingeschossigen Gebäudes, auf dem Stellplatz vor dem letzten Zimmer. Daneben, direkt an der äußeren Seitenwand des Gebäudes, steht ein Schrank mit Elektroinstallationen des Motels. Diese Niederspannungs-Hauptverteilung enthält neben den Stromzählern auch die Kästen mit den elektrischen Sicherungen für die einzelnen Zimmer.

David steigt mit zwei Pizzaschachteln und einer Tüte mit Getränken im Arm aus dem Van und betätigt den Druckkontakt seines Autoschlüssels. Das Fahrzeug reagiert mit einem kurzen akustischen und optischen Signal und verriegelt die Türen. Er steckt den Autoschlüssel ein und holt, während er auf das hinter dem Stellplatz liegende Zimmer zugeht, einen anderen Schlüssel hervor. Damit öffnet er die Tür und betritt das Motelzimmer.

Die abgenutzte Einrichtung besteht aus zwei einzelnen Betten mit Nachttisch, einem kleinen Tisch mit zwei Stühlen, einem Kleiderschrank und einer Kommode mit einem alten Röhrenfernseher darauf. Simon sitzt im Schlafanzug auf dem Boden vor dem Fernseher und schaut sich den Spielfilm „Der einzige Zeuge" an.

David legt die Pizzaschachteln und die Tüte mit Getränken auf den Tisch, nimmt eine Flasche Limonade heraus und gibt sie seinem Sohn. Dann öffnet er eine der Schachteln und reicht sie ihm ebenfalls. Mit der Hand beginnt Simon die in Stücke geschnittene Pizza zu essen, während er weiter aufmerksam Fernsehen schaut. David setzt sich auf einen der Stühle und fängt auch an zu essen. Er hat sich ein Six-Pack Bier mitgebracht und öffnet die erste Flasche, um mit mehreren großen Schlucken seinen Durst zu löschen.

Während Vater und Sohn gemeinsam Abendbrot essen, schauen sie sich den Spielfilm an. Er handelt von einem angeschossenen Polizisten, der sich auf der Flucht vor kriminellen Kollegen eine Zeitlang in einer Gemeinde von Amischen versteckt. Die Angehörigen dieser protestantischen Glaubensgemeinschaft leben noch immer, wie im 17. Jahrhundert, von der Landwirtschaft, in Abgeschiedenheit von der Außenwelt und ganz ohne Elektrizität.

Auf dem Bildschirm des Fernsehers ist der Großvater Eli zu sehen, der in der spärlich, nur von Petroleumlampen, beleuchteten Küche vor dem Esstisch sitzt. Ein Revolver und sechs Patronen liegen auf dem Tisch, die sein achtjähriger Enkelsohn Samuel im Gästezimmer, im Nachttisch des Polizisten, gefunden hat. Samuel sitzt auf Elis Schoß und der alte hagere Mann spricht zu ihm mit bedächtigen Worten.

„Diese Waffe, die du hier siehst, ist dazu da, menschliches Leben zu nehmen. Und wir glauben, dass das falsch ist. Das ist allein die Sache Gottes. – Es sind schon oft Kriege gekommen. Und Menschen haben zu uns gesagt: Ihr müsst kämpfen, ihr müsst töten. Es wäre der einzige Weg zur Erhaltung des Guten. Aber, Samuel, es gibt niemals nur einen Weg. Denke immer daran. – Würdest du einen anderen Menschen töten?"

Samuel schaut seinen Großvater an und antwortet: „Ich würde nur einen bösen Menschen töten."

Eli nickt verständnisvoll und erwidert: „Nur einen bösen Menschen. Ich verstehe. Und erkennst du einen bösen Menschen, wenn du ihn siehst? Meinst du, du kannst in sein Herz sehen und erkennen, dass er böse ist?"

Samuel wurde Zeuge des Mordes an dem Kollegen des Polizisten. Ernsthaft begründet er seine Auffassung. „Ich kann doch sehen, was sie tun. Ich habe es ja gesehen!"

Da versucht Eli seinem Enkelsohn eindringlich zu erklären: „Und dadurch, dass du es gesehen hast, bist du einer von Ihnen geworden! Erkennst du das denn nicht? – Was du in deine Hände nimmst, das nimmst du auch in dein Herz."

Und schließlich zitiert er aus der Bibel: „Deswegen gehe weg aus ihrer Mitte, löse dich und gehe deinen eigenen Weg, sprach der Herr. Und berühre nicht die unreinen Dinge."

David blickt zu seinem Sohn und fragt sich, ob der Junge schon alt genug ist, um zu verstehen, wovon in dieser Spielfilmszene die Rede ist. Simon dagegen genießt einfach nur den gemeinsamen Fernsehabend mit seinem Vater und dass er länger aufbleiben darf als sonst.

David nimmt noch einen Schluck aus der dritten Flasche Bier. Über dem Fernseher hängt eine Reklametafel an der Wand, auf der Firmen aus der Umgebung für ihre Dienstleistungen werben. In die Tafel eingefügt ist eine Uhr mit digitaler Anzeige. Es ist 22:33. Müde schließt er seine Augen.

Einige Stunden später ist es still geworden im Zimmer und dunkel. Nur von draußen dringt der Lichtschein der nächtlichen Motelbeleuchtung durch die Gardinen vor dem Fenster. Die über dem Fernseher an der Wand hängende Uhr zeigt 3:21.

Noch angezogen liegt David im Bett und starrt grübelnd an die Zimmerdecke. Nach einer Weile greift er nach der auf seinem Nachttisch stehenden Bierflasche. Er hebt sie an und schüttelt sie leicht. Sie ist leer. Er setzt sich auf, stellt die Flasche wieder ab und schaut zum Tisch. Da erinnert er sich daran, dass die dort stehenden fünf anderen Bierflaschen ebenfalls leer sind und steht auf. Er schaut zu seinem Sohn, der im Bett liegt und schläft. Dann zieht er seine Schuhe an und verlässt das Zimmer.

Von draußen schließt er leise die Tür und schaut sich kurz um. Auf dem Motelgelände ist keinerlei Betrieb. David geht zu einem auf dem Gelände stehenden Getränkeautomaten. Auf dem Parkplatz davor steht ein Motorrad der Firma Triumph. Der Oldtimer, eine Bonneville 650, ist mindestens vierzig Jahre alt und sehr gut gepflegt. Er tritt an das Motorrad heran und bewundert es lächelnd im matten Schein der Nachtbeleuchtung.

Plötzlich fragt eine freundliche Männerstimme: „Gefällt sie dir?"

Überrascht schaut David auf. Seitlich am Getränkeautomaten lehnt ein über siebzig Jahre alter Hippie, mit langen grauen Haaren, Stirnband und einem Vollbart. Über seiner schwarzen Lederjacke trägt er eine Jeansweste.

„Eine Schönheit!", antwortet David begeistert. Er bückt sich und betrachtet das Motorrad genauer.

„Dreh ne Runde, wenn du Lust hast."

Er richtet sich wieder auf, lächelt den Hippie an und schüttelnd bedauernd den Kopf. „Ich bin lange nicht gefahren."

„Das verlernt man doch nicht", ermuntert ihn der Mann. „Der Schlüssel steckt."

Hin und her gerissen betrachtet David den Oldtimer. Schließlich siegt seine Lust auf ein kleines Vergnügen. Grinsend nimmt er das Angebot an. „Na gut."

Er steigt auf das Motorrad und startet es, indem er auf den Kickstarter tritt. Dann dreht er den Gasgriff ein wenig auf, bockt die Maschine ab und setzt sich. Nachdem er das Licht eingeschaltet hat, blickt er noch einmal lächelnd zu dem Mann neben dem Getränkeautomaten und fährt langsam zur Ausfahrt des Motels.

In mäßigem Tempo fährt David mit der Triumph Bonneville hinaus auf die dunkle, nur von wenigen Laternen beleuchtete Straße. Außerhalb der kleinen Ortschaft scheint nur noch der helle Mond auf die von Mischwald gesäumte Landstraße herunter.

Schneller als erwartet spürt er die alte Vertrautheit mit der Maschine wieder und mag sich ein lange vermisstes Gefühl der Lebensfreude nicht mehr versagen. Glücklich lächelnd fährt er weiter durch die kühle Frühlingsnacht – unter sich das kraftvoll tuckernde Motorrad und über sich den sternenklaren Himmel.

Nach etwa drei Kilometern nähert er sich einer Kreuzung und verringert die Geschwindigkeit. Prüfend schaut er die kreuzende Landstraße rechts und links hinunter und gibt wieder Gas, als er kein Fahrzeug entdecken kann.

Mitten auf der Kreuzung hört er jedoch plötzlich das laut quietschende Bremsen eines größeren Fahrzeugs. Erschrocken schaut er zur rechten Seite: mit hoher Geschwindigkeit rast ein großer LKW direkt auf ihn zu!

„Miriam!" Mit einem warnenden Ausruf schreckt David aus seinem Alptraum hoch.

Desorientiert, halb zugedeckt, in Unterhemd und Unterhose, setzt er sich im Bett auf und versucht sich zu besinnen. Die Nachttischlampe am Bett seines Sohnes ist eingeschaltet. Doch Simon sitzt auf dem Fußboden ganz nah vor dem leise laufenden

Fernseher und blickt ihn besorgt an.

David braucht einen Moment, um sich Ort, Tag und Uhrzeit zu vergegenwärtigen. Die über dem Fernseher in der Reklametafel an der Wand hängende Uhr zeigt 1:23.

Währenddessen wendet sich Simons Aufmerksamkeit wieder der Sendung im Fernsehen und dem Farmerssohn Harold zu. Der vierzehnjährige Junge hilft Catweazle, dem schrulligen, angelsächsischen Zauberer aus dem 11. Jahrhundert, mit den Mysterien der modernen Zivilisation umzugehen.

Catweazle hat sich in der dunklen Scheune von Harolds Vater versteckt. Auf dem Bildschirm des Fernsehers ist gerade zu sehen, wie sich der Zauberer mit großen erstaunten Augen über das taghelle Deckenlicht wundert, das der Junge eingeschaltet hat.

Beruhigend erklärt Harold dem alten Mann: „Das ist doch nur Elektrizität."

Der bärtige, hagere Hexenmeister mit den grauen Haaren und der braunen Kutte, der wegen eines misslungenen Zauberspruchs mitten in den siebziger Jahren des 20. Jahrhunderts gelandet ist, besitzt diese Kräfte nicht. „Oh, Meister der magischen Künste, lass mich dir dienen!"

Harold hat keine Ahnung, was Catweazle von ihm will. „Wie?"

Der Zauberer zollt dem Jungen seine Anerkennung und bittet ihn: „Enthülle mir diese Wunder der Magie!"

120

Harold versucht noch immer zu verstehen. „Magie?"

Solch ein Wunderwerk des Lichtmachens will Catweazle auch beherrschen können. „Lehre mich deinen Elektrik-Trick!"

David gesellt sich zu seinem Sohn auf den Fußboden und fragt ihn fürsorglich: „Warum bist du wieder aufgestanden? Warum schläfst du denn nicht?"

Simon wendet sich seinem Vater zu. „Ich kann nicht. Ich habe Kopfschmerzen."

Für einen Moment legt David die Rückseite einer Hand an die Stirn seines Sohnes, um festzustellen, ob er Fieber hat. „Und vom Fernsehen gucken werden die besser?", fragt er.

„Nein", antwortet Simon ehrlich. „Aber dann muss ich nicht die ganze Zeit an sie denken." Er versucht die Aufmerksamkeit seines Vaters auf die Sendung im Fernsehen zu lenken. „Schau mal, Catweazle hat sich aus dem Mittelalter weggezaubert und jetzt kennt er nichts aus unserer Zeit."

David schaut die Fernsehsendung lange genug an, um zu erkennen, dass es sich um eine ältere TV-Serie für Kinder handelt. Behutsam versucht er seinen Sohn zu überzeugen: „Simon, in ein paar Stunden müssen wir wieder aufstehen und weiterfahren. Ich verspreche dir, dass wir uns die Serie auf DVD besorgen und ich sie mir mit dir zusammen anschaue, wenn wir wieder zu Hause sind. Aber wir müssen jetzt zurück ins Bett und versuchen weiter zu schlafen."

Simon weiß, dass David seine Versprechen hält. Außerdem fühlt er sich nach der Erfahrung auf dem Rastplatz im Wald noch nicht wieder stark genug, um sich mit seinem Vater anzulegen. „Na gut." Er greift nach der vor ihm auf dem Fußboden liegenden Fernbedienung, schaltet den Fernseher damit aus und geht ins Bett.

Etwas schwerfällig erhebt sich auch David, folgt seinem Sohn und hilft ihm beim Zudecken.

„Hattest du einen Alptraum?", fragt Simon mitfühlend.

„Ich glaube, ja."

„Wer ist Miriam?"

„Ich weiß nicht. Vielleicht jemand aus meinem Traum." Sanft ergänzt er: „Schlaf jetzt."

„Ich hab wirklich Kopfschmerzen", bittet der Junge um Hilfe.

Nachdenklich betrachtet David seinen Sohn, dann dreht er sich um und geht ins Bad. Vom Bett aus hört Simon, dass Wasser in das Waschbecken läuft und sieht, wie sein Vater mit einem nassen Waschlappen in der Hand zu ihm zurück kommt.

Simon rutscht an eine Seite des Bettes, um seinem Vater zu verdeutlichen, dass er sich zu ihm setzen soll. David folgt der wortlosen Einladung, setzt sich auf das Bett und legt seinem Sohn behutsam den kühlenden Waschlappen auf die Stirn. Er schaltet das Licht der Nachttischlampe aus, lehnt seinen Oberkörper an das Kopfende des Bettes und versucht auch selbst wieder zur Ruhe zu kommen.

17. Hellen

Schon früh am nächsten Morgen sind Vater und Sohn aufgestanden und haben ihre Sachen gepackt. Sie verlassen das Motelzimmer und gehen mit ihrem Gepäck zu dem davor abgestellten Van. David öffnet die Haube des Kofferraums und verstaut die Reisetasche. Als Simon ihm seine Tasche reicht, teilt er bekümmert mit: „Papa, ich hab immer noch Kopfschmerzen."

Überrascht fragt sein Vater: „Wirklich?"

„Ja", nickt er hilflos.

„Setz dich schon mal ins Auto, ich besorg dir was dagegen", erklärt David fürsorglich. Nachdem er auch das Gepäck seines Sohnes verstaut und den Kofferraum des Vans wieder geschlossen hat, geht er über den Parkplatz zum Empfangsraum des Motels.

Simon öffnet die hintere Tür der Beifahrerseite und setzt sich auf die Rückbank des Autos. Da geht ein Mann in blauer Latzhose am Auto vorbei und zur seitlichen Außenwand des Gebäudes. Hinter dieser Wand befindet sich das Zimmer, in dem sein Vater und er die Nacht verbracht haben. Vor der Wand steht der Verteilerschrank für die Elektroinstallationen des Motels. Der Elektriker, der einen Gürtel mit vollen Werkzeugtaschen umgeschnallt hat, trägt eine kleine Alu-Leiter in der einen und eine Packung mit Glühbirnen in der anderen Hand. Er stellt die Leiter ab und legt die Packung mit Glühbirnen oben auf den Verteilerschrank.

Simon wird neugierig. Er steigt aus dem Auto

und geht ein paar Schritte auf den Mann zu, um ihm bei der Arbeit zuschauen zu können. Der Elektriker schließt den Verteilerschrank auf und öffnet dessen Türen. Der Schrank enthält unter anderem Stromzähler, Zeitschaltuhren, Leitungsschutzschalter und Sicherungen. Der Mann prüft die altmodischen Schmelzsicherungen und wechselt eine aus. Anschließend betätigt er einen der Schutzschalter. Simon beobachtet ihn interessiert, bis sein Vater zurück kommt und freundlich ruft: „Kommst du? Ich hab Medizin für dich." Er dreht sich um, geht zurück zum Auto und setzt sich wieder auf die Rückbank.

David tritt zu ihm, stellt einen Pappbecher mit Kaffee auf dem Autodach ab und gibt seinem Sohn eine Tüte mit Gebäck. Danach öffnet er die mitgebrachte Limonade und reicht ihm Flasche und Deckel.

Simon wartet ab, bis sein Vater eine Tablette aus ihrer Verpackung geholt hat, nimmt sie und schluckt sie herunter. Nachdem er ein paar Schluck Limonade getrunken hat, wird er gefragt: „Alles klar?" Er verschließt die Flasche, nickt und antwortet ernst: „Alles klar."

David schließt die hintere Autotür und nimmt den Kaffeebecher vom Dach. Dann geht er um den Van herum und steigt ein. Er stellt den Becher in einer dafür vorgesehenen Halterung ab, schnallt sich an und fährt los.

An der Außenwand des Gebäudes verschließt der Elektriker den Verteilerschrank und nimmt die Packung Glühbirnen wieder zur Hand.

Während Simon seine Kopfhörer aufsetzt und beginnt, sich der Spielkonsole zu widmen, verlässt Davids Van das Motelgelände und fährt auf die Landstraße.

Der Himmel ist bedeckt an diesem kühlen Morgen. Die Reise geht weiter Richtung Westen durch eine ländliche, hügelige Gegend auf einer kaum befahrenen Landstraße. Erneut erklingt die Rock-Ballade „Telegraph Road".

Gegen Mittag erreichen Vater und Sohn ein nur wenig besiedeltes, bewaldetes Mittelgebirge. Hölzerne Masten für Strom- und Telefonleitungen sind an einer Seite entlang der Landstraße aufgestellt. Die Straße ist kurvenreich und wird gesäumt von dichtem Wald, alleinstehenden einfachen Häusern, grünen Grasflächen sowie einzelnen kleinen Farmen für die Selbstversorgung.

Davids Van fährt auf einer Brücke über einen Fluss, später über einen Eisenbahnübergang. Nur wenige Fahrzeuge sind unterwegs. Am späten Nachmittag biegt der Van ab in eine schmale Seitenstraße und hält – vor einer Silhouette von bewaldeten Anhöhen – neben einem Haus.

Das gepflegte, weiß gestrichene, einstöckige Wohnhaus aus Holz ist mehr als fünfzig Jahre alt. Es hat ein Satteldach mit großem Erker und eine umlaufende Veranda. In geringem Abstand vom Haus befindet sich eine Garage für zwei Autos und daneben ein großer Geräteschuppen. Vor der Garage steht ein etwa zwanzig Jahre alter, gut erhaltener

Mittelklasse-PKW. Umgeben sind die hölzernen Gebäude von gepflegten Rasenflächen, schattenspendenden Bäumen und einigen Blumenkästen.

David steigt aus und schaut sich um. Mehr als sieben Jahre ist es her, dass er das letzte Mal hier war und er stellt fest, dass sich nichts verändert hat. Während er das Gepäck auslädt, steigt auch Simon aus dem Auto.

Da öffnet sich die Eingangstür des Hauses und eine Mitte siebzigjährige Frau mit grauen halblangen Haaren tritt hinaus auf die Veranda. Sie trägt ein schlichtes Hauskleid und eine Schürze. Mit einem vorsichtigen Lächeln stellt sie sich an die Eingangstreppe des Hauses und wartet dort.

David gibt seinem Sohn den kleinen Rucksack zum Tragen, nimmt selbst die beiden Reisetaschen und geht mit dem Gepäck zur Eingangstreppe. Simon läuft in einem Abstand von etwa zwei Schritten hinter seinem Vater her und schaut argwöhnisch zu der alten Frau.

Mit ernstem Blick steigt David die Stufen der Treppe hinauf. Als er oben auf der Veranda angekommen ist, begrüßt ihn die Frau mit einem zurückhaltenden „Guten Tag". Er stellt die Reisetaschen ab und sie ergänzt betont freundlich: „Danke, dass du gekommen bist."

Ein kurzes, um Anteilnahme bemühtes Lächeln huscht über sein Gesicht und er antwortet: „Hallo, Mutter."

Die Frau reicht ihrem Sohn zur Begrüßung die Hand. David ergreift sie und hält sie einen Moment lang fest, bis Hellen den Handschlag löst und sich ihrem Enkel zuwendet. „Wie ich sehe, hast du noch jemanden mitgebracht. Simon?"

Der Junge spürt die von Unsicherheit und Entfremdung geprägte Atmosphäre der Begrüßung und weiß nicht, wie er sich verhalten soll. Da dreht David sich zu ihm, legt einen Arm um die Schultern seines Sohnes und ermutigt ihn auf diese Weise nach vorne zu treten. Schüchtern und wortlos gibt Simon seiner Großmutter die Hand.

„Du bist aber groß geworden!", versucht Hellen die Anspannung zu lösen.

Dann wendet sie sich wieder an ihren Sohn. „Bitte, kommt herein." Sie dreht sich um, öffnet die Haustür und hält sie auf, damit David mit den beiden Reisetaschen und Simon mit dem Rucksack in der Hand in das Haus gehen können.

18. Davids Elternhaus

In Davids Elternhaus ist vor etwa dreißig Jahren die Zeit stehen geblieben. Die gut bürgerliche, zum Teil mehr als vier Jahrzehnte alte Einrichtung wirkt anachronistisch, das Haus ist jedoch in einem sehr ordentlichen und sauberen Zustand. Im Wohnzimmer, auf der einen Seite vom Flur, steht ein mehr als zwanzig Jahre alter, großer Röhrenfernseher und es hängen drei kitschige Bilder mit Bergmotiven vom Leben auf dem Land an den Wänden. In der Küche gegenüber befinden sich keine modernen Haushaltsgeräte: weder Mikrowelle, noch Geschirrspülmaschine, Kaffeemaschine oder mobiles Telefon.

Während David mit den beiden Reisetaschen in der Hand im Flur des Hauses wartet, steht Simon neben ihm und sieht sich neugierig und mit zunehmender Verwunderung um.

Hellen schließt die Eingangstür und wendet sich an ihren Sohn. „Ihr wollt euch bestimmt erst einmal frisch machen. Ich habe die Betten in deinem alten Zimmer frisch bezogen."

Er nickt bestätigend und geht mit dem Reisegepäck die Treppe hinauf. Simon folgt ihm in den Korridor im ersten Stock des Hauses. Alle Zimmertüren dort sind geschlossen, nur durch die Gardinen vor dem Fenster am Ende des Korridors dringt etwas Licht.

David führt seinen Sohn zu seinem früheren Kinderzimmer, öffnet die Tür und geht mit ihm hinein. In dem Raum erinnert jedoch nichts mehr an seine

Jugend, es ist als Gästezimmer mit zwei Betten und einem Schrank eingerichtet worden. Auf einer Kommode mit Schubladen steht ein alter, kleiner Röhrenfernseher.

Er stellt die Reisetaschen auf den Fußboden, nimmt seinem Sohn den Rucksack ab und legt ihn auf eines der Betten. Auch hier hat sich seit seinem letzten Besuch vor sieben Jahren nichts verändert.

Simon wundert sich über das spartanisch eingerichtete Zimmer und verleiht seiner Missbilligung Ausdruck: „Müssen wir lange hierbleiben?"

Sein Vater öffnet eine der Reisetaschen und holt ein gebügeltes, ordentlich zusammengelegtes Hemd heraus. „Ein paar Tage bestimmt."

„Alles ist ganz arm hier!", kommentiert Simon die Einrichtung des Hauses ablehnend.

David holt seinen Kulturbeutel aus der Reisetasche und erklärt in ruhigem Ton: „Nicht arm, sondern altmodisch. Es ist hier nicht wie bei uns zu Hause. Was nicht kaputt ist, wird nicht weggeschmissen oder neu gekauft."

„Meinst du der Fernseher geht noch?", fragt sein Sohn zweifelnd.

„Probier es aus. Ich bin gleich wieder da." Er verlässt mit seinem Kulturbeutel und dem frischen Hemd in der Hand das Zimmer.

Simon geht zum Fernseher, entdeckt die daneben abgelegte Fernbedienung, nimmt sie zur Hand und drückt auf deren Einschalttaste. Gespannt blickt er zum Bildschirm. Nichts passiert. Er betätigt noch einmal die Taste, doch der Bildschirm bleibt dunkel.

Dann schaut er hinter den Fernseher, greift nach dem Stromkabel und stellt fest, dass das Gerät nicht angeschlossen ist. Er nimmt den Netzstecker, schaut nach einer Steckdose und drückt den Stecker hinein.

Erneut betätigt er die Einschalttaste der Fernbedienung, doch der Fernseher schaltet sich noch immer nicht ein. Daraufhin schaut er sich die Fernbedienung genauer an. Er öffnet das Batteriefach, nimmt die Batterien heraus, betrachtet sie interessiert und lässt sie in seiner geöffneten Handfläche ein wenig hin und her rollen.

David hat sich frisch gemacht, das gebügelte Hemd angezogen und kommt in das Zimmer zurück.

Simon wendet sich ihm zu. In seiner ausgestreckten Hand liegen die Batterien der Fernbedienung. „Die sind leer."

Sein Vater legt den Kulturbeutel und das getragene Hemd auf das zweite Bett. „Wir lassen uns neue geben. Komm, wir gehen runter. Es gibt bestimmt Kuchen."

Er ist einverstanden, legt die offene Fernbedienung und die Batterien neben dem Fernseher ab und verlässt mit seinem Vater das Zimmer.

Die beiden kommen in die Küche und wieder schaut sich Simon erstaunt um. Der Tisch ist für drei Personen gedeckt und eine Platte mit selbst gebackenem Kuchen, ein kleiner Topf mit Zucker sowie eine kleine Kanne mit Milch stehen darauf. Auf dem Herd kocht Wasser in einem Kessel. Hellen stellt eine Dose mit Kaffeepulver zurück in den Schrank und dreht sich zu ihren Gästen. „Bitte setzt euch. Der Kaffee ist gleich fertig."

Als sich David und sein Sohn an den Tisch gesetzt haben, beginnt der Wasserkessel zu pfeifen. Simon hat ein solches Geräusch noch nie gehört und dreht sich überrascht zum Herd.

Interessiert beobachtet er, wie seine Großmutter das kochend heiße Wasser aus dem Kessel in den Trichter mit dem Filter und dem Kaffeepulver gießt, solange, bis der Trichter voll ist – und wie sie dann abwartet, dass das Wasser in die darunter stehende Kanne fließt, um anschließend erneut heißes Wasser in den Trichter zu gießen.

Hellen wird bewusst, dass ihr Sohn und ihr Enkelsohn damit begonnen haben, sie schweigend zu beobachten und sie beendet die für sie ungewohnte, unbehagliche Situation. „Bedient euch bitte. Der Kuchen ist frisch gebacken." David legt Simon und sich selbst jeweils ein Stück Kuchen auf den Teller. Hellen tritt an den Tisch heran, gießt Kaffee aus der Kanne in die Tasse ihres Sohnes und in ihre eigene. Darauf wendet sie sich an ihren Enkelsohn: „Möchtest du Milch?"

„Ja, bitte", antwortet er höflich. Die Großmutter gießt Milch aus der kleinen Kanne in seine Tasse und setzt sich ebenfalls an den Tisch. Sein Vater und er beginnen zu essen, während Hellen sie kurz betrachtet, einen Schluck Kaffee trinkt und aus Neugierde in einem etwas förmlichen Tonfall das Gespräch beginnt: „Und, wie geht es dir, Simon?"

Ihr Enkelsohn hat plötzlich eine tolle Idee, um die Situation zu entkrampfen. Mit halbvollem Mund antwortet er: „Gut. Der Kuchen ist sehr lecker!"

Die Großmutter lächelt. „Danke. Hast du meine Geburtstagskarte bekommen?"

Simon blickt verunsichert zu seinem Vater, er hat es vergessen. Seine Großmutter war bislang ohne Bedeutung für ihn. David rettet ihn, er kennt die Begrüßungszeremonie von früher. „Ja, das hat er."

„Und wie läuft es in der Schule? Hast du denn schon Ferien?"

Wieder blickt Simon hilfesuchend zu seinem Vater. David überlegt einen Augenblick. „Er wollte mich begleiten."

„Das ist sehr nett von dir. Wie alt warst du, als wir uns das letzte Mal gesehen haben?"

„Ich weiß nicht", antwortet ihr Enkelsohn ehrlich.

Um einen freundlichen Tonfall bemüht, doch herausfordernd, erwidert Hellen: „Du warst sechs. Sechs Jahre alt." David bemüht sich, den in der Antwort versteckten Vorwurf zu überhören, als seine Mutter sich nun ihm zuwendet. „Und wie geht es deiner Frau?"

„Gut. Theresa geht es gut. Sie hat viel zu tun."

„Und die Firma läuft nach wie vor gut?"

„Du weißt ja, es gibt immer Autos zu reparieren."

Simon hat sein Stück Kuchen aufgegessen. Er sucht nach einer Möglichkeit, sich der langweiligen, unangenehmen Situation zu entziehen und fragt: „Darf ich rausgehen?"

David blickt seinen Sohn ernst an und hofft, dass er ihn versteht: „Aber nur in Sichtweite!"

Erleichtert steht Simon auf und verlässt die Küche.

Nun kann David das Thema wechseln. „Wie geht es Ben?"

Hellen hat sich eingestellt auf das, was in den nächsten Wochen auf sie zu kommen wird und antwortet in sachlichem Tonfall. „Seit vier Tagen ist er nicht mehr ansprechbar. Sally kommt nachher und schaut, was sie tun kann."

David hat von seiner Mutter am Telefon erfahren, dass sein Vater mehrere Schlaganfälle hatte, ist jedoch mit den näheren Einzelheiten nicht vertraut. Ohne Vorwurf versucht er mehr zu erfahren. „Warum liegt er nicht im Krankenhaus? Gibt es Probleme mit der Versicherung?"

Hellens Fassade aus Gleichmut bröckelt nicht. „Nein. Er möchte zu Hause sterben. Doktor Schwarz sieht zweimal am Tag nach ihm."

David kennt die wenig sentimentale Art seiner Mutter, ihre Selbstbeherrschung. In diesem Moment trägt sie dazu bei, dass ihm, obwohl er die Fakten kannte, eindringlich bewusst wird, dass das unwiderrufliche Lebensende seines Vaters kurz bevorsteht.

Nun nimmt sich auch Hellen ein Stück Kuchen und ihr Sohn schaut ihr betroffen beim Essen zu.

19. Das Vater-Sohn-Projekt

Die Dämmerung ist hereingebrochen. Simon ist zu der Garage neben dem Haus gegangen und schaut sich dort um. In einiger Entfernung sind zwei andere Wohnhäuser zu sehen, in denen bereits Licht leuchtet. Neugierig geht er an der Garage entlang, zur Eingangstür des daneben liegenden Geräteschuppens und prüft, ob die Tür verschlossen ist.

Die Holztür lässt sich öffnen, doch sie knarrt laut beim Aufmachen. Simon wagt einen vorsichtigen Blick in den Schuppen hinein. Als er hört, dass sich ein Auto dem Haus nähert, dreht er sich um. Ein alter PKW fährt auf das Grundstück. Da zwängt er sich durch den Türspalt, um sich im Geräteschuppen zu verstecken und hält die Eingangstür von innen einen schmalen Spalt breit offen, um heraus schauen zu können.

Er beobachtet, wie der PKW in der Nähe des Vans seines Vaters parkt und zwei Frauen aussteigen. Sie sind Ende sechzig und Mitte siebzig und tragen einfache, praktische Kleidung. Die Jüngere nimmt eine mit Klarsichtfolie umhüllte Platte mit Sandwiches von der Rückbank des Autos und geht zusammen mit der älteren Frau in das Haus seiner Großmutter. Nachdem sich die Eingangstür hinter ihnen geschlossen hat, schaltet jemand im Haus das Licht ein.

Im Geräteschuppen dagegen herrscht fast Dunkelheit, nur schemenhaft lassen sich zwei kleine verschmutzte Fenster erahnen. Simon blickt sich auf der Suche nach einem Lichtschalter um. Neben der Eingangstür entdeckt er einen und betätigt ihn. Eine schummrige Beleuchtung schaltet sich ein. Im Gegensatz zum Inneren des Wohnhauses herrscht in dem Schuppen ein verstaubtes Durcheinander.

In der Nähe der Eingangstür stehen ein in die Jahre gekommener, aber offensichtlich noch benutzter Aufsitzrasenmäher, Gartengeräte und ein Gartenschlauchwagen. An den Wänden lagern Holzlatten unterschiedlicher Länge, eine alte lange Holzleiter, Metallkanister, Holzkisten, Pappkartons und leere Farbeimer. Hinter Strohballen, einer Schubkarre und einem alten Fahrrad entdeckt Simon den Durchgang zum hinteren Teil des Schuppens.

Sich neugierig umschauend geht er zu der Trennwand aus Holzlatten und blickt in den hinteren Raum. In der schummrigen Beleuchtung lässt sich erkennen, dass dieser Bereich – im Gegensatz zum vorderen Teil des Schuppens – seit vielen Jahren nicht mehr genutzt worden ist.

Bedeckt von Spinnweben und einer dicken Staubschicht entdeckt Simon in dem früheren Stall die Reste einer kleinen Werkstatt. An einer Wand steht eine aus Holzbrettern gezimmerte Werkbank mit einem abgenutzten Schraubstock und darüber hängt ein großes Brett mit Werkzeughalterungen. In einigen der Halterungen befinden sich Zangen und zum Teil verrostete Schraubenschlüssel verschiedener Art. Auf der Werkbank stehen kleine Holzkisten mit Metallschrauben und Muttern, daneben liegen Schraubendreher, Feilen und ein schwerer Vorschlaghammer.

Neben der Werkbank lehnen zwei etwa vierzig Jahre alte Jugendfahrräder an der Wand, ein Jungen- und ein Mädchenrad. Doch Simons Aufmerksamkeit richtet sich auf die Mitte des Raumes. Eine dunkle, total verstaubte Plane bedeckt etwas, das an einem Ende auf einem platten Reifen einer breiten Felge mit Speichen steht.

Währenddessen sitzt David im Schlafzimmer seines Elternhauses vorgebeugt auf einem Stuhl. Er hat die Unterarme auf den Oberschenkeln abgestützt und die Hände locker zusammen gefaltet. Betrübt blickt er vor sich, auf das Bett seines Vaters.

Auch die dunkle hölzerne Einrichtung dieses Zimmers ist mehrere Jahrzehnte alt: zwei einzelne Betten, zwei Nachttische und zwei Stühle, ein großer Kleiderschrank und eine Frisierkommode mit Spiegel. Der alte Mann liegt zugedeckt auf dem Rücken und schläft. Er hat kurze graue Haare und David wird erst jetzt bewusst, dass der langhaarige Hippie in seinem Alptraum von vergangener Nacht sein Vater war!

Das gelbliche Licht der kleinen Stehlampe auf dem Nachttisch neben dem Bett taucht das Zimmer in einen matten Schein. Sachte hebt und senkt sich Bens Oberkörper unter der Bettdecke. David betrachtet sein friedliches, aber eingefallenes und von Krankheit gezeichnetes Gesicht. Bedrückende Erinnerungen beschäftigen ihn, während er seinen Vater beobachtet.

Auf dem anderen Nachttisch steht ein alter, mechanischer Wecker mit rundem Zifferblatt. Mit der anhaltenden Stille im Raum erscheint es David, als ob dessen Ticken lauter und lauter wird. Plötzlich erinnert ihn das Geräusch daran, dass sein Sohn noch draußen ist. Er schaut zum Fenster. Draußen ist es dunkel geworden.

Im Geräteschuppen ist Simon in der Mitte des hinteren Raumes an die Plane heran getreten. Er beugt sich etwas vor, um sie an der Stelle, wo der platte Reifen eines breiten Rades zu sehen ist, mit einer Hand anzuheben. Allerdings tut er es etwas zu schwungvoll und der Staub von Jahrzehnten wird aufgewirbelt. Simon verzieht das Gesicht, lässt die Plane wieder los und tritt zurück. Einen Moment lang wartet er ab, dass der Staub sich wieder legt. Doch, weil es ihm zu lange dauert, beginnt er damit, seine Aufmerksamkeit der Werkbank zu widmen.

Er geht zu der Bank, schaut sich das darauf liegende Werkzeug an und greift nach dem Vorschlaghammer. Er ist so schwer, dass er beide Hände nehmen muss, um ihn hochzuheben. Zweimal, dreimal schwingt er den Hammer durch die Luft und tut so, als ob er damit gegen etwas schlägt. Dann legt er das Werkzeug wieder ab und tritt vor den Schraubstock. Er greift nach dessen Schraubspindel und dreht sie einige Male nach links und rechts, so dass sich die bewegliche Spannbacke vor und zurück bewegt. Schließlich lässt er die Schraubspindel wieder los und blickt zu dem an der Wand über der Werkbank hängenden Brett mit den Werkzeughalterungen.

Simon greift nach dem größten, an der Seite des

Brettes hängenden Schraubenschlüssel, als er ein daneben, mit Reiszwecken an der Wand des Schuppens befestigtes, altes vergilbtes Foto entdeckt. Er tritt vor das kleine, schwarzweiße Bild und betrachtet es eingehend.

Das Foto zeigt zwei etwa siebzehnjährige Jungen, die Ende der siebziger Jahre des letzten Jahrhunderts stolz vor ihren Motorrädern posieren. Es sind Modelle aus der Zeit um 1965: eine Harley-Davidson Sprint und eine Triumph Bonneville. In eine Ecke des Fotos hat jemand von Hand geschrieben: „Thomas und ich – endlich geschafft! Die letzten Ferien können kommen …"

Simon schaut sich das Foto ganz genau an. Er hat noch nie ein Kinder- oder Jugendfoto von David gesehen, doch er meint, in dem jungen Mann neben der Triumph Bonneville seinen Vater zu erkennen. Da kommt er auf eine Idee, wie er herausfinden könnte, ob es stimmt und blickt sich um.

Erneut geht er zu der Plane an die Stelle, wo der platte Reifen einer breiten Felge zu sehen ist, beugt sich vor und ergreift mit beiden Händen den Rand. Langsam und vorsichtig hebt er dieses Mal die Plane an. Eine Vorderradgabel, eine Trommelbremse und ein Teil eines verchromtes Schutzbleches kommen zum Vorschein.

Simon hebt seine Hände höher, über den Kopf und tritt nach hinten, um die Plane behutsam über den Lenker des alten Motorrades ziehen zu können. Anschließend zieht er sie ganz von dem Fahrzeug herunter und lässt sie auf den Fußboden sinken, um die Maschine mit den Motorrädern auf dem Foto vergleichen zu können.

Der verdreckte Schriftzug des Tankemblems lässt keinen Zweifel: Es ist eine Triumph Bonneville!

Interessiert geht Simon um das Motorrad herum und betrachtet es. Die komplette rechte Seite zeigt deutliche Schleifspuren eines Unfalls. Die rechte Hälfte des Lenkers ist verzogen, der Gasgriff und der Bremshebel sind beschädigt. Die rechte Fußstütze, der Kickstarter und die Fußbremse sind verbogen. Das Ende des rechten Auspuffs ist zusammen gedrückt und das Hinterrad hat „eine Acht". Das hintere Schutzblech ist verbeult, das Rücklicht kaputt und der Haltebügel des Schutzbleches hat sich vom Rahmen gelöst.

Simon geht zurück zum Foto, schaut sich den jungen Mann neben der Triumph Bonneville noch einmal an und fühlt sich in seiner Vermutung bestätigt. Da hört er plötzlich die Eingangstür des Schuppens knarren und dreht sich erschreckt um. Er ist sich nicht sicher, ob er sich hier aufhalten darf und verharrt daher an Ort und Stelle. Still lauscht er auf die Geräusche im vorderen Raum des Geräteschuppens und hört Schritte, die näher kommen.

David erscheint im Durchgang zum hinteren Teil des Schuppens und blickt suchend hinein. In einer Hand trägt er eine große, ausgeschaltete Taschenlampe. Erleichtert entdeckt er seinen Sohn. „Hier steckst du."

Als Simon merkt, dass sein Vater nicht verärgert über ihn ist, teilt er ihm begeistert seine neueste

Erkenntnis mit: „Das bist du, Papa! Hier auf dem Foto, oder?"

Davids Augen brauchen eine Weile, um sich an die schummrige Beleuchtung im Geräteschuppen zu gewöhnen. Als er jedoch erkennen kann, was da vor ihm in der Mitte des Raumes steht, stockt ihm vor Schreck der Atem!

Zwar ist ihm noch präsent, in der vergangenen Nacht von seiner alten Triumph Bonneville geträumt zu haben, aber er hätte niemals gedacht, dass er das Motorrad tatsächlich noch einmal wiedersehen würde. Er war davon ausgegangen, dass seine Eltern es längst verschrottet hätten.

„Papa?", fragt Simon noch einmal nach.

Furchtbare Erinnerungen drängen sich in Davids Bewusstsein! Er ringt um seine Fassung.

Und er schafft es tatsächlich, sich zu beherrschen, weil er nicht will, dass sein Sohn bemerkt, was wirklich in ihm vorgeht.

Geistesabwesend, mit Blick auf das Motorrad, antwortet er: „Bitte?"

„Das bist du doch, hier auf dem Foto!" Simon dreht sich um und zeigt auf dem Foto mit einem Finger auf den jungen Mann neben der Triumph Bonneville.

David möchte an die Zeit, aus der das Foto stammt, nicht erinnert werden und überlegt, mit welcher Antwort er das Gespräch so kurz wie möglich halten kann, ohne seinem Sohn die gute Laune zu verderben. „Das ist lange her."

„Wie alt warst du da?"

„Ich weiß nicht. – Siebzehn. Oder achtzehn."

Simon geht zum Motorrad und betrachtet noch einmal die Unfallschäden. Dann schaut er zu seinem Vater. „Reparierst du das Motorrad?"

Verunsichert ist David im Durchgang zum vorderen Teil des Geräteschuppens stehen geblieben. „Eigentlich nicht."

„Ich kann dir dabei helfen!"

Unvermittelt werden seine Erinnerungen in den Hintergrund gedrängt. Seit Jahren versucht er seinen Sohn für das Basteln an Fahrzeugen aller Art zu begeistern, bemüht sich darum, sein liebstes Wissen an ihn weiterzugeben und träumt davon, es mit ihm zu teilen. Dass Simon gerade jetzt und hier das erste Mal Interesse daran äußert, lässt die Erfüllung seines Wunsches für ihn zwar kaum möglich erscheinen – jedoch entgehen lassen möchte er sich diese Gelegenheit auf keinen Fall. Zweifelnd fragt er nach. „Wirklich? Dazu hättest du Lust?"

„Ja!", antwortet der Junge begeistert.

„Das dauert aber. An der Maschine ist ziemlich viel kaputt."

Simon interpretiert Davids Zögern als Kritik an seinen Fähigkeiten. „Du willst nicht, dass ich dir helfe! Du denkst, ich kann das nicht."

„Nein, das denke ich nicht! Ich würde es gerne mit dir zusammen reparieren. Ich möchte nur, dass du weißt, dass das länger dauert. Bestimmt ein, zwei Wochen."

„Sind wir so lange hier?"

„Ich denke nicht."

„Und wenn wir schon morgen anfangen?"

Noch während Simon seinen Satz beendet, geht plötzlich das Licht im Geräteschuppen aus. Vater und Sohn stehen im Dunkeln.

„Warte, ich hab ne Taschenlampe." David schaltet die Lampe ein und ihr Lichtkegel gleitet über das Motorrad. Er nutzt die Gelegenheit, um vom Gesprächsthema abzulenken. „Komm, lass uns rausgehen. Mal sehen, was da los ist."

Bereitwillig kommt Simon zu ihm und er leuchtet ihnen den Weg durch den vorderen Raum zur Tür.

Die Tür des Geräteschuppens öffnet sich knarrend und die beiden kommen heraus. Die Nacht ist hereingebrochen und es ist dunkel draußen. Weder im Wohnhaus nebenan, noch in der Umgebung ist irgendein elektrisches Licht zu sehen – außer Davids Taschenlampe. „Sieht so aus, als ob der Strom ausgefallen ist", stellt er fest.

Wenn Simon etwas will, lässt er sich nicht so leicht abwimmeln. Auf dem Foto seines Vaters hat er gesehen, dass Motorräder etwas für große Jungs sind. „Also, machen wir das? Fangen wir morgen an, das Motorrad zu reparieren?"

David ergibt sich dem Schicksal, in der Hoffnung, dass sein Sohn es sich bis morgen anders überlegt hat und er zu einem späteren Zeitpunkt auf die Angelegenheit zurück kommen kann. „Können wir machen."

„Versprichst du es?"

„Ich verspreche es."

Vater und Sohn gehen langsam zurück. Das Licht

des Mondes taucht die Bäume auf dem Grundstück in einen magischen Schein und durch die Fenster des Hauses können sie sehen, dass drinnen einige Kerzen angezündet worden sind.

Vor der Garage steht inzwischen, neben Davids Van und dem PKW der beiden Nachbarinnen, ein drittes Auto, dessen Kreuz auf der Fahrertür im Mondlicht rot schimmert.

20. Sally

Die in der Dunkelheit brennenden Kerzen verbreiten eine feierliche, andächtige Atmosphäre. Als David und Simon das Haus betreten, kommt ihnen Hellen im Flur mit einer leuchtenden Petroleumlampe in der Hand entgegen. Aufgeregt verkündet ihr Enkel: „Oma, in der ganzen Gegend ist der Strom ausgefallen!"

Hellen erscheint abgelenkt, sie ist auf dem Weg nach draußen. „Ja, ich weiß. Henry hat ihn abgeschaltet."

Davids Handy gibt einige Signaltöne von sich. Er holt es aus der Hosentasche und schaut auf das Display. Dort ist die Mitteilung „Kein Netz" zu lesen. Als seine Mutter an ihm und Simon vorbei geht, fordert sie die beiden auf: „Macht bitte eure Handys aus. Das ist jetzt nicht angebracht."

Sie verlässt das Haus und obwohl David sich fragt, was eigentlich gerade vor sich geht, schaltet er sein Handy aus und steckt es wieder ein.

Simon beobachtet seinen Vater, fasst von außen an eine seiner vorderen Hosentaschen und stellt beruhigt fest, dass sein Handy sich noch dort befindet.

Dann entdeckt er die beiden alten Frauen, die vorhin mit den Sandwiches gekommen sind. Die Nachbarinnen sind in der Küche bei Kerzenschein und dem Licht zweier Petroleumlampen damit beschäftigt, das Abendbrot vorzubereiten. Die ältere der Frauen fordert Simon freundlich auf, in die Küche zu kommen. „Komm herein, Junge. Hol dir ein Sandwich."

Er geht mit seinem Vater in die Küche und die jüngere der Nachbarinnen wendet sich an David. „Möchtest du ein Bier?"

„Sehr gern." Die Frau geht zum Kühlschrank, sucht und findet in dem derzeit stromlosen dunklen Schrank eine Flasche Bier und holt sie heraus.

Währenddessen geht Simon zu der älteren Nachbarin, die ihm freundlich lächelnd die Platte mit Sandwiches hinhält. „Such dir eins aus." Der Junge schaut sich die Sandwiches an, sucht sich eines aus, nimmt es in beide Hände und beißt hungrig hinein.

Die jüngere Frau öffnet eine Schranktür, um ein Glas heraus zu holen. Doch David bremst ihren Arbeitseifer: „Das geht schon so." Sie reicht ihm mit einem amüsierten Lächeln die Flasche. „Danke." Er erwidert das Lächeln, trinkt einen Schluck und schaut seinem Sohn nachdenklich beim Essen zu.

Draußen, vor dem Haus, ist Hellen mit der leuchtenden Petroleumlampe in der Hand zur Garage gelaufen. Ein gut gepflegter, etwa zehn Jahre alter, viertüriger PKW und ein wesentlich älterer, etwas klappriger Pickup fahren nacheinander auf das Grundstück vor die Garage und halten dort.

Aus dem PKW steigt Thomas, ein schlanker Mann, Anfang fünfzig, gekleidet in eine Jeanslatzhose und ein helles Hemd. Der Fahrer des Pickups ist Mike, Thomas Vater, ein Mann von kleiner, kräftiger Statur und im gleichen Alter wie Hellen. Auf der Beifahrerseite des Pickups steigt Sally aus, Thomas

Schwester. Die zierliche Frau ist Mitte dreißig und trägt die Uniform eines Nationalpark-Rangers, aber keinen Hut. Die drei Besucher gehen auf Hellen zu.

Die Begrüßung ist freundschaftlich und von Vertrautheit, jedoch auch von besorgter Ernsthaftigkeit, geprägt. Mit einer ausgeschalteten, großen Taschenlampe in der Hand kommt Thomas als erster zu Hellen und bittet sie fürsorglich: „Ich nehm dir das ab."

Er nimmt ihr die Petroleumlampe aus der Hand und wartet neben ihr auf seine Schwester und seinen Vater. Mike, gekleidet in eine dunkle Hose und einen dunklen Pullover, lässt seine Tochter voran gehen. Hellen begrüßt sie lächelnd. „Sally. Guten Abend."

„Guten Abend", erwidert die junge Frau ebenfalls lächelnd und umarmt die alte Dame freundschaftlich, indem sie sie behutsam an den Oberarmen fasst und kurz die Wange an die ihre legt. Hellen ergänzt aufrichtig: „Vielen Dank, dass du gekommen bist." Sally löst die Umarmung. „Das ist doch selbstverständlich."

Hellen schaut zu Mike, der ihren Blick mit einem bestätigenden, ermutigenden Kopfnicken erwidert und Thomas geht los, um den Weg für die beiden Älteren zu beleuchten. Seine Schwester folgt als letzte und alle vier gehen zum Haus.

Dort, in der Küche, sitzt Simon am Tisch vor einem Teller mit einem Stück Kuchen und isst. David lehnt an einem Küchenschrank und hält seine Flasche Bier in der Hand, während die beiden Nachbarinnen damit beschäftigt sind, auf dem Küchentisch und den Arbeitsflächen alles für ein kaltes Büfett herzurichten: zwei Schüsseln mit Salat, eine Platte mit Sandwiches, ein Teller mit frittierten Hähnchenschenkeln, ein Stapel Teller, Besteck, Gläser und Getränke.

Hellen betritt, gefolgt von Thomas, Mike und Sally, die Küche. Die junge Frau bleibt an der offenen Tür stehen und beobachtet die Begrüßung der anderen.

Als David seinen Jugendfreund Thomas herein kommen sieht, stellt er überrascht die Flasche Bier ab und geht erfreut lächelnd auf ihn zu. Auch Thomas begrüßt David herzlich. Die beiden Männer reichen sich die Hand und klopfen sich mit der anderen auf die Schultern.

„Hey, Kumpel! Wie gehts dir?", fragt Thomas so vertraut und zwanglos, als ob sie sich am vergangenen Wochenende zuletzt getroffen hätten.

„Gut! Und dir?", antwortet David, wirklich froh seinen Freund nach sieben Jahren einmal wiederzusehen.

„Wie immer. Du weißt ja, hier draußen ticken die Uhren langsamer", erwidert Thomas entspannt.

David wendet sich Mike zu und begrüßt auch ihn erfreut: „Schön, dich zu sehen. Wie geht es dir?"

Lächelnd und mit einem forschenden Blick reicht der Vater seines Freundes ihm die Hand. „Gut. Danke."

Mike, Thomas und die beiden Nachbarinnen nicken sich nur kurz zu, sie sehen sich mehrmals in der Woche. Hellen ist hinter den Stuhl von Simon getreten und stellt ihn stolz vor: „Mein Enkelsohn."

Simon hat die Begrüßung beobachtet und ist erstaunt über deren Herzlichkeit. Er blickt zu seinem Vater. David lädt ihn mit einer Geste ein aufzustehen und zu ihm zu kommen, um seinem Jugendfreund und dessen Vater guten Tag zu sagen. Er gehorcht bereitwillig, geht zu ihm und reicht Thomas die Hand, der amüsiert über die artige Begrüßung erwidert: „Hallo. Schön dich wieder zu sehen."

Simon reicht auch Mike die Hand, der sie wie bei David lächelnd und mit einem interessierten Blick ergreift: „Guten Abend."

Ein Moment der Stille entsteht. Schließlich blicken alle zu der jungen Frau, die an der Tür stehen geblieben ist. Mike ergreift die Initiative und wendet sich an David. „Ich weiß nicht, ob du dich noch an Sally erinnerst?"

„Natürlich!" Er blickt der auf ihn zukommenden jungen Frau entgegen und wendet sich charmant an sie. „Aber als ich sie das letzte Mal gesehen habe, da war sie praktisch noch ein Teenager."

Sally reicht ihm lächelnd die Hand. „Das ist lange her. Guten Abend, David."

Sie wendet sich Simon zu und reicht auch ihm die Hand: „Hallo." Ihr Blick wird ernst. Sie hält die Hand des Jungen fest und fragt ihn in strengem Ton: „Warum tust du nicht, was man dir sagt?"

Simon runzelt überrascht die Stirn und zieht seine Hand zurück. Er hat keine Ahnung, warum er von der fremden Frau getadelt wird.

Sally deutet mit der Hand auf die Hosentasche, in

der sein Handy steckt.

Er fasst von außen daran und erinnert sich schlagartig an die Aufforderung Hellens, die Handys auszuschalten. Mit einem schlechten Gewissen blickt er zu seinem Vater, der nicht versteht, was Sally meint und sich über ihr unfreundliches Verhalten wundert.

Während Simon in seine Hosentasche greift, sein Handy heraus holt und es ausschaltet, geht Sally zu den beiden Nachbarinnen und begrüßt sie mit einer freundlichen Umarmung.

David beobachtet seinen Sohn und versucht zu verstehen, was da gerade vor sich gegangen ist.

Doch bevor er eine Frage formulieren kann, wendet sich Thomas freundlich an ihn und Simon. „Ist das hier nicht ein bisschen langweilig für dich? So unter lauter Erwachsenen." Sein Freund schlägt ihm vor: „Ich kann ihn mit zu uns nehmen. Luisa ist da, die freut sich bestimmt." Und dem Jungen erklärt er: „Meine jüngste Tochter ist in deinem Alter."

Vater und Sohn schauen sich an. Simon hätte nichts dagegen, sich der Gegenwart der strengen Frau in der Ranger Uniform entziehen zu dürfen, die ihn mit einem Blick durchschauen kann. Auffordernd nickt er seinem Vater zu. Um sicher zu gehen, fragt David nach. „Bist du einverstanden?"

Und erleichtert antwortet sein Sohn: „Ja!"

„Na dann. Lass uns fahren!", fordert Thomas ihn herzlich auf und verabschiedet sich von seinem Freund. „Wir sehen uns später."

Während die beiden die Küche in Richtung Haustür verlassen, wendet sich Hellen an Sally. „Möchtest du etwas trinken? Tee oder Kaffee?"

„Gern. Tee wär gut."

„Und du Mike?"

„Wenn er schon fertig ist, einen Kaffee."

Hellen schenkt Sally Tee in ein Glas und die ältere der beiden Nachbarinnen Kaffee für Mike in eine Tasse. David nimmt seine Flasche Bier zur Hand, trinkt noch einen Schluck und beobachtet die jüngere Nachbarin dabei, wie sie die Vorbereitung des kalten Büfetts beendet.

Hinter dem Lichtkegel seiner Taschenlampe führt Thomas den Sohn seines Freundes zu dem vor der Garage abgestellten PKW. Als Simon die hintere Tür auf der Fahrerseite öffnen will, lädt er ihn ein: „Du kannst ruhig vorne einsteigen."

Der Junge blickt ihn überrascht an und lächelt erfreut – sein Vater hat ihm das noch nie erlaubt. Er geht um den PKW herum, während Thomas die Fahrertür öffnet, einsteigt und das Auto startet, damit sich die Innenbeleuchtung einschaltet. Dann macht er die Taschenlampe aus und legt sie ins Handschuhfach.

Simon steigt auf der Beifahrerseite ein, setzt sich und schnallt sich an. Er versucht, sein Glücksgefühl zu verbergen und blickt stolz nach vorne durch die Windschutzscheibe, als Thomas losfährt.

Der PKW verlässt das Grundstück und fährt die Landstraße entlang. Nur das Licht der Scheinwerfer des Autos und das Mondlicht erhellen die dunkle Nacht ein wenig.

Thomas beginnt ein Gespräch zu führen, um seinen jungen Gast kennen zu lernen. „Das ist ne ganze Weile her, dass du das letzte Mal hier warst, nicht?"

„Ich weiß nicht."

„Kannst du dich noch an unsere Farm erinnern?"

„Nein."

„Magst du Tiere?"

„Ich weiß nicht. Zu Hause haben wir keine. Meine Schwester ist allergisch."

Thomas lächelt vorausschauend. „Na, Luisa wird dich schon beschäftigen. Irgendwelche Flausen hat sie immer im Kopf."

In gemächlichem Tempo fährt der PKW auf der sich an den Berghängen entlang schlängelnden Landstraße durch die Nacht. Und schweigend genießt Simon das erste Mal vorne auf dem Beifahrersitz eines Autos fahren zu dürfen.

21. „Warum hast du das getan?"

Doktor Schwarz, ein Mann in den Siebzigern, steht im Schlafzimmer am Bett von Ben, hat seine Finger um dessen Handgelenk gelegt und fühlt den Puls. Der Arzt trägt einen dunklen Anzug und ein weißes Hemd, um den Hals hat er sein Stethoskop gelegt. Eine brennende altmodische Petroleumlampe auf dem Nachttisch neben dem Bett und eine angezündete große Kerze auf dem Fensterbrett erhellen das dunkle Zimmer ein wenig.

Als Hellen, Sally und David das Schlafzimmer betreten, schaut Doktor Schwarz kurz hoch. Dann beendet er in Ruhe das stumme Zählen der Herzschläge seines besinnungslosen Patienten. Während Hellen die Petroleumlampe, die sie mit ins Zimmer gebracht hat, auf dem zweiten Nachttisch abstellt, legt der Arzt Bens Unterarm behutsam zurück auf die Bettdecke. Er nimmt sein Stethoskop ab, geht zum Fußende des Bettes und packt das Gerät in seine auf der Bettdecke abgestellte Tasche. Hellen tritt an das Bett ihres Mannes, an die Stelle, an der zuvor der Arzt gestanden hat. Doktor Schwarz wendet sich ihr zu und beantwortet ihren fragenden Blick mit einem leichten verneinenden Schütteln des Kopfes: „Keine Veränderung."

Der Arzt verschließt seine Tasche und schaut zu Sally, die ebenfalls an das Fußende des Bettes getreten ist. „Ich muss leider noch weiter. Ich rufe später an. Hellen wird mir berichten, ob du etwas erreichen konntest."

Sally wendet ihren ernsten Blick von Bens Gesicht ab und nickt dem Arzt zu.

Doktor Schwarz nimmt seine Tasche in die eine Hand, berührt die junge Frau im Vorbeigehen mit der anderen ermutigend an der Schulter und geht zur geöffneten Tür.

David, der im Türrahmen stehen geblieben ist, tritt einen Schritt in das Schlafzimmer hinein, um den Arzt vorbei gehen zu lassen.

„Guten Abend, lange nicht gesehen", begrüßt ihn Doktor Schwarz freundlich. „Gut, dass du gekommen bist."

Erneut packt ihn das beklemmende Gefühl unausweichlicher Endlichkeit. „Guten Abend, Doktor", erwidert David leise.

Draußen im Flur ist Mike mit einer großen leuchtenden Taschenlampe in der Hand zur Zimmertür gekommen und holt den Arzt dort ab. „Ich bring dich nach draußen," erklärt er Doktor Schwarz und führt ihn zur Treppe.

Die beiden alten Männer wecken erfreuliche Erinnerungen an seine Jugend. Doch hier und jetzt zwingen sie David, sich der Unabänderlichkeit des bevorstehenden Abschieds zu stellen. Er blickt ihnen nach, bis der Schein der Taschenlampe im Dunkel des Erdgeschosses verschwindet. Dann wendet er sich dem Geschehen im Schlafzimmer zu.

Hellen hat den zweiten Stuhl an die Seite des Bettes gestellt, an der vorher Doktor Schwarz stand, damit Sally sich dort zu Ben setzen kann. Auf der gegenüberliegenden Seite des Bettes steht noch immer der Stuhl, auf dem David zuvor saß und seinen Vater beobachtet hat.

„Bitte setz dich doch. Das kann etwas dauern", lädt Hellen ihren Sohn ein, dort wieder Platz zu nehmen. Sie selbst bleibt neben der nun sitzenden Sally stehen.

Die junge Frau lässt sich Zeit, Bens Gesicht und Oberkörper genau zu betrachten. Seine Arme liegen über der Bettdecke und die langärmelige Schlafanzugjacke hebt und senkt sich leicht im Rhythmus seines schwachen Atems.

Schließlich greift Sally behutsam mit der einen Hand von oben nach seinem Handgelenk und hebt den Unterarm leicht an. Mit der anderen Hand schiebt sie von unten den Ärmel des Schlafanzuges vorsichtig hoch, bis an seinen Ellenbogen. Mit der Handfläche nach oben lässt sie ihre Hand dort unter dem Arm liegen und führt Bens Unterarm wieder zurück auf die Bettdecke.

Dann lockert sie den Griff um sein Handgelenk, dreht ihre Hand ein wenig, so dass die Fingerspitzen in Richtung seiner Brust zeigen und legt ihre Handfläche sanft an seinen Unterarm.

Wieder lässt Sally sich Zeit und konzentriert ihre Wahrnehmung auf den Körper des todkranken Mannes. Noch einmal blickt sie prüfend in Bens Gesicht. Sie spürt das Blut in seinem Körper schwach pulsieren, spürt den noch vorhandenen letzten Rest an Lebensenergie.

Währenddessen beobachtet David die junge Frau und beginnt sich zweifelnd zu fragen, welchem

Zweck ihr Handeln dienen soll.

Eigentlich bestehen alle Lebewesen aus unvorstellbar vielen Elementarteilchen und nutzen in ihren Körpern die Kräfte der elektrischen Ladung dieser Teilchen. Die Funktionen der Nerven, der Muskeln und der Organe werden im Körper durch das Fließen von winzigen Ladungsträgern gesteuert. Kleinste elektrische Ströme leiten blitzschnelle Signale von den Sinnesorganen durch die Nervenzellen zum Gehirn und vom Gehirn zu den Muskeln. So ermöglichen die Ladungsträger die Bewegung oder das Sehen, Riechen und Schmecken.

Die elektrische Ladung versetzt dabei den Raum um ein Elementarteilchen in einen besonderen Zustand, in dem Kräfte auf andere Ladungsträger ausgeübt werden. Die unsichtbare Energie dieses Kraftfeldes – des elektrischen Feldes – kann gemessen und unter bestimmten Bedingungen von allen Menschen wahrgenommen werden.

Langsam zieht Sally ihre Hand unter Bens Ellenbogen hervor und legt sie auf seine Stirn. Was sie sich bemüht zu tun, was sie bewirken möchte ist, durch das Auflegen ihrer Hände Ladungsträger fließen zu lassen. Zu versuchen, sie mit der Energie ihres eigenen Körpers zu dirigieren, indem sie ihre Hände an seinen Körper legt – in der Hoffnung, dass einige dieser Träger elektrischer Ladung Nervenzellen in dem Körper des alten Mannes zu Aktivität anregen.

Sie führt ihre Handfläche von seinem Unterarm auf die Höhe des Ellenbogens, nimmt ihre andere

Hand von der Stirn und legt sie oben auf seinen Kopf.

Unter den Lidern bewegen sich Bens Augen einige Male, so als ob er träumt.

Sally kann spüren, dass eine der beiden Gehirnhälften deutlich weniger aktiv ist als die andere. Während sie das Gesicht des alten Mannes beobachtet, tastet sie behutsam seinen Kopf ab, indem sie ihre Handfläche an verschiedene Bereiche des Schädels legt.

David beobachtet das Geschehen aufmerksam, aber mit wachsender Skepsis. Die Ranger-Uniform der jungen Frau und ihr vertrautes Verhältnis zu dem, ihm noch aus Jugendtagen bekannten und von ihm geachteten, Doktor Schwarz erscheinen ihm unvereinbar mit seinem zunehmenden Eindruck von spiritistischem Hokuspokus. Er lehnt sich auf seinem Stuhl zurück und verschränkt die Arme vor der Brust.

Hellen dagegen fühlt wachsende Hoffnung, dass Sally ihren Ehemann noch einmal aus seinem Siechtum zum Leben erweckt und damit nicht nur sein Leben verlängern, sondern auch eine Versöhnung zwischen Vater und Sohn ermöglichen kann.

Sanft löst die junge Frau ihre Hände von Bens Körper, erhebt sich und setzt sich vorsichtig auf die Bettkante neben dem Kopfkissen, damit sie seinen Schädel mit beiden Händen berühren kann. Dann legt sie ihre Handflächen oberhalb der Ohren an jeweils eine Seite seines Kopfes.

Bens Augenlider zucken einige Male.

Geduldig tasten sich Sallys Handflächen weiter. Sie kann die Veränderung einiger elektrischer Felder im Körper des alten Mannes spüren – vermag jedoch nicht einzuschätzen, ob dies die erhoffte Auswirkung haben wird.

Da zucken Bens Lider erneut und er öffnet tatsächlich die Augen!

Verwirrt schaut er zu Sally.

Sie lächelt ihn erfreut an, löst ihre Hände von seinem Kopf und setzt sich, den Blick zu ihm haltend, wieder auf den Stuhl.

Nach ihr tastend hebt Ben seine Hand und die junge Frau nimmt sie in die ihre. Er lächelt schwach und flüstert: „Sally!"

Überrascht verfolgt David die Ereignisse. Der Zusammenhang zwischen den Bemühungen der jungen Frau und dem Erwachen seines Vaters scheint offensichtlich.

Mitfühlend spricht Sally den Sterbenskranken an. „Wie geht es dir?"

„Müde", antwortet Ben leise. Da entdeckt er seine Frau. Hellen steht noch immer neben Sally und lächelt ihren Mann erleichtert an. „Durst. Durstig", versucht er sich ihr murmelnd verständlich zu machen.

„Ich hole dir etwas", erwidert sie sofort, holt die zweite Petroleumlampe vom Nachttisch und verlässt das Schlafzimmer.

Ben schaut wieder zu Sally. Eine kurze Zeit lang herrscht Stille im Raum. Dann blickt sie hinüber zu David, deutet mit ihrer freien Hand auf die andere

Seite des Bettes und teilt dem alten Mann mit: „Schau mal, wer da ist!"

Langsam dreht Ben seinen Kopf zur anderen Seite. Als er David entdeckt, erscheint ein Ausdruck großer Freude auf seinem Gesicht. „Mein Sohn!", ruft er erleichtert.

David ist von der unerwartet positiven Reaktion seines Vaters überwältigt. Als Ben auch nach ihm tastend seine andere Hand hebt, ergreift er sie spontan und hält sie mit beiden Händen fest.

Erstaunt schaut er seinen Vater an, der ihn glücklich anlächelt und er spürt, wie ihm Tränen der Rührung und der Erleichterung in die Augen steigen.

Die freudige Überraschung kostet den alten Mann viel Kraft und er schließt erschöpft die Augen.

Zufrieden mit sich und ihrem Werk löst Sally ihre Hand von der Bens und lehnt sich zurück. Sie kann spüren, dass er sich nur ausruht und schaut hinüber zu David.

Verunsichert, aber dankbar erwidert er ihren Blick.

Da öffnet Ben wieder die Augen und wendet sich an seinen Sohn. Das Lächeln ist aus seinem Gesicht verschwunden. Er versucht sich zu konzentrieren und Kraft für seinen nächsten Satz zu sammeln.

Langsam formuliert er Wort für Wort und fragt in eindringlichem Ton: „Warum hast du das getan?"

David runzelt überrascht die Stirn, ein Gefühl maßloser Enttäuschung durchfährt ihn. Schlagartig wird ihm bewusst, dass er nach wie vor Hoffnung auf

Vergebung gehegt hatte. Stattdessen scheint sein Vater die letzte Gelegenheit zu nutzen, um seinen Vorwurf, seine Schuldzuweisung zu erneuern. Er lässt Bens Hand los und sie sinkt zurück auf die Bettdecke.

Sally beobachtet Davids Reaktion und versucht sie zu verstehen. Nachdenklich schaut sie ihn an.

Ben schließt seine Augen wieder.

Wie ein Schlag in den Magen spürt David die Zurückweisung seines Vaters auch körperlich. Noch einmal erwidert er Sallys Blick, doch er fühlt sich bloßgestellt und verletzt. Erschüttert steht er auf und geht zur Tür.

Da betritt Hellen mit der Petroleumlampe in der Hand das Schlafzimmer, gefolgt von der älteren Nachbarin, die auf einem kleinen Tablett eine Kanne Tee und einen Becher sowie einen kleinen Teller mit Kartoffelbrei trägt.

Ungeduldig tritt David zur Seite, um die beiden Frauen ins Zimmer zu lassen und geht dann hinaus in den dunklen Flur.

Während die Nachbarin das Tablett auf den frei gewordenen Stuhl legt, stellt Hellen die Lampe ab und fragt irritiert: „Was ist passiert?"

„Ich weiß nicht", antwortet Sally. „Ich glaube, ein Missverständnis."

Ein letztes Mal öffnet Ben die Augen und greift erneut nach der Hand der jungen Frau. Er blickt sie traurig an und eine Träne rollt langsam über seine Wange.

22. Luisa

Simon hat die Fahrt vorne auf dem Beifahrersitz im Auto des Freundes seines Vaters genossen. Auf der sich an den Berghängen entlang schlängelnden Landstraße gab es überhaupt keine Lampen. Nur das Licht der Scheinwerfer des PKWs und das Mondlicht haben die aufregend dunkle Nacht ein wenig erhellt.

Thomas ist abgebogen und von der Landstraße auf das Gelände einer kleinen Farm gefahren. Im Schein des Mondes erkennt Simon vor der Silhouette der bewaldeten Berge schemenhaft eine Scheune, einen Stall und umzäunte Wiesen. Neben einem sportlichen, jedoch auch schon älteren Cabriolet hält der PKW vor einem zum Teil erleuchteten, von ein paar hohen Bäumen umgebenen, alten einstöckigen, hölzernen Farmhaus. Thomas und Simon steigen aus dem Auto und gehen hinein.

In dem einfachen Haus von Thomas und seiner Mitte vierzigjährigen Ehefrau Anne sind vier Kinder groß geworden. Die beiden jüngsten, Luisa und Lukas, leben noch zu Hause. Tochter Carolin wohnt in der Nähe. Sie ist Mitte zwanzig und alleinerziehende Mutter einer ein Jahr alten Tochter und eines fünf Jahre alten Sohnes. Der Älteste, Paul, hat wegen der auf dem Land herrschenden Arbeitslosigkeit das Elternhaus verlassen und ist Berufssoldat geworden.

Die Familie lebt von den Einkünften der Autowerkstatt, die früher von Mike, nun von Thomas und seinem zwanzigjährigen Sohn Lukas betrieben wird sowie von dem neben der Werkstatt befindlichen kleinen Cafe und Lebensmittelgeschäft, um das sich Anne und Carolin kümmern. Mike, Thomas Vater, ist seit fast zehn Jahren Witwer und wohnt über der Autowerkstatt, übernachtet jedoch oft bei der Familie.

Das Innere des Hauses der berufstätigen Eltern zeugt von deren beschränkten finanziellen Möglichkeiten und der dennoch präsenten Lebensfreude. Es herrscht ein gemütliches Familienchaos: ältere, einfache Möbel neben neueren Haushaltsgeräten, Kinderzeichnungen, herumliegende Spielsachen, Fotos, bunte Teppiche und ein Hundekorb. Als Simon mit Thomas das Haus betritt, fällt ihm sofort der Unterschied zu seinem Elternhaus auf – ein Unterschied, der ihm gefällt.

Unordentlich übereinander hängen an der Garderobe zu viele Kleidungsstücke und auf dem Fußboden darunter häuft sich ein Durcheinander von Schuhen. Thomas zieht die Schuhe vor der Garderobe aus, seine Hausschuhe an und sucht nach einem Paar für Simon. „Hier, nimm die solange." Er legt ihm etwas zu große Pantoffeln vor die Füße und der Junge schlüpft hinein. „Na komm, wir schauen mal, wo meine Tochter steckt." Schlurfend folgt Simon Thomas durch das beleuchtete Haus.

„Luisa?", ruft Thomas und hört eine Antwort durch die geöffnete Tür des Bades. „Ich bin hier." Er geht mit Simon zum Bad und warnt seine Tochter kurz davor: „Wir haben einen Gast!"

„Ihr könnt ruhig reinkommen", erwidert Luisa.

Thomas blickt durch die geöffnete Tür ins Bad und sieht seine fünfzehn Jahre alte Tochter vor der Badewanne knien. Sie trägt eine Jeans und hat die Ärmel ihrer Bluse hochgekrempelt. Ihre Arme hängen über dem Rand der Badewanne, die etwa zwei Handbreit mit Wasser gefüllt ist. Luisa blickt zu ihrem Vater und fordert ihn auf: „Komm rein."

Er betritt, gefolgt von Simon, das Badezimmer. Auch hier herrscht ein geordnetes Chaos. Eine mehrfach veränderte und ergänzte Einrichtung, bunte Handtücher, im selbstgebauten Regal Babypuder neben der Tagescreme von Anne und ein Schnuller neben Thomas Rasierapparat. Überall steht und liegt etwas herum, das Badezimmer wird von vier Generationen benutzt.

„Hi", begrüßt Luisa den ihr unbekannten Jungen, wendet sich aber sofort wieder ihrem Experiment zu. Thomas tritt neugierig an die Badewanne heran und Simon folgt ihm etwas verunsichert.

Im Wasser auf dem Boden der Wanne liegt eine stabförmige Batterie. Luisa hat auf den ihr gegenüber liegenden Rand der Badewanne ein Multimeter mit großer Digitalanzeige gestellt und hält die beiden Messspitzen der Leitungen, die an das Messgerät angeschlossen sind, in jeweils einer Hand.

Neben ihr, auf dem Teppichvorleger, auf dem sie kniet, liegt ein aufgeschlagenes Buch. Darin ist neben der Zeichnung eines Herzens und der grafischen Darstellung einer EKG-Kurve die schematische Abbildung eines menschlichen Oberkörpers zu sehen. In dieser sind das Herz als elektrischer Dipol sowie dessen momentane Feld- und Äquipotentiallinien dargestellt.

Ratlos fragt Thomas seine jüngste Tochter: „Und was wird das?"

Weiterhin ihrem Experiment zugewandt, erklärt Luisa ihrem Vater: „Ich versuche zu verstehen, wie das mit dem Elektrokardiogramm funktioniert, das Doktor Schwarz letzte Woche bei Opa gemacht hat. In dem Buch hier steht, dass unser Herz sich wie ein schwingender Dipol verhält, dessen Polarität ständig wechselt und von dem ein elektrisches Feld ausgeht. Wenn das so ist, dann kann ich mit einer Batterie einen Moment des Herzschlags nachbilden und mit dem Wasser unseren Körper. – Und, wenn das jetzt stimmt, dass man beim EKG die elektrische Aktivität des Herzens an der Oberfläche des Körpers messen kann, dann muss ich mit den Messspitzen die Form des Feldes ermitteln können."

Sie hält die Messspitzen an zwei verschiedenen Stellen im Bereich um die Batterie in das Wasser und blickt zu der Digitalanzeige, auf der die gemessene elektrische Spannung angezeigt wird. Dann verschiebt sie eine Messspitze, beobachtet, wie der Wert auf der Anzeige sich verändert und fährt fort: „Na ja, und es stimmt. Ich kann anhand der Äquipotentiallinien tatsächlich das Dipolfeld ermitteln." Stolz grinsend blickt Luisa auf zu ihrem Vater.

Thomas schaut ausdruckslos von der Batterie in der Badewanne zu seiner Tochter und anschließend zu Simon, um ihn mit gespieltem Ernst und ironischem Unterton zu fragen: „Hast *du* das verstanden?"

Simon ist sich nicht sicher, ob er den Tonfall der Frage richtig deutet, entscheidet sich aber dennoch dafür, ehrlich zu antworten: „Nein."

„Ich auch nicht", pflichtet Thomas ihm bei.

„Aber das ist doch ganz einfach", versucht Luisa ihre Zuhörer zu begeistern. Sie blickt zurück in das Wasser und zieht mit ihren Messspitzen um den Plus- und den Minuspol der Batterie jeweils eine imaginäre Äquipotentiallinie des Dipolfeldes. „Die Messpunkte, zwischen denen ich keine elektrische Spannung messe, liegen auf einer Linie mit gleicher Feldstärke. Ich muss für das EKG also unterschiedliche Messpunkte ..."

Lukas, ein junger Mann mit sehr langen, glatten schwarzen Haaren, hat das Badezimmer in Jeans und mit freiem Oberkörper betreten und unterbricht seine Schwester freundlich, aber bestimmt. „Wäre es vielleicht möglich, ohne Publikum zu duschen und die Physikvorlesung am Waschbecken in der Küche fortzusetzen? Ich muss gleich los."

Thomas dreht sich grinsend zu seinem Sohn. „Ich fürchte, da werden wir es auch nicht besser verstehen." Und seiner Tochter Luisa teilt er mit: „Ich bring Simon in dein Zimmer."

Dann legt er seine Hände auf die Schultern des Jungen und schiebt ihn freundschaftlich in Richtung Tür. Als sie an seinem Sohn vorbei kommen, stellt er die beiden einander vor. „Lukas, das ist Simon. Simon, das ist mein Sohn Lukas, der sich jetzt für seine Freundin hübsch machen muss."

Lächelnd lässt sich Simon von Thomas aus dem Badezimmer in den Flur hinaus schieben. Ihm gefällt die ungewohnt humorvolle Atmosphäre in dieser Familie.

Thomas führt Simon durch das Haus in den ersten Stock zu Luisas Zimmer und schaltet dort das Licht ein. „Machs dir bequem. Luisa kommt bestimmt gleich. Ich geh schon mal das Abendessen vorbereiten. Oder, hast du etwa Lust, mir dabei zu helfen?" Er grinst den Jungen an, das war eine rhetorische Frage. Simon lächelt, traut sich aber nicht, zu verneinen. Thomas kommt ihm zuvor: „Na, das dachte ich mir."

Er lässt ihn allein zurück und Simon beginnt staunend damit, sich in dem Zimmer umzuschauen.

Zwei Poster an den Wänden lassen keinen Zweifel an Luisas Interessen. Das eine Plakat zeigt das Innere des Großen Hadronen-Speicherrings des CERN, dem weltweit größten Forschungszentrum auf dem Gebiet der Teilchenphysik in der Schweiz. In dem fast 27 Kilometer langen unterirdischen Ringtunnel des leistungsstärksten Teilchenbeschleunigers der Welt werden kleinste Teilchen gegenläufig auf nahezu Lichtgeschwindigkeit beschleunigt und zur Kollision gebracht. Auf diese Art und Weise sollen neue Elementarteilchen entdeckt und noch unbekannte physikalische Zustände der Materie erforscht werden.

Auf dem anderen Poster ist die 13 Quadratkilometer große Photovoltaik-Freiflächenanlage Solar Star in der Wüste Kaliforniens abgebildet. Die Solarstromanlage, in der durch 1,7 Millionen Solarmodule ein Teil der Sonnenstrahlung in elektrische Energie umgewandelt wird, war bei Inbetriebnahme 2015 die leistungsstärkste Anlage der Welt.

Auf einem großen Tisch liegen allerlei auseinander genommene ältere Geräte: ein Transistorradio, ein Telefon, eine Türklingel, eine kleine Lautsprecherbox und ein Digitaluhrwecker. Außerdem ein Set kleiner Uhrmacher-Schraubendreher, ein Taschenmesser, zwei Rollen unterschiedlich breites Klebeband, ein Kompass, mehrere Heftklammern und ein einfacher, selbst gebastelter Elektromagnet, der aus einer etwa acht Zentimeter langen dicken Schraube aus Eisen besteht, die mit isoliertem Klingeldraht umwickelt wurde.

In einem Regal befinden sich mehrere Experimentierbaukästen zur Physik sowie zur Elektronik und auf ihrem Schreibtisch neben der PC-Tastatur liegt ein Steckbrett, auf dem mit Drähten und verschiedenen elektronischen Bauelementen eine kleine Schaltung aufgebaut worden ist. Sie ist an eine große Batterie angeschlossen und lässt mehrere verschiedenfarbige Leuchtdioden abwechselnd aufblinken. Verschiedene Physikbücher und unterschiedliche Arten von Batterien liegen im Zimmer herum. Luisas PC ist alt und noch mit einem sehr kleinen Flachbildschirm ausgestattet.

Die offene Schultasche steht auf dem Fußboden auf dem Weg zum gemachten Bett und auf dem Nachttisch dreht sich eine leuchtende Schlummerlampe, die lustige Kindermotive auf den Lampenschirm projiziert.

Simon geht im Zimmer herum und betrachtet interessiert die elektrischen Gerätschaften. Zuletzt bleibt er an Luisas Schreibtisch stehen und schaut sich die blinkende elektronische Schaltung auf dem kleinen Steckbrett genau an.

Plötzlich überkommt ihn der unwiderstehliche Drang, einen der Drähte heraus zu ziehen. Mutig zupft er mit Daumen und Zeigefinger an einem roten Draht, der zu einer der Leuchtdioden führt.

Als er den Draht an einem Ende aus dem Steckbrett herausgezogen hat, bleibt die vorher blinkende Leuchtdiode dunkel. In diesem Moment kommt Luisa in ihr Zimmer.

Schnell dreht sich Simon um und bleibt schuldbewusst so vor dem Schreibtisch stehen, dass er die defekte Schaltung mit seinem Körper verdeckt.

Luisa hat allerdings schon ihren eigenen Unfug im Kopf und fordert ihren Gast freundlich auf: „Komm, hilf mir mal. Wir machen uns einen Spaß mit Lukas."

Sie geht zum Schreibtisch und fordert Simon auf: „Lass mich mal da ran."

Er tritt zur Seite und schaut etwas besorgt zu der Schaltung, doch Luisa hat dafür zurzeit keinen Blick. Sie öffnet eine Schublade, kramt zwischen Stiften, Radiergummis und Linealen, findet nicht, was sie sucht und schließt die Schublade wieder. Sie öffnet die nächste und holt triumphierend eine Plastiktüte mit Luftballons heraus. „Na also! Davon müssen wir ein paar aufblasen."

Luisa greift in die Tüte und reicht Simon einige der länglichen, unterschiedlich gefärbten Luftballongummis. Dann nimmt sie sich selbst auch einige aus der Tüte und beide beginnen damit, nicht ohne Mühe, ihren ersten Ballon aufzublasen.

Kurze Zeit später kommen Luisa und Simon zu der geschlossenen Tür des Badezimmers im Erdgeschoss. Beide transportieren jeweils vier aufgeblasene, große längliche Luftballons unter den Armen und in den Händen. Sie haben Schirmmützen aufgesetzt und Luisa trägt einen großen Schal aus Wolle um den Hals. Direkt vor der Tür des Badezimmers lässt sie ihre Ballons zu Boden sinken.

Mit den Händen gestikulierend gibt sie Simon Anweisung, das Gleiche zu tun und legt kurz den Zeigefinger an den Mund, um ihm mitzuteilen, dass er leise sein soll. Dann nimmt sie den Schal von ihrem Hals herunter, reicht ihm das eine Ende und flüstert: „Hier, halt mal fest. Aber so, dass es gespannt bleibt."

Sie drückt ihm jeweils eine Ecke des Schalendes in die Hände und spannt ihn flach auf etwa anderthalbfache Armlänge. Dort hält sie selbst mit einer Hand den Schal fest, greift mit der anderen nach einem Luftballon vom Fußboden und reibt den Ballon auf dem flach gespannten Schal etwa zehnmal hin und her.

Danach „heftet" sie den durch die Reibung elektrostatisch aufgeladenen Luftballon oben an den lackierten Holzrahmen der Badezimmertür. Mit offenem Mund bestaunt Simon Luisas Werk – für ihn ist das Zauberei.

Während sie den nächsten Luftballon an dem Wollschal reibt, beobachtet er den oben an dem Türrahmen „klebenden" Ballon und fragt sich verwundert, warum der nicht herunter sinkt. Da heftet Luisa schon den zweiten Ballon an eine Seite des Türrahmens.

Simon fängt an zu grinsen. Er hat zwar keine Ahnung, wozu das Ganze gut sein soll, aber eines weiß er schon jetzt: das Mädchen ist ganz sein Fall, denn sie hat viel Energie für viel Unfug.

Plötzlich hört er Geräusche aus dem Flur, mehrere Personen haben das Haus betreten. Eine ihm unbekannte Frauenstimme ruft: „Wir sind da! Wir können gleich essen!" Simon blickt in die Richtung, aus der er die Stimme gehört hat. Als er wieder zurück zu Luisa schaut, kleben schon vier Luftballons am Rahmen der Tür.

Hinter der Tür, im Badezimmer, wird ein Föhn eingeschaltet. Während sie den fünften Luftballon am Wollschal hin und her reibt, flüstert sie Simon grinsend zu: „Er föhnt sich die Haare. Sehr gut. Dann wirds noch besser!"

In der großen Küche des Hauses sitzt Thomas am Tisch, den er für sieben Personen gedeckt hat. Auf seinem Schoß hält er seine einjährige Enkeltochter. In der Mitte des Tisches steht eine große Schale mit Spaghetti und Anne, gekleidet in Jeans und Bluse, füllt heiße Bolognese-Sauce in eine Schüssel. Carolin, die einen Jeansrock und ein T-Shirt trägt, steht vor der Mikrowelle und wartet darauf, dass die Baby-Milch für ihre Tochter warm wird. Der fünfjähri- ge Enkelsohn von Thomas und Anne liegt auf dem Fußboden der Küche und spielt dort mit dem alten Hund der Familie.

Da sieht er seine Tante und Simon in die Küche kommen, springt auf, läuft auf die beiden zu und ruft fröhlich: „Luisa!" Auf dem Weg zum Küchen- tisch legt sie den Wollschal zur Seite und nimmt sich die Schirmmütze vom Kopf. Als ihr kleiner Neffe vor ihr steht und von ihr auf den Arm genommen wer- den möchte, setzt sie ihm lächelnd die zu große Schirmmütze auf den Kopf und nimmt ihn hoch.

Anne stellt die Schüssel mit Bolognese-Sauce auf den Tisch und begrüßt Simon freundlich. „Hallo, junger Mann. Komm setz dich zu uns." Luisa hebt ihren Neffen auf einen Stuhl, setzt sich daneben und lädt Simon mit einer Geste ein, sich ebenfalls neben sie zu setzen.

Carolin hat die erwärmte Milch in eine Babyfla- sche umgefüllt und stellt sie neben den Teller ihres Vaters. „Wenns dir zu viel wird, sag Bescheid." Tho- mas greift nach der Milchflasche und wendet sich fürsorglich und in lustigem Ton seiner Enkeltochter zu. „Das – wird – uns – nicht – zu viel, nicht?"

Anne, die noch neben dem Tisch steht, nimmt seinen Teller, füllt Spaghetti und Sauce darauf und stellt ihn vor Thomas ab. Sie setzt sich neben ihren Mann und wendet sich an die Teenager: „Bitte nehmt euch." Nacheinander füllen sich Luisa, Simon und Anne das Abendessen auf ihre Teller.

Währenddessen hat Carolin neben ihrem Sohn

Platz genommen und fragt ihn: „Willst du das wirklich ohne Lätzchen probieren?"

Begeistert antwortet der kleine Junge: „Ja, Mama!" Sie füllt seinen Teller, beginnt die langen Nudeln klein zu schneiden und fordert die anderen, die abwarten, dass auch sie sich etwas nimmt, auf: „Fangt ruhig schon an."

Während sie die Spaghetti ihres Sohnes fertig klein schneidet und sich selbst etwas von der Bolognese-Sauce nimmt, beginnen die anderen damit zu essen. Stille kehrt ein.

Plötzlich hören alle Lukas wütend aufschreien. „Verdammte Scheiße! Was ist das? – Luisa!"

Alle am Tisch schauen überrascht auf. Luisa beginnt zu grinsen. Simon blickt zu ihr und lächelt verunsichert.

Lukas erscheint vor der offen stehenden Tür der Küche und kommt herein. Seine schulterlangen glatten Haare stehen elektrostatisch aufgeladen zu allen Seiten ab und umgeben kranzartig, wie ein riesengroßer „Heiligenschein" aus schwarzen Haaren, seinen Kopf.

Alle Mitglieder der Familie müssen unwillkürlich lachen. Lukas ist im Eingangsbereich der Küche stehen geblieben und empört sich. „Das ist sehr witzig. Luisa, mach, dass das sofort wieder aufhört!"

Simon ist beeindruckt von der Auswirkung ihres Schabernacks und würde gerne verstehen, wie das funktioniert hat.

Die elektrische Ladung eines Elementarteilchens erzeugt

um das Teilchen herum ein winziges unsichtbares Feld, in dem anziehende oder abstoßende Kräfte auf andere Ladungsträger ausgeübt werden.

Es gibt Elementarteilchen mit positiver und mit negativer elektrischer Ladung. Positive und negative Ladungsträger ziehen einander an, Teilchen mit gleicher Ladung stoßen sich dagegen ab.

Wenn ein Gegenstand beide Arten von Ladungsträgern in gleichen Mengen besitzt, ist er elektrisch neutral. Fehlen ihm jedoch Elementarteilchen, zum Beispiel mit negativer Ladung, bleiben zu viele positive Ladungsträger übrig. Diese sorgen dann dafür, dass der Gegenstand auch als Ganzes elektrisch positiv geladen ist. Weil aber alle Materie bestrebt ist, elektrisch neutral zu sein, zieht ein Gegenstand, der positiv ist, negativ geladene Teilchen und Gegenstände an.

Wird ein Luftballon an einem Wollschal gerieben, entreißt der Ballon der Wolle negative Ladungsträger. Diese bewirken, dass der ganze Luftballon elektrisch negativ geladen wird und sein Kraftfeld positive Ladungsträger anzieht.

Wenn dieser Luftballon nun an einen Türrahmen oder eine Wand gehalten wird, bleibt er daran „kleben". Warum?

Die Wand selbst ist elektrisch neutral, in ihr befindet sich die gleiche Anzahl negativer und positiver Ladungsträger. Wenn der negativ geladene Luftballon an die Wand gehalten wird, hat sein elektrisches Feld eine abstoßende Wirkung auf die negativen Ladungsträger in der Wand. Sie bewegen sich daher weg von der Oberfläche der Wand. Die positiven Ladungsträger dagegen werden vom Luftballon angezogen.

Und diese Anziehungskraft zwischen dem negativ geladenen Ballon und dem gegenüberliegenden, positiv geladenen Teil der Wandoberfläche ist so stark, dass der Ballon eine Zeitlang dort an der Wand hängen bleibt.

Einen ähnlichen Einfluss haben die negativ geladenen Luftballons, die Luisa durch elektrostatische Aufladung an den Rahmen der Badezimmertür „geklebt" hat, auf die langen Haare von Lukas. Auch in den Haaren trennen sich die positiven von den negativen Ladungsträgern, bewegen sich in Richtung der Luftballons und sorgen so dafür, dass die Haare angezogen werden. Da aber alle abstehenden Haare an den Enden elektrisch gleich, nämlich positiv, geladen sind und sich daher gegenseitig abstoßen, stehen Lukas „die Haare auch noch zu Berge", als er in die Küche zu seiner Familie kommt.

Noch immer grinsend erklärt Luisa ihrem Bruder: „Wenn du willst, dass es sofort aufhört, musst du deine Haare feucht machen."

Vorwurfsvoll erwidert Lukas: „Ich hab sie gerade erst trocken geföhnt!"

„Dann musst du warten, bis es von allein weggeht."

„Ich kann nicht warten, ich muss los!"

„Dann musst du sie feucht machen."

Da alle anderen sich nach wie vor amüsieren, kann sich auch Lukas nicht mehr der Komik der Situation entziehen. Nicht mehr ganz so böse beklagt er sich ironisch bei seinen Eltern. „Könntet ihr vielleicht mal anfangen, euer jüngstes Kind zu erziehen!" Schließlich beschwert er sich bei seiner Schwester. „Warum hast du es immer nur auf mich abgesehen?"

Lachend antwortet sie ihrem Bruder: „Weil es bei

dir am einfachsten ist."

Lukas verzieht das Gesicht. „Was ist mit den Luftballons? Kannst du die bitte wieder wegnehmen?"

„Die fallen von alleine ab."

„Dann lass ich sie eben platzen!", kündigt Lukas an, dreht sich um und geht zurück zum Bad.

Luisa wendet sich wieder dem Essen zu, bemerkt dabei jedoch, dass Thomas ihr freundlich auffordernd zunickt. Sie legt ihr Besteck hin und steht auf: „Na gut."

Während sie ihrem Bruder folgt, hören die anderen einen Luftballon platzen. Anne wendet sich mit ironischem Unterton an Simon, der dem Mädchen hinterher geschaut hat. „Na, da hast du ja die richtige Freundin gefunden, was?"

Simon kann sich ein bestätigendes Lächeln nicht verkneifen und blickt hinunter auf seinen Teller.

Gut gelaunt und über Lukas „Heiligenschein" aus schwarzen Haaren plaudernd, essen alle am Tisch weiter Abendbrot.

23. Hokuspokus

Mit einer Flasche Bier in der Hand sitzt David auf einem Eimer im dunklen Geräteschuppen seines Elternhauses. Vor ihm, auf einem zweiten umgedrehten Eimer, steht eine helle Petroleumlampe und beleuchtet das in einigem Abstand vor ihm stehende Motorrad. Versunken in trübselige Gedanken betrachtet er die Unfallschäden an der Triumph Bonneville.

Er nimmt einen Schluck aus der Flasche, hört kurz danach die Eingangstür des Schuppens knarren und schaut auf. Mike kommt mit einer leuchtenden Taschenlampe in der Hand in den hinteren Teil des Schuppens. Die beiden Männer blicken sich kurz an, dann wendet sich David wieder seiner alten Maschine zu.

Mike kommt näher und sieht das Motorrad. Als er es erkennt, hält er überrascht inne und schaut zu seinem jüngeren Freund, der nach wie vor bedrückt vor sich hin starrt. Nachdem er seine Taschenlampe ausgeschaltet hat, geht er zu der Petroleumlampe, hebt sie hoch und stellt sie neben den Eimer auf dem Fußboden ab. Anschließend nimmt er sich den Eimer, stellt ihn neben David ab und setzt sich darauf. Schweigend betrachten die beiden Männer eine Zeitlang die Triumph Bonneville.

Unvermittelt schüttelt David mit dem Kopf und lässt Mike empört an seinen Gedanken Anteil nehmen. „Das Letzte, was er mir in diesem Leben zu sagen hat. Er kann es nicht lassen. Mein Vater gibt mir immer noch die Schuld!"

Mike blickt zu David und lässt dessen Enttäuschung zunächst im Raum stehen. Es ist viele Jahre her, dass er sich mit seinem früheren Schützling ernsthaft unterhalten hat. Er überlegt, wie er mit ihm reden soll und entscheidet sich dann, es genau so zu tun, wie er es vor dreißig Jahren getan hätte.

„Du weißt doch, dass er Unrecht hat. Ben ist eben nie darüber hinweg gekommen", erwidert er tröstend und ergänzt in wohlmeinendem Ton: „Aber, warum bist du so verbittert? Warum hast du kein Mitleid mit ihm?"

David fühlt sich nicht in der Lage, Verständnis für seinen Vater aufzubringen. Der vermeintlichen Erwartungshaltung seines älteren Freundes, dem Empfinden, sich rechtfertigen zu müssen, versucht er mit einem Vorwurf zu begegnen. „Was ist das für ein Hokuspokus, den deine Tochter da veranstaltet?"

Mike bleibt gelassen. „Hat es ausgesehen wie Hokuspokus?"

David antwortet nicht, er hat das Gefühl, sich in eine Sackgasse manövriert zu haben. Mike war immer wie ein Vater zu ihm – ein besserer Vater als sein eigener.

Da erklärt der alte Mann nachsichtig: „Du warst lange nicht hier. Und wenn, dann nur kurz. Sie ist nicht mehr das kränkelnde Mädchen von früher."

David hat sich wieder beruhigt. „Ja, das habe ich gesehen."

Er schweigt erneut und Mike beschließt das Thema zu wechseln. „Ich wusste gar nicht, dass es die Triumph noch gibt. Der Rahmen muss wahrscheinlich gerichtet werden, aber der Motor scheint noch in Ordnung zu sein. Willst du sie wieder in Schuss bringen?"

„Mein Sohn möchte, dass ich es mache. Mit ihm zusammen."

„Eine schöne Idee. Thomas hütet die Harley wie seinen Augapfel. Wir können die Maschine morgen holen und in die Werkstatt fahren."

David nickt leidenschaftslos. Ein weiterer Moment des Schweigens vergeht.

Mike holt eine alte mechanische Taschenuhr hervor und schaut nach, wie spät es ist. „Ich werd mal sehen, ob sie schon fertig sind." Er steht auf und blickt David auffordernd an.

„Ich komm gleich nach."

Bestätigend nickt Mike ihm zu, schaltet seine Taschenlampe wieder ein und verlässt den Geräteschuppen. Knarrend öffnet und schließt sich die Holztür.

David trinkt noch ein paar Schluck Bier und betrachtet sein Motorrad währenddessen genauer. Es fällt ihm nicht leicht, seinen inneren Widerstand zu überwinden. Doch schließlich gibt er sich einen Ruck: vielleicht ist die Idee, der alten Triumph neues Leben einzuhauchen, gar nicht so verkehrt. Er steht mit der Flasche in der einen Hand auf, greift mit der anderen Hand nach der Petroleumlampe und folgt Mike nach draußen.

Als er über das Grundstück zum Haus geht, spürt er plötzlich, wie müde er ist. Er kommt die Eingangstreppe hinauf, betritt die Veranda und entdeckt hinter dem Küchenfenster im Licht von Kerzen und Petroleumlampen seine Mutter, Mike, Sally und die beiden Nachbarinnen. Kurz hält er inne, dann geht er leise zum geschlossenen Küchenfenster und schaut hinein.

Hellen, Mike und die jüngere Nachbarin sitzen am Küchentisch, auf dem noch die Reste ihres Abendbrots stehen. Neben dem Tisch sitzen sich Sally und die ältere Nachbarin gegenüber. Die junge Frau in der Ranger-Uniform hat die Unterarme mit den Handflächen nach oben auf den Oberschenkeln abgestützt, hält die Hände der alten Frau und spricht mit ihr. Dabei löst sie die rechte Hand und legt sie an die Schläfe der Frau.

Mit herablassendem Gesichtsausdruck wendet sich David ab und geht zurück zur Eingangstreppe. Er stellt die Petroleumlampe und die Flasche Bier ab und setzt sich auf die oberste Stufe. Dann holt er eine geöffnete Schachtel Zigaretten und ein Feuerzeug hervor und zündet sich eine Zigarette an. Nachdem er die Schachtel und das Feuerzeug wieder in seinen Taschen verstaut hat, nimmt er die Flasche Bier und trinkt einen weiteren Schluck.

In die dunkle Nacht hinaus schauend raucht er mit tiefen Zügen. Und mit jedem Zug wird seine Stimmung düsterer.

24. Der Test

In ihrem Zimmer sitzen Luisa und Simon vor dem großen Tisch mit den elektrischen Gerätschaften. Simon hält eine dicke, etwa zehn Zentimeter lange Eisenschraube in einer Hand und bemüht sich, mit einem Kunststoffmantel isolierten Klingeldraht fest um deren Gewinde zu wickeln. Als er fertig ist, hält er Luisa die Schraube hin und sie befestigt die Wicklung mit Klebeband, damit sich der Draht nicht von der Schraube löst.

Die beiden langen losen Enden des Klingeldrahts sind an den Spitzen abisoliert worden. Luisa nimmt eine zylindrisch geformte Batterie vom Tisch, hält sie zwischen Daumen und Zeigefinger einer Hand und fängt an zu erklären. „Wenn jetzt ein Strom durch den Draht fließt, wird der Draht magnetisch."

Sie schiebt eine blanke Spitze des Klingeldrahts zwischen ihren Zeigefinger und den Pluspol der Batterie. Danach schiebt sie die zweite Drahtspitze zwischen ihren Daumen und den Minuspol und drückt den Draht fest an die beiden Enden der Batterie. Mit der anderen Hand greift sie unterhalb der Batterie nach den zwei Drähten und hebt die Eisenschraube damit an, so dass sie über Simons Händen schwebt.

„Und durch das Eisen der Schraube wird das Magnetfeld so stark, ..." Luisa hebt die Schraube an den Drähten noch höher und führt sie über einige auf dem Tisch liegende Büroklammern. „... dass kleine Metallteile angezogen werden. Siehst du!"

Und tatsächlich: wie von Geisterhand werden die

Büroklammern an den beiden Enden der Schraube von dem einfachen Elektromagneten angezogen!

Simon lacht begeistert. Das Mädchen hebt die Schraube noch höher und alle Büroklammern bewegen sich wackelnd mit in die Höhe.

„Und wenn der Stromfluss im Draht aufhört, ..." Sie nimmt den Zeigefinger von der Batterie, so dass sich das eingeklemmte blanke Drahtende vom Batteriepol löst. „... dann verschwindet auch das Magnetfeld wieder." Und alle Büroklammern fallen zurück auf den Tisch.

Simon amüsiert sich prächtig, das will er auch ausprobieren. Luisa reicht ihm die Batterie und den selbst gebastelten Elektromagneten und er macht sich daran, das Experiment zu wiederholen.

Auch er lässt die Büroklammern in der Luft schweben und lächelt stolz. Doch plötzlich verzieht er das Gesicht und legt die Batterie und die Schraube schnell auf dem Tisch ab „Das fühlt sich aber fies an mit der Zeit, oder?"

Luisa runzelt die Stirn. „Was meinst du?"

Simon reibt den Finger der Hand, mit der er die Batterie gehalten hat, gegen seinen Daumen. „Na, in der Hand. Das fängt ganz schön stark an zu kribbeln."

Noch einmal klemmt sie die blanken Drahtenden zwischen Daumen, Zeigefinger und die Pole der Batterie, schaut auf ihre Hand und wartet eine Zeitlang ab. „Durch den Strom, der fließt, wird die Batterie ein bisschen warm. Meinst du das?"

„Nein. Aber, ist egal. Ich finds cool. Hast du noch

was?"

Luisa legt den Elektromagneten auf dem Tisch ab und lehnt sich in ihrem Stuhl zurück. Sie verschränkt die Arme vor der Brust und schaut ihren jungen Gast nachdenklich an. Er hat ihr Interesse geweckt. „Hm, mal sehen."

Um es möglichst spannend zu machen, versucht sie ihr Lächeln zu unterdrücken und ihren Blick ernst werden zu lassen. Simon beginnt das Mädchen anzugrinsen. Mit gespielter Wichtigkeit überlegt sie laut: „Vielleicht bist du ja ein Kandidat für den Test."

Neugierig lächelnd lässt er sich auf das Spiel ein: „Welchen Test?"

„Ich nenne ihn: Sallys Test."

Sally, das war doch die Frau, die ihn wegen seines eingeschalteten Handys zurechtgewiesen hat. Abwartend und etwas argwöhnisch antwortet Simon: „OK?" Er will schließlich nicht für einen Feigling gehalten werden.

Luisa steht auf und geht nach etwas suchend um den Tisch herum. Als sie zwei bestimmte, gleich aussehende Batterien gefunden hat, kommt sie zurück und setzt sich wieder zu ihm.

Mit feierlicher Geste reicht sie ihm in jeder Hand jeweils eine Batterie und verkündet: „Bisher hat noch niemand diesen Test bestanden!"

Belustigt blickt er sie an und nimmt die Batterien entgegen.

„Nimm sie fest in deine Hände und sage mir, welche Batterie leer ist!"

Grinsend umschließt Simon die Batterien mit den Fingern und dreht den Spieß um. Er schließt die Augen, runzelt die Stirn und bewegt die zu lockeren Fäusten geschlossenen Hände eine Weile drehend in der Luft. Dann öffnet er die Augen wieder, streckt Luisa mit einer dramatischen Geste einen Arm entgegen und öffnet die Faust.

Zuerst blickt er auf die Batterie in seiner flachen Hand, danach zu dem Mädchen und verkündet: „Diese hier ist leer!"

Lächelnd nimmt Luisa die Batterie aus seiner Hand, sucht nach dem kleinen, von ihr in die Hülle eingeritzten Zeichen und bestätigt wenig beeindruckt: „Das stimmt. Aber einmal kann das jeder. Das liegt im Bereich der Wahrscheinlichkeit. Dreimal hintereinander musst du es können. Gib mir die andere Batterie."

Er legt ihr auch die zweite Batterie in die Hand. Sie führt ihre Hände hinter den Rücken und mischt mit ernstem, auf Simon gerichteten Blick neu.

Mit nicht mehr ganz so feierlicher Geste reicht sie ihm die beiden Batterien zum zweiten Mal.

Simon wiederholt, auch nicht mehr ganz so dramatisch, seinen Test und streckt dem Mädchen denselben Arm entgegen wie zuvor. „Diese hier."

Luisa kontrolliert die Batterie und findet das Zeichen erneut. Anerkennend hebt sie die Augenbrauen, hält den Erfolg des Jungen jedoch nur für Zufall. „Wieder richtig!"

Ohne Show wiederholen sie den dritten Durchlauf. Dieses Mal streckt er ihr den anderen Arm entgegen. Wieder findet Luisa auf der Batterie ihr Zeichen und ist nun doch verblüfft. Nachdenklich schaut sie Simon an, der sie fragt: „Und?"

„Es ist wieder die Richtige!"

Zufrieden lächelnd fordert Simon das zwei Jahre ältere Mädchen heraus. „Und, was kriege ich jetzt als Belohnung, dafür dass ich der Erste bin, der den Test bestanden hat?"

Luisa ist ernst geworden, sie möchte den Erfolg des Jungen überprüfen und fragt: „Hast du Lust herauszufinden, ob es nur Glück war?"

Sachlich antwortet Simon: „Das hat mit Glück nichts zu tun."

„OK. Dann ist es ja kein Ding für dich. Tust du es für mich?"

Er zuckt bestätigend mit den Schultern. „Warum nicht."

Luisa legt die Batterien zur Seite, steht noch einmal auf und sucht auf dem Tisch nach zwei anderen. Als sie die neuen Prüfungsstücke gefunden hat, kommt sie zurück, setzt sich wieder und reicht dem Jungen die beiden Batterien. Ohne jedes Pathos fragt sie erwartungsvoll: „Welche ist leer?"

Simon nimmt jeweils eine Batterie in jede Hand, schließt die Finger für einen Moment und beginnt zu lächeln. Er reicht dem Mädchen beide Batterien zurück und antwortet selbstzufrieden: „Keine. Sie sind beide noch voll."

Luisa ist sprachlos. Verblüfft schaut sie erst ihren Gast an und danach auf die Batterien in seinen Händen.

Simon spürt, dass sie tief beeindruckt ist und versucht die Situation ein wenig aufzulockern. „Aber das ist doch kein Ding. Kannst du das nicht?"

Verneinend schüttelt sie den Kopf und antwortet noch immer überwältigt: „Nein. Das kann niemand." Sie nimmt die Batterien aus seinen Händen. „Das kann nur meine Tante Sally!"

Grinsend erwidert Simon: „Na, dann sind wir jetzt zwei."

Luisa betrachtet den Jungen noch immer mit ernsthaftem Blick. Sie weiß, wie sehr ihre Tante Sally unter ihrer Elektrosensibilität leidet und kann nicht glauben, einen weiteren Menschen vor sich zu haben, der diese Gabe besitzt.

Er bemerkt den Stimmungsumschwung des Mädchens und fragt verunsichert: „Was ist los?"

Einfühlsam fragt sie ihren Gast: „Fühlst du dich wohl hier?"

„Ja. Wieso fragst du?", antwortet er verwundert.

„Du hast keine Kopfschmerzen oder so was?"

„Nein, heute Abend nicht."

Luisa ist verwirrt. Simon zuckt mit den Achseln, eigentlich war es doch ganz lustig und er hat noch immer Lust auf mehr. „Und nun? Hören wir auf?"

Sie beschließt die Angelegenheit mit ihrer Tante zu besprechen und ihren jungen Gast bei Laune zu halten. „Du willst noch mehr lernen?"

„Na klar!"

Sie legt die beiden Batterien auf dem Tisch ab. „Soll ich dir zeigen, wie man eine Blinkschaltung baut?"

Simon blickt zum Schreibtisch und antwortet etwas verlegen: „Ich glaub, ich bin da an einen Draht
gekommen."

„Das macht nichts. Komm, ich zeig dir, wie man
das wieder in Ordnung bringt." Sie stehen auf, nehmen ihre Stühle zur Hand und gehen damit zum
Schreibtisch.

25. Regression

David sitzt auf der obersten Stufe der Eingangstreppe seines Elternhauses und hat den letzten Schluck aus seiner Flasche Bier getrunken. Einen Moment lang schaut er auf die leere Flasche, dann blickt er durch die Dunkelheit der Nacht in Richtung seines Autos und beschließt nachzusehen, ob er noch Bier im Kofferraum hat. Er greift nach der Petroleumlampe, erhebt sich etwas unsicher und geht langsam die Stufen hinunter.

Vor der Rückseite seines Vans stellt er die Petroleumlampe auf dem Erdboden ab, kramt seinen Autoschlüssel hervor und schließt damit die Tür des Kofferraums auf.

Hinter ihm öffnet sich die Eingangstür des Hauses. Sally, Mike und Hellen kommen heraus, um sich auf der Veranda voneinander zu verabschieden. Die junge Frau in der Ranger-Uniform stellt die Petroleumlampe, die sie für Davids Mutter gehalten hat, auf dem Fußboden ab und reicht ihr die Hand. „Tut mir leid, dass ich nicht mehr tun konnte."

Die alte Frau schüttelt mit dem Kopf. „Nein. Ich bitte dich. Ich konnte noch einmal mit ihm sprechen! Ich danke dir."

Sie lösen ihren Handschlag und Sally wendet sich zum Gehen. Mike nickt Hellen kurz zu. „Wir sehen uns. Danke für das Abendessen."

Während Hellen nach der Petroleumlampe greift und sich zurück ins Haus begibt, gehen Vater und Tochter die Eingangstreppe hinunter. Mike beleuchtet mit der Taschenlampe ihre Schritte zu seinem Pickup, geht dabei jedoch so über das Grundstück, dass ihr Weg sie an Davids Van vorbei führt.

Er hat inzwischen eine neue Flasche aus dem Kofferraum geholt, sie geöffnet und sich noch ein paar mehr Schlucke Bier genehmigt.

Mike spricht ihn an. „Ich ruf morgen an, bevor wir das Motorrad holen kommen".

Mehrmals mit dem Kopf vor sich hin nickend erwidert David zögernd und in mehrdeutigem Ton: „Alles klar." Er ist betrunken.

„Gute Nacht", verabschiedet sich der alte Mann etwas besorgt. Sein früherer Schützling dreht sich ein Stück in seine Richtung und antwortet murmelnd: „Gute Nacht."

Mike geht weiter, aber Sally ist vor David stehen geblieben. Missbilligend schaut sie auf die Flasche Bier in seiner Hand, dann teilt sie ihm sachlich mit: „Fahr nicht weg. Deine Mutter braucht dich in den nächsten Tagen."

Überrascht sieht David sie an. Er ärgert sich über ihre Bevormundung. Einen Moment lang blicken sich beide schweigend an.

Als Sally merkt, dass er nicht in der Stimmung ist, ihr zu antworten, verabschiedet auch sie sich. „Gute Nacht."

Sie läuft weiter zu ihrem einige Schritte entfernt auf sie wartenden Vater, während David den Kofferraum schließt.

Mike geht zu seinem Pickup, doch Sally dreht sich noch einmal um. David hebt gerade die Petroleumlampe hoch, als sie ihn geradeheraus fragt: „Bist du sicher, dass du deinen Vater richtig verstanden hast? Weißt du, was er gemeint hat?"

David fühlt sich angegriffen und der Alkohol verstärkt seine Stimmung. Empört erwidert er ihren Blick und antwortet gekränkt: „Na, du scheinst doch ziemlich viel zu wissen. Sag du es mir!"

Sally muss einsehen, dass dies nicht der richtige Zeitpunkt für ein offenes Gespräch sein kann. Einen Moment lang hält sie seinem entrüsteten Blick stand, dann dreht sie sich um und folgt ihrem Vater zum Pickup.

David hat seit Jahren nicht soviel Alkohol getrunken, wie in den vergangenen zwei Tagen und er spürt dessen ungewohnte Wirkung als ein tiefes Gefühl der Entfremdung von seinen alten Freunden.

Während er der jungen Frau in der Ranger-Uniform nachschaut, beginnen in ihm Wut und Niedergeschlagenheit miteinander zu ringen. Er beobachtet, wie Sally zu Mike in den Pickup steigt und sein väterlicher Freund vom Grundstück fährt.

Die roten Rücklichter des Fahrzeugs entfernen sich in der Dunkelheit. Er wartet ab, bis die Lichter hinter der nächsten Kurve der Landstraße verschwinden und geht erst dann zurück zum Haus.

Als er an der Eingangstreppe ankommt, schaltet sich das elektrische Licht wieder ein – plötzlich ist das ganze Haus hell erleuchtet. Überrascht bleibt David stehen und betrachtet sein Elternhaus.

Erschöpft und leicht schwankend steigt er

schließlich die Eingangstreppe hinauf und geht ins Haus.

26. Vater und Tochter

Klappernd fährt Mikes alter Pickup durch die Nacht am Waldrand entlang. Das Licht der Scheinwerfer erhellt den holperigen Feldweg vor ihm und schließlich hält das Fahrzeug vor einem schmalen Pfad in die Berge.

Der alte Mann stellt den Motor ab und die Innenbeleuchtung schaltet sich ein. Er blickt zu seiner Tochter auf dem Beifahrersitz. Sally schaut schweigend in die Dunkelheit hinaus und Mike lässt ihr Zeit, sich zu verabschieden.

Da rollt eine Träne ihre Wange herunter und traurig fragt sie ihren Vater: „Was mache ich nur, wenn du nicht mehr da bist?"

Mike beugt sich zu seiner Tochter hinüber, legt den Arm sanft um ihre Schultern und versucht sie zu trösten. „So weit ist es noch nicht. Ich werde neunzig, weißt du das nicht?"

Sally lehnt sich an ihren Vater und versucht ihre Fassung wieder zu finden. Unvermittelt teilt sie ihm mit: „Zwei, drei Tage. Mehr hat Ben nicht."

Mike atmet tief durch. Nun blickt er betroffen in die Dunkelheit hinaus. Eine kurze Weile überlassen sich Vater und Tochter gemeinsam ihren traurigen Gedanken, bis er fragt: „Soll ich mitkommen?"

Sally löst sich aus der Umarmung ihres Vaters und setzt sich auf. „Nein, es ist zu dunkel für dich, Paps. Sehen wir uns übermorgen?"

„Ja. Gegen Mittag?"

Sie nickt ihm zu, beugt sich hinüber und küsst

ihn auf die Wange. „Fahr vorsichtig."

Dann öffnet sie die Beifahrertür und steigt aus. Sie geht zur Rückseite des Pickups, macht die Heckklappe auf und zieht einen Schlüssel aus ihrer Hosentasche. Auf der Ladefläche steht eine Kiste. Sie schließt das Schloss auf, öffnet den Deckel, holt ihren Uniformhut hervor und setzt ihn auf. Anschließend nimmt sie ihren Schusswaffen- und Werkzeuggurt heraus und schnallt ihn um. Während sie die Kiste wieder verschließt, ruft Mike ihr aus dem geöffneten Fenster der Fahrertür zu: „Vergiss den Einkauf nicht!"

Neben einem in Zellophanfolie eingeschweißten Gebinde Mehl liegt ein Rucksack. Sally greift danach und hebt ihn von der Ladefläche herunter. Sie geht zurück zu der noch offenen Beifahrertür und zieht den Rucksack über.

Um ein Lächeln bemüht, schaut sie in das Fahrzeug hinein und verabschiedet sich von ihrem Vater. „Gute Nacht."

Mike lächelt zurück. „Gute Nacht, mein Schatz. Bis übermorgen."

Sally schließt die Beifahrertür und geht zu dem schmalen Pfad, der in die Berge führt. Ihr Vater schaut ihr besorgt hinterher, bis sie den wenige Schritte entfernten Waldrand erreicht hat. Dann startet er den Motor, wendet den Pickup und fährt den Feldweg zurück.

Sally bleibt auf dem steil ansteigenden Pfad stehen, dreht sich um und lauscht den Fahrgeräuschen des sich entfernenden Pickups. Als sie fast verklungen sind, hebt sie ihren Kopf und schaut empor zu dem hell leuchtenden Mond. Mit einem stillen Seufzer dreht sie sich zurück und geht, umgeben von der nächtlichen Ruhe des Waldes, allein weiter.

27. Familie

Anne steht an einer Arbeitsfläche in der Küche, verrührt die Zutaten für einen Blechkuchen in einer Schüssel und schüttet den Teig in ein Backblech mit hohem Rand. Thomas sitzt am Küchentisch und liest die Tageszeitung, der Hund der Familie liegt zu seinen Füßen.

Da klingelt die Zeitschaltuhr, die sie neben den Herd gestellt hat. Thomas schaut auf. Anne streicht gerade den Teig auf dem Backblech mit einem Gummischaber glatt. Sie legt den Schaber zur Seite und geht zum Backofen. Dort greift sie nach einem Paar Topflappen, öffnet die Tür, holt ein Blech mit fertigem Kuchenteig heraus und stellt es oben auf dem Herd ab. „Machst du heute keinen Feierabend?", fragt ihr Mann anteilnehmend.

Anne geht zur Arbeitsfläche, nimmt das vorbereitete Blech herunter und bringt es zum Backofen. „Die Schäfers feiern morgen Kindergeburtstag und haben drei Kuchen bestellt. Aber", sie schiebt das Kuchenblech in den Backofen, „das ist das letzte." Sie schließt die Backofentür und stellt die Zeitschaltuhr neu ein.

Thomas widmet sich wieder seiner Zeitungslektüre, während seine Frau anfängt, die Backutensilien im Spülbecken mit Wasser zu säubern. In freundlichem Tonfall beginnt sie eine kleine Ansprache. „Die Kühltruhe im Cafe hat heute wieder Alarm gemacht. Du wolltest doch danach sehen."

Genauso freundlich, jedoch ohne von seiner Zeitung aufzuschauen, antwortet er ihr. „Habe ich gemacht, mein Schatz."

„Dann hat es nicht geholfen."

„Dann muss ich es mir morgen noch mal ansehen."

Den Gummischaber mit einem Geschirrhandtuch abtrocknend kommt Anne vom Spülbecken zu ihm. „Vielleicht nicht nur ansehen", sie beugt sich vor und flüstert ihm zärtlich ins Ohr: „sondern auch reparieren?"

Thomas lässt sich lächelnd auf das liebevolle Spiel ein. „Eine gute Idee!"

Die beiden hören, dass die Eingangstür geöffnet wird und schauen auf. Mike kommt herein und erklärt: „Wir haben vergessen, das Mehl umzuladen. Ich wusste nicht, ob ihr das heute noch braucht?"

Sein Sohn legt die Zeitung hin. „Stimmt!" Er steht auf und läuft hinaus.

Anne fordert Mike freundlich auf: „Komm, setz dich, du siehst müde aus. Ich hab frischen Früchtetee für dich."

„Danke nein. Ich will gleich weiter nach Hause."

Sie legt das Geschirrhandtuch und den Gummischaber ab, holt eine Kanne und einen der daneben stehenden Becher und bringt beides zum Küchentisch. Währenddessen spricht sie freundlich, aber bestimmt mit ihrem Schwiegervater. „Keine Widerrede. Ältere Menschen trinken zu wenig, das ist doch bekannt. Hier."

Sie schüttet Tee in das Glas und stellt es auf dem Küchentisch an den Platz, der ihm am nächsten ist.

Dann stellt sie auch die Kanne auf dem Tisch ab und fragt fürsorglich: „Magst du noch was essen?"

„Danke. Ich hab bei Hellen gegessen." Mike kommt an den Küchentisch und setzt sich, während Anne zurück zur Küchenspüle geht.

„Hat Sally helfen können?", fragt sie interessiert.

Er trinkt einen Schluck Tee und antwortet: „Ben ist aufgewacht. Aber sie sagt, er hätte nur noch ein paar Tage."

Anne blickt von ihrer Arbeit auf und schaut betroffen zu ihrem Schwiegervater. Thomas bringt das Gebinde Mehl herein und stellt es ab. Während sie weiter abwäscht, wendet sie sich an ihren Mann. „Es ist fast Mitternacht! Würdest du deinem Vater bitte sagen, dass das Bett bezogen und sein Schlafanzug frisch gewaschen ist."

Thomas blickt von seiner Frau zu seinem Vater. „Du hast die Herrin des Hauses gehört. Es war ein langer Tag."

Er geht zum Küchentisch, faltet seine Zeitung zusammen und setzt sich. Mike trinkt noch ein paar Schluck Tee, während Anne ihren Abwasch beendet, sich ein Glas holt und an den Tisch kommt. Sie füllt sich Tee aus der Kanne in das Glas und setzt sich ebenfalls. „Noch eine Viertelstunde. Und zu Weihnachten wünsche ich mir einen Herd, der sich selbst abschaltet."

Die beiden Männer schauen sie erstaunt an. Anne lächelt. „Das war ein Scherz!"

Erneut lässt sich Thomas auf das ironische Wortspiel ein. „Und ich dachte schon, wir müssen Luisas

Collegestart verschieben."

Grinsend gibt Anne ihrem Mann mit der Rückseite ihrer flachen Hand einen freundschaftlichen Klaps auf den Arm. Thomas zieht seinen Arm mit gespieltem Erschrecken zurück und grinst zurück. Einen Moment lang sitzen alle drei schweigend am Küchentisch, während Mike seinen Tee austrinkt. „Na gut, dann werde ich mal ins Bett gehen."

Er erhebt sich. „Gute Nacht."

„Gute Nacht", wünscht Anne ihrem Schwiegervater. Und sein Sohn ergänzt: „Schlaf gut, Vater."

Mike verlässt die Küche und Anne blickt ihren Mann besorgt an. „Hat er dir gesagt, was bei der Untersuchung heraus gekommen ist?", fragt sie.

„Er meinte, dass mit seinem Herzen alles in Ordnung ist", antwortet Thomas, hebt kurz seine Augenbrauen und zuckt mit den Schultern.

„Aber du glaubst ihm nicht?"

„Du kennst ihn."

Sie schweigen einen Moment.

„Wie ging es Sally heute?", fragt Anne weiter.

„Es geht ihr immer gut, wenn sie unter Menschen kommt." Thomas denkt an seinen Vater. „Ich glaube, dass ist seine größte Sorge. Was mit Sally wird, wenn er nicht mehr da sein kann."

„Dann nehmen wir uns mehr Zeit für sie!", beruhigt ihn seine Frau.

Er nickt bestätigend. „Na klar."

Wieder schweigen sie einen Moment. Thomas hat seine Unterarme vor sich auf den Küchentisch und die Hände übereinander gelegt. Er blickt nachdenk-

196

lich vor sich hin. Anne legt mitfühlend eine Hand auf seine. „Wir finden einen Weg. Wir werden sie nicht allein lassen."

Besorgt zweifelnd verzieht er sein Gesicht. Nicht nur Mike, auch er macht sich Sorgen um die Zukunft seiner Schwester.

Da klingelt die Zeitschaltuhr. Anne klopft aufmunternd mit ihrer flachen Hand auf die ihres Mannes. „Na komm, es ist Zeit fürs Bett."

Sie stehen beide auf und Thomas verlässt die Küche. Anne geht zum Backofen, schaut durch die Sichtscheibe der Tür und schaltet den Ofen aus. Dann schaltet sie das Licht in der Küche aus, folgt ihrem Mann und der Hund folgt ihr.

28. Refugium

Die Nacht ist sternenklar und der fast volle Mond scheint hell auf die bewaldeten Berge. Keine Straßen, keine Masten mit Stromleitungen, keine Häuser mit elektrischem Licht und keine Mobilfunkantennen gibt es hier draußen. Sally führt ein zurückgezogenes, einsames Leben in der kaum gezähmten Natur.

Die junge Nationalpark-Rangerin kommt mit dem Rucksack auf ihrem Rücken einen ansteigenden Pfad hinauf. Fast in einen Berghang hinein gebaut, umgeben von schützenden Bäumen, steht eine Holzhütte. Einige Meter entfernt befindet sich ein kleiner Stall mit einer umzäunten Koppel. Sie geht darauf zu.

Aus einer Kiste neben der Eingangstür holt sie eine Petroleumlampe und aus ihrer Hosentasche ein Benzinfeuerzeug. Sie zündet die Lampe an, öffnet die Tür zum Stall und geht hinein. Drinnen stehen ein Reitpferd und ein Maultier. Das Pferd schnaubt zur Begrüßung.

Sattel, Zaumzeug, Futterkiste, Strohballen: alles, was für die Versorgung und für die Arbeit mit den beiden Tieren gebraucht wird, ist in dem Stall untergebracht.

Sally hebt die Petroleumlampe höher und schaut nach ihren Tieren. „Na, alles klar?", flüstert sie. Zufrieden dreht sie sich wieder um, verlässt den Stall, schließt die Tür und geht zu ihrer kleinen Hütte. Sie öffnet die nicht verschlossene Eingangstür und betritt ihr Zuhause.

Es besteht aus nur einem Raum mit einer schmalen Tür zur angrenzenden Nasszelle. Ein alter gusseiserner Herd, ein Stapel Brennholz, ein selbstgezimmertes Regal mit Geschirr, ein kleiner Schrank für die Aufbewahrung von Lebensmitteln, einige Plastikkanister mit Trinkwasser und ein kleiner hölzener Küchentisch mit vier einfachen Stühlen bilden den Küchenbereich. Auf dem Küchentisch stehen eine dicke Kerze und eine Schale mit Äpfeln. Daneben liegen ein kleiner Notizblock und ein paar Stifte.

Ein Bett, ein Nachttisch, eine Schlafcouch, ein Couchtisch, ein einfacher Sessel und ein offener Kamin bilden den Wohn- und Schlafbereich. An der Wand stehen ein Kleiderschrank und eine Kommode, auf der sich ein altes Grammophon und Schellackplatten befinden. In einem zweiten selbstgezimmerten Regal sind viele Bücher und einige Malutensilien wie Pinsel, ein Tuschkasten und kleine Farbtöpfe abgestellt. Daneben lehnt ein Gitarrenkoffer an der Wand.

Vier Petroleumlampen sind im Raum verteilt und auf jedem der Tische stehen Kerzen. Drei selbstgemalte Bilder mit Motiven aus den Bergen, mit Bäumen und Bächen, hängen an den Wänden sowie ein großes Foto von Sallys Familie: mit ihrem Vater Mike, ihrem Bruder Thomas, ihrer Schwägerin Anne und den Nichten und Neffen Paul, Carolin, Lukas und Luisa sowie den beiden kleinen Enkelkindern ihres Bruders. Auf dem Nachttisch steht ein Foto in einem Bilderrahmen mit schwarzem Band von Sallys verstorbener Mutter.

Die junge Frau betritt die Holzhütte und schließt die Eingangstür. Sie geht zum Küchentisch und stellt die Petroleumlampe darauf ab. Dann nimmt sie den Rucksack von den Schultern und legt ihn ebenfalls auf dem Tisch ab.

Sally öffnet die Klappe zur Brennkammer des Herdes und schaut hinein. Ein wenig Glut befindet sich noch darin. Sie legt Holz nach, entfacht das Feuer neu und schließt die Klappe wieder. Danach nimmt sie den neben dem Herd stehenden Wasserkessel zur Hand, schüttelt ihn kurz, um zu prüfen, ob sich noch genügend Wasser darin befindet und stellt ihn auf die Herdplatte.

Anschließend nimmt sie ihren Uniformhut vom Kopf und legt ihn auf der Kommode ab. Sie öffnet eine Schublade, legt ihre Schusswaffe hinein, schnallt ihren Gurt ab und hängt ihn an einen Haken. Außen am Kleiderschrank befindet sich ein Bügel. Sally zieht ihre Uniformjacke aus und hängt sie darüber. Dann zieht sie ihr Hemd aus, lässt es in einen kleinen Wäschekorb fallen, nimmt sich ein Sweatshirt, das auf dem Bett liegt und zieht es über ihr weißes Unterhemd.

In dem auf dem Küchentisch stehenden Rucksack befinden sich zwei Packungen haltbare Milch, eine Packung Haferflocken, Brot, Käse, eine Tafel Schokolade und eine Mappe mit Unterlagen. Sally nimmt alles heraus, verstaut die Lebensmittel und stellt den Rucksack auf den Fußboden.

Danach holt sie sich einen Becher, legt einen Tee-
beutel hinein und stellt den Becher neben dem Herd
ab. Mit der Hand prüft sie die Wärme des Wasser-
kessels und setzt sich an den Küchentisch.

Sally öffnet die Mappe. Sie enthält einen dünnen
Stapel Papiere, die ihr Vorgesetzter ihr hat zukom-
men lassen. Ganz oben liegt der Ausdruck eines Ar-
tikels aus dem Internet mit der Überschrift: „Welt-
weites Defizit an Nationalpark-Rangern". Sie beginnt den Artikel zu lesen. Ein leises Knistern dringt
aus dem Herd.

Draußen herrscht Stille. Es ist Mitternacht und
der matte Lichtkegel der Petroleumlampe auf Sallys
Küchentisch scheint noch einige Zeit lang durch das
Fenster ihrer Holzhütte.

29. Ein neuer Tag

Es ist spät am Morgen. David hat ausgeschlafen und fühlt sich erholt. In Jeans und Sweatshirt kommt er die Treppe seines Elternhauses herunter und geht zur Küche. Hellen trägt eine Schürze über ihrem Hauskleid und wischt dort gerade den Fußboden. Ihr Sohn schaut ihr einen Moment lang zu und macht sich dann bemerkbar. „Guten Morgen."

Sie unterbricht ihre Arbeit und wendet sich ihm zu. „Guten Morgen. Ich hab dir drüben den Tisch gedeckt. Die Zeitung ist auch schon da."

Er schaut kurz in Richtung Wohnzimmer, bedankt sich und geht hinüber. Wie im Rest des Hauses hat sich auch in diesem Raum kaum etwas verändert, seitdem er vor mehr als dreißig Jahren sein Elternhaus verlassen hat. Im hinteren Bereich des Wohnzimmers stehen eine Couchgarnitur mit Tisch, eine Schrankwand, eine Vitrine, ein alter großer Röhrenfernseher und es hängen drei kitschige Bilder mit Bergmotiven vom Leben auf dem Land an den Wänden. Im vorderen Bereich befinden sich ein großer Esstisch mit acht Stühlen und ein Sideboard.

David geht zu der Essgarnitur, an dem seine Mutter für ihn den Frühstückstisch gedeckt hat. Er setzt sich, schenkt sich eine Tasse Kaffee ein und trinkt einen Schluck. Dann lehnt er sich etwas zurück, blickt aus dem Fenster und überlegt, ob es etwas gibt, das er an diesem Tag erledigen muss.

Er trinkt noch einen Schluck und schaut sich im Zimmer um. In der Vitrine und ganz in seiner Nähe, auf dem Sideboard, stehen Fotos verschiedener Größe in kostbaren Rahmen. Auf allen ist, in unterschiedlichem Alter, das gleiche Mädchen zu sehen. Das größte Foto auf dem Sideboard zeigt den Teenager mit etwa fünfzehn Jahren, lebensfroh lächelnd, in einer weißen Bluse.

Wie gebannt betrachtet David das Foto. Aus der Küche hört er seine Mutter rufen: „Thomas kommt."

Doch er kann seinen Blick nicht von diesem Foto lassen. Im Hintergrund hört er seinen Sohn ins Haus stürmen. „Wo ist mein Papa?"

In belehrendem Tonfall teilt Hellen ihrem Enkel mit: „Guten Morgen! Dein Vater ist drüben im Wohnzimmer."

Aufgeregt kommt Simon zu David ins Zimmer gelaufen. „Komm Papa! Wir bringen das Motorrad in die Werkstatt."

Noch immer vertieft in den ihn beunruhigenden Anblick des Mädchens antwortet er ihm. „Ich hab noch nicht gefrühstückt."

„Das kannst du doch auch später machen!"

Der Tatendrang seines Sohnes holt David zurück in die Gegenwart. Simon ergreift seinen Arm. „Komm doch!"

Er lässt ihn geduldig an seinem Arm ziehen und schaut ihn ernst an. „Ich hab aber Hunger."

Der Junge lässt nicht locker. „Papa, bitte!"

„Du gehst schon vor und hilfst Thomas und ich esse einen Toast und komm gleich nach. Ja?"

Simon beschwert sich: unfassbar, dass jemand an diesem besonderen Morgen in anderer Stimmung sein könnte als er selbst. „Du bist ein Doofkopf, ein Spielverderber!"

„Ja, ich weiß", erwidert David gelassen.

Sein Sohn zieht ihn noch einmal am Arm. „Ach, Mann!"

Hellen ist in das Wohnzimmer gekommen und mischt sich in strengem Ton ein. „Simon, du hast deinen Vater gehört!"

Der Junge dreht sich erschrocken um – er hat es doch gar nicht böse gemeint. Er lässt den Arm seines Vaters los und schaut ihn betroffen an.

David ärgert sich über die Intervention seiner Mutter und wendet sich in liebevollem Ton an seinen Sohn: „Geh schon mal vor, ich komm gleich nach."

Mit gesenktem Blick geht Simon an seiner Groß-mutter vorbei und verlässt enttäuscht das Haus.

„Warum lässt du zu, dass er dich so respektlos behandelt?", kritisiert Hellen ihren Sohn. Ein sol-ches Verhalten hätten Ben und sie niemals toleriert.

„Weil ich nicht der Meinung bin, dass die Strenge, mit der *ich* erzogen worden bin, einen besseren Men-schen aus mir gemacht hat", antwortet er ungehal-ten. Während er sich eine Scheibe Toast nimmt und Wurst darauf legt, belehrt er seine Mutter. „Ich möchte von *meinem* Sohn geliebt werden und nicht gefürchtet."

Eiserne Disziplin, störrische Selbstgerechtigkeit und kompromisslose Strenge sind die Stützpfeiler ihres Lebens und das ihres Mannes gewesen. Hellen kommt näher an den Esstisch heran. Sie kann Da-vids Missbilligung nicht nachvollziehen und nimmt

Ben, wenig aufgeregt und überzeugt davon, sich im Recht zu befinden, in Schutz. „Gefürchtet? Du hast nie erlebt, was es bedeutet, seinen Vater fürchten zu müssen."

„Ach, nein?"

Angesichts des nahenden Todes wurde Ben in den vergangenen Monaten von Kindheitserinnerungen gequält. Hellen möchte, dass David ihm den Respekt erweist, den er ihrer Meinung nach verdient hat und erzählt mit vorwurfsvollem Ton: „Dein Vater hat mit fünfzehn sein Elternhaus verlassen, weil *sein* Vater ein Schläger war, ein Schwarzbrenner und ein Säufer. Es verging keine Woche, in der er nicht blind drauflos geschlagen hat, mit allem, was ihm in die Finger kam. Du hast deinen Vater niemals betrunken erlebt. Er hat niemals Hand an dich gelegt! Er hat es sich geschworen, als du auf die Welt gekommen bist. Und ich glaube nicht, dass du eine Vorstellung davon hast, was es ihn gekostet hat, sein Versprechen zu halten!"

Er blickt seine Mutter einen Moment lang schweigend an. Sein Ton wird höflicher. „Das ist möglich. Ich kann mich nicht daran erinnern, dass er jemals von seiner Kindheit erzählt hat."

„Dein Vater wollte, dass ihr es einmal besser habt und er hat alles dafür getan."

Davids Ton wird sarkastisch: „Tatsächlich? Es gibt schlimmere Strafen als Prügel!"

Er klappt den Toast zusammen, um ihn mitzunehmen, trinkt noch einen Schluck Kaffee und steht auf. „Ich geh dann mal Thomas helfen."

Er will an seiner Mutter vorbeigehen, als sie in eine Tasche ihrer Schürze greift und einen Zettel hervorholt. „Würdest du ihm bitte den Zettel geben. Anne kümmert sich um den Einkauf."

Schweigend nimmt David den Einkaufszettel entgegen, verlässt das Haus und geht zum Geräteschuppen.

Im hinteren Bereich des Schuppens steht Thomas nachdenklich vor der Triumph Bonneville. Als er David hört, blickt er auf, wartet bis sein Freund zu ihm gekommen ist und sagt: „Wenn ich gewusst hätte, dass sie hier steht, hätte ich sie dir fertig gemacht."

„Ich wusste es auch nicht."

Noch einmal betrachtet Thomas die Unfallschäden des alten Motorrades. „Mann, das ist – was – dreißig Jahre her? Aber, wenn man das hier so sieht, kommt es einem vor, als ob es gestern passiert wäre! Ich träum heute noch manchmal davon."

„Da bist du nicht der Einzige", bestätigt David ehrlich.

Simon kommt hereingelaufen und fragt ungeduldig: „Fangen wir jetzt an? Laden wir sie jetzt auf?"

Thomas beantwortet die Frage. „Jawohl, junger Mann." Er geht auf die andere Seite des Motorrades und klopft seinem Freund im Vorbeigehen mitfühlend auf die Schulter. Gemeinsam bocken er und David die Triumph Bonneville ab und schieben sie hinaus.

Von der Veranda aus beobachtet Hellen das Verladen des Motorrades. Nachdem es auf einen Hänger geschoben und mit Gurten festgezurrt worden ist, winkt sie zum Abschied. Thomas geht zur Fahrerseite seines PKWs, winkt zurück und ruft Hellen zu. „Bis später."

David steht neben seinem Van und schaut sich nach seinem Sohn um, der auf die Beifahrerseite von Thomas PKW gegangen ist. Simon hat diese Situation erwartet und ruft seinem Vater entschlossen zu: „Ich fahre mit ihm."

Er beobachtet, wie Simon vorne in den PKW seines Freundes einsteigt und überlegt, ob er einschreiten soll. Da wird das Auto schon gestartet und David entscheidet, seinem Sohn diese Freude zu gönnen. Er steigt in den Van und folgt dem Hänger mit seinem alten Motorrad zu Thomas Werkstatt.

30. Elektrosmog

Mikes alte Werkstatt, die jetzt von seinem Sohn Thomas und seinem Enkelsohn Lukas geführt wird, unterscheidet sich sehr von Davids Autowerkstatt in der Stadt. Die Einrichtung, bestehend aus Wandregalen, Werkzeugschränken und -Halterungen sowie Werkbänken mit Schubladen, ist aus Holz. Viele handwerkliche Arbeiten können hier noch selbst durchgeführt werden, denn es sind, wenn auch alte, Maschinen zur Metallbearbeitung vorhanden: neben einer Tischbohrmaschine, eine Fräse und eine Drehbank. In schweren Eisenregalen befindet sich ein kleines Ersatzteillager. Hier werden nicht nur Autos, sondern auch kleine Landmaschinen, wie etwa Traktoren, instandgesetzt. Zwei bis drei Kraftfahrzeuge können gleichzeitig in der Werkstatt repariert werden. Sie ist nicht so ordentlich wie die von David, zeugt jedoch vom Improvisationstalent der Eigentümer.

In einer Ecke ist die Triumph Bonneville auf einer kleinen Metallplattform aufgebockt. David und sein Sohn sind damit beschäftigt, das alte Motorrad bis auf den Rahmen zu demontieren und haben schon große Fortschritte gemacht. Die abgebauten Motorradteile sind ordentlich an die Seite gelegt worden.

In der Nähe arbeitet Lukas an einem PKW, neben dem sich ein kleiner Rollcontainer mit Werkzeug befindet. Darauf steht ein älteres elektronisches Messgerät und ein kleines Transistorradio, aus dem leise Musik klingt.

David hat begonnen den Motorblock aus seiner Halterung zu lösen. Während der Arbeit fällt sein Blick auf Simon. Sein Sohn hockt auf dem Fußboden und schraubt vertieft in seine Aufgabe verbogene Speichen des Hinterrades ab. Er beobachtet ihn eine Weile und ein Lächeln huscht über sein Gesicht, bevor er sich wieder seiner Arbeit widmet.

Nachdem Simon eine weitere Speiche abgeschraubt hat, wendet er sich an seinen Vater. „Darf ich mit dir fahren, wenn es repariert ist?"

David schaut auf und blickt zu ihm.

Doch, was er sieht, ist nicht sein Sohn, sondern das fünfzehnjährige Mädchen, das er auf dem Foto im Wohnzimmer seiner Eltern gesehen hat!

Geistesabwesend, aber mit rasendem Herzen blickt er vor sich hin: schon wieder eine Halluzination!

Simon wundert sich darüber, dass sein Vater ihn anschaut, ohne ihm zu antworten. „Papa?"

Der Ruf seines Sohnes holt ihn in die Realität zurück. „Was?"

„Darf ich mit dir fahren, wenn es repariert ist?"

„Mal sehen. – Erst mal sehen, ob wir sie wieder flott kriegen." David versucht sich von Neuem auf seine Arbeit zu konzentrieren. Er möchte nicht, dass sein Sohn bemerkt, wie sehr er um seine Fassung ringt.

Einige Zeit später kommen Mike und Luisa in die Werkstatt. Als das Mädchen an ihrem Bruder Lukas vorbei geht, blickt sie grinsend zu seinem Radio. Der alte Mann und seine Enkeltochter gehen zu David und Simon. Mike hat einen Katalog in der Hand und Luisa neue Aktivitäten mit ihrem Gast geplant. „Hi. Wie wärs mit ner Pause?"

Simon schaut zu seinem Vater. Er würde sehr gern etwas mit Luisa unternehmen, will sich aber auch nicht sagen lassen, er hätte mal wieder vorschnell aufgegeben. Doch David ist ebenfalls nach einer Pause zumute und er nickt seinem Sohn zu. „Gute Idee."

Der Junge steht auf und begleitet Luisa zu einem anderen Bereich der Werkstatt, in dem sie damit beginnt, ein paar Utensilien zusammen zu suchen.

Mike begutachtet den Stand der Demontage. „Hier, ich hab dir was mitgebracht." David legt sein Werkzeug zur Seite, steht auf und nimmt den Katalog mit Motorradteilen für Oldtimer entgegen.

Während Mike mit hinein schaut, beginnt David in dem Katalog zu blättern. Beiläufig lässt der Stadtmensch dabei seinen Gedanken freien Lauf. „Bei euch hat sich wirklich nicht viel verändert."

Der alte Mann blickt seinen früheren Schützling amüsiert an und bemerkt ein wenig spöttisch: „Ja, Thomas hat mir von deiner Werkstatt erzählt. Wir wissen es zu schätzen, dass du uns hier die Ehre gibst."

„So war das nicht gemeint! Es fühlt sich einfach nur gut an, mal wieder hier zu sein. Ich hab das vermisst. Bei uns ist alles nur noch High-Tech. Meine Jungs sind keine Automechaniker mehr, sie sind Autoelektroniker. Ich sehne mich in letzter Zeit oft nach dem hier zurück. Wirklich!"

Er hat weiter geblättert und einen passenden Auspuff gefunden. Er zeigt Mike die Abbildung. „Wie wärs mit dem?"

Der alte Mann nickt zustimmend. David greift in eine seiner Taschen und holt einen kleinen Bleistift heraus. Dann kramt er in einer anderen Hosentasche nach einem Stück Papier. In seiner Hand kommt der Einkaufszettel zum Vorschein. „Das hätte ich beinahe vergessen. Hellen meinte, Anne kümmert sich darum?"

Mike nimmt den Zettel, schaut kurz auf die Liste und schlägt vor: „Ja. Lass uns rüber gehen. Einen Kaffee trinken." Gemeinsam mit David verlässt er die Werkstatt.

Luisa steht neben Simon an einer Werkbank, mit dem Rücken zu ihrem auf der anderen Seite des Raumes arbeitenden Bruder. Vor ihr liegen eine große flache Batterie, eine große breite Feile und zwei kurze Elektrokabel mit Krokoklemmen. Sie erteilt ihm flüsternd Anweisungen, die der Junge, gespannt auf Sinn und Zweck des neuen Schabernacks, ausführt.

„Klemm die beiden Kabel an die beiden Batterieanschlüsse. Und das andere Ende des einen Kabels klemmst du noch an das Metall der Feile."

Als Simon fertig ist, schaut er Luisa neugierig an. Sie blickt kurz über ihre Schulter zu Lukas.

„OK. Und jetzt nimmst du das Ende des anderen Kabels und streichst mit der Spitze über die rauhe Oberfläche des Feilenblattes."

Er tut, wie ihm geheißen und kann sich nur schwer beherrschen, seiner Begeisterung keinen lauten Ausdruck zu verleihen: denn während er mit der blanken Metallspitze der Klemme über die flachen Einkerbungen des Feilenstahls streicht, spritzen Funken wie bei einer brennenden Wunderkerze.

Doch er hat das Ziel ihres Experiments noch nicht erkannt.

„Mach mal weiter, aber pass auf, was mein Bruder macht!"

Die beiden drehen sich so weit um, dass sie ihn beobachten können.

Lukas schaut von seiner Arbeit auf, denn aus dem Radio tönen – immer wieder von Musik unterbrochen – prasselnde Störgeräusche. Er geht zu seinem Radio, nimmt es zur Hand und justiert den Sender neu. Dann lauscht er einen Moment lang der Musik, stellt das Radio wieder ab und geht zurück an die Arbeit.

Nun hat Simon den Zusammenhang verstanden: wann immer er mit der Kabelspitze über die rauhe Oberfläche der Feile streicht, ertönen in dem Radio die knatternden Laute!

Also lässt er die Störgeräusche von Neuem ertönen, sobald Lukas seine Tätigkeit wieder aufgenommen hat. Noch einmal geht Luisas Bruder zu dem Radio.

Doch dieses Mal können sie und Simon nicht mehr an sich halten und verraten sich durch ihr Gekicher.

Lukas blickt überrascht auf und erfasst die Situation. Genervt ruft er den beiden Teenagern zu: „Was macht ihr da schon wieder?“

Luisa klärt ihren Bruder lachend auf: „Das nennt man Elektrosmog!“

„Hört auf mit dem Unsinn und lasst mich in Ruhe arbeiten!“

Noch immer amüsiert fällt Simon plötzlich ein, dass er noch etwas zu beichten hat. Er greift in seine Hosentasche. „Luisa, als du heut morgen in der Schule warst, hab ich den Kompass hier von deinem Tisch genommen. Zeigst du mir, wie das geht?“

„Na, klar!“, erwidert sie, denn sein Wunsch fügt sich perfekt in ihren Plan. Sie ruft ihrem Bruder zu: „Kann Simon dein Fahrrad nehmen?“

„Alles, was ihr wollt. Hauptsache, ihr verschwindet.“

„Komm, wir fahren nach Hause“, fordert Luisa ihn auf und geht mit Simon nach draußen.

An der Außenwand der Werkstatt lehnen zwei Fahrräder. Die beiden steigen auf und fahren los, vorbei an den zwei Zapfsäulen der Tankstelle von Luisas Vater und an dem kleinen Lebensmittelladen ihrer Mutter auf die durch die bewaldeten Berge führende Landstraße.

Hinter der Tankstelle steht ein eingeschossiges Gebäude aus Holz. Es hat ein flaches Giebeldach und über der Eingangstür hängt ein Schild: „Anne's Coffee Shop“. Thomas PKW, Mikes Pickup, Davids Van und ein älterer Geländewagen stehen vor dem Gebäude.

Drinnen sitzen David und Mike an einem von vier

kleinen Tischen. Beide haben vor sich eine Kaffee-
tasse stehen und blättern in einem Ersatzteil-
Katalog.

Am Nebentisch sitzt ein Rentner in Jeanslatzhose
und liest Zeitung. Vor ihm steht ein Teller mit Res-
ten des Mittagessens und ein halbvolles Glas Bier.

Der Laden ist eine gemütliche Mischung aus Lebensmittelgeschäft und Café. Anne steht hinter einem kleinen Tresen und bereitet drei Sandwiches zu,
während ihr Mann in der Nähe an der Dichtung
einer Tiefkühltruhe werkelt. Thomas schließt den
Deckel der Truhe und prüft dessen Andruck.

Anne legt die fertigen Sandwiches auf drei Teller
und bringt das Essen zu Mike und David an den
Tisch. „Bitte sehr, die Herren."

Die beiden bedanken sich lächelnd und sie geht
zurück zum Tresen, um dort aufzuräumen.

Thomas hat die Reparatur der Tiefkühltruhe beendet und setzt sich zu seinem Vater und seinem
Freund an den Tisch.

Alle drei beginnen zu essen. In der Mitte des Tisches liegt eine Liste, auf der David die zu beschaf-
fenden Motorrad-Ersatzteile notiert hat. Thomas
nimmt sich die Liste und liest sie durch. „Bis auf den
Auspuff kriege ich alles bis übermorgen ran."

„Dann nehmen wir einen anderen."

David blättert erneut in dem Katalog, als sich die
Eingangstür des Ladens öffnet. Mike und Thomas
schauen auf. Ein zweiter Rentner in Jeanslatzhose
kommt herein und setzt sich zu dem ersten.

Thomas begrüßt den alten Mann. „Hallo, Danny."

Und Mike ergänzt: „Wie gehts?"

„Danke, solange ich es noch bis hierher schaffe, gehts mir gut. Anne, für mich bitte das Gleiche." Er deutet auf den fast leeren Teller seines Nachbarn vor sich auf dem Tisch.

„Kommt sofort", ruft sie freundlich.

Der erste Rentner gibt Danny einen Teil der Zeitung ab und er liest darin, bis Anne ihm das Mittagessen bringt. „Wenn du meiner Frau erzählst, dass es mir hier besser schmeckt als zu Hause, sperrt sie mich ein."

„Keine Sorge, das bleibt unser Geheimnis", erwidert Anne schmunzelnd und wendet sich an David. „Kannst du bitte die Lebensmittel für deine Mutter nachher mitnehmen, dann brauch ich sie nicht vorbei bringen."

Er schaut auf. „Na klar." David hat einen anderen passenden Auspuff im Katalog gefunden und zeigt Thomas und Mike die Abbildung. „Was ist mit dem?"

Sein Freund prüft die Bestelldaten. „Ja, den krieg ich auch."

Eine entspannte Mittagsruhe kehrt ein. Alle Männer sind mit Lesen oder Essen beschäftigt, während Anne ihren Arbeitsplatz aufräumt und säubert.

31. Das erste Mal

Simon steht vor einem alten Stall und wartet. Verunsichert schaut er sich um. Auf dem Gelände der kleinen Farm des Freundes seines Vaters ist sonst niemand zu sehen.

An der Einfahrt zum Grundstück steht eine Scheune mit einem großen Benzintank davor und auf der umzäunten Wiese, die an den Stall grenzt, weiden drei Pferde sowie ein paar Schweine und Schafe. Weiter hinten auf dem Gelände entdeckt Simon in der Nähe des Hauses ein kleines Feld mit Gemüsebeeten. Doch keinen Menschen, den er um Rat fragen könnte.

Da hört er ein unbekanntes Geräusch aus dem Stall auf sich zu kommen. Es ist Luisa, die an jeder Hand ein Pony am Zügel vor den Stall führt. „Das sind Jekyll und Hyde."

Misstrauisch blickt er zu den Ponys und äußert ehrlich seine Sorge. „Ich glaub nicht, dass ich das kann. Ich bin noch nie geritten."

„Auf Jekyll kann jeder reiten, du musst dich nur raufsetzen", versucht sie den Jungen aus der Stadt zu beruhigen. Sie lässt ihr Pony stehen und führt das andere weiter zu Simon, der nach wie vor zweifelnd auf das kleine Pferd schaut. „Wirklich! Vertrau mir. Oder denkst du, ich will Ärger mit deinem Vater kriegen?"

Unsicher blickt er zu dem Mädchen. Er will nicht als Feigling dastehen, doch es fällt ihm nicht leicht, sich zu überwinden. Schließlich entscheidet er sich dafür, Luisa zu vertrauen – denn es erwartet ihn ein neues Abenteuer. Etwas unbeholfen steigt er auf das Pony und lässt sich von ihr die Zügel geben.

„Die Unterschenkel an den Bauch von Jekyll legen, die Hacken runter und gerade sitzen. Den Rest macht er." Während Luisa erklärt, drückt sie mit ihren Händen Simons Unterschenkel an den Bauch des Ponys, zieht seine Fersen herunter und schiebt ihn am Bauch nach hinten in den Sattel. Dann geht sie zwei Schritte zurück und betrachtet ihren unerfahrenen Gast. „Ja, das sieht gut aus."

Sie geht zu ihrem Pony, steigt auf und blickt zu Simon, der angespannt in seinem Sattel sitzt und Jekylls Kopf nicht aus den Augen lässt. „Alles klar?", fragt sie.

Unsicher schaut er auf. „Eigentlich nicht."

Luisa lächelt ihm ermutigend zu. „Auf gehts."

Sie setzt ihr Pony in Bewegung und tatsächlich folgt sein Pony wie von selbst. Etwas hilflos, aber mit zunehmender Freude lässt er sich von dem kleinen Pferd über die Wiese tragen.

Die beiden Teenager reiten im Schritt auf den Wald hinter dem Haus zu. Dort führt sie ihr Ritt einen langen schmalen Weg entlang und zu einer Anhöhe, die einen weiten Blick über die bewaldeten Hügel und Berge gestattet.

Als sie einige Zeit später auf einer breiten Waldlichtung angekommen sind, bringt Luisa ihr Pferd zum Stehen, wendet es und stoppt neben Simons Pony. „Dann lass mal sehen, was du gelernt hast."

Er holt den Kompass hervor und erzählt: „Die Erde hat ein Magnetfeld. Und die frei bewegliche, magnetische Nadel von dem Kompass richtet sich entlang der Magnetfeldlinien an diesem Ort hier aus. So kann man sich orientieren."

„Sehr gut. Wo ist Norden?"

Simon dreht den Kompass und zeigt mit einem ausgestreckten Arm nach Norden.

„Wo ist unser Zuhause?"

Er blickt auf den Kompass und zeigt in die richtige Richtung.

Luisa nickt zufrieden. „Und wo geht es zu Tante Sally?"

Er blickt sie überrascht an. „Ich weiß nicht."

Sie lacht. „Komm, ich zeig es dir."

Luisa wendet ihr Pferd noch einmal und reitet weiter.

Stolz steckt Simon den Kompass wieder ein, greift nach dem Sattelknauf und wartet ab, bis auch sein Pony sich in Bewegung setzt.

32. Glücksgefühl

Es ist Nachmittag geworden. Luisa und Simon reiten den ansteigenden Pfad entlang, der sie zu Sallys Holzhütte führt. Sie sitzt, gekleidet in Jeans und Pullover, vor ihrer Hütte, an einem schweren Holztisch, der wie die vier darum herum stehenden Bänke, selbst geschreinert worden ist. Lächelnd blickt sie zu den auf sie zu kommenden Reitern. Als die beiden Teenager nah genug heran geritten sind, steht sie auf und geht ihnen entgegen.

Luisa und Simon reiten zu der umzäunten Koppel neben dem Stall, steigen von ihren Ponys ab und binden deren Zügel an die Pfosten der Umzäunung. In der Koppel sind Sallys Reitpferd und das Maultier, die zu den Ponys an den Zaun gelaufen kommen.

„Hallo, Sally." Luisa und ihre Tante begrüßen sich mit einer herzlichen Umarmung.

„Was für eine schöne Überraschung! Hallo, Simon."

Der Junge steht neben seinem Pony und grüßt schüchtern zurück. „Hallo."

Luisa tritt einen Schritt zurück und grinst ihre Tante herausfordernd an. „Und?"

Sally lächelt amüsiert über den Running Gag ihrer Nichte. „Rechte, hintere Hosentasche."

Befriedigt holt Luisa zwei Batterien aus ihrer rechten, hinteren Hosentasche und kann endlich loswerden, was sie seit der letzten Nacht beschäftigt hat.

Aufgeregt teilt sie ihrer Tante mit: „Es gibt noch jemanden, der das kann!"

Sally weiß, dass ihre Nichte immer zu Streichen aufgelegt ist und lässt sich zum Schein auf den Schabernack ein. Mit gespielter Neugierde fragt sie nach. „Tatsächlich?"

Simon steht noch immer neben seinem Pony. Triumphierend hält Luisa ihm die Batterien hin und befiehlt ihm: „Hier, zeig es ihr!"

Er kommt zu ihr, nimmt die Batterien und hält sie kurz in den Händen. Dann reicht er Sally eine davon.

Doch die Situation ist Simon nicht ganz geheuer. Vorsichtig und mit wachsamem Blick teilt er ihr mit: „Das ist die leere."

Mit ausdruckslosem Gesicht nimmt Sally die Batterie entgegen und schaut prüfend zu ihrer Nichte, in der Erwartung, dass sie sich durch ein Grinsen verraten wird. Doch beide Teenager zeigen mit keinerlei Regung, dass sie gerade versucht haben, sich einen Spaß mit ihr zu erlauben.

Ganz im Gegenteil, Luisa blickt erwartungsvoll und mit großem Ernst zu ihrer Tante.

Ein viel zu langes Schweigen entsteht und plötzlich wird dem Mädchen bewusst, wie die Vorführung gewirkt haben könnte. Betroffen versucht sie die Situation zu erklären. „Das ist kein Scherz!"

Sally ist irritiert. Doch sie entscheidet sich dafür, der Angelegenheit später auf den Grund zu gehen und beendet die merkwürdige Situation. Freundlich bittet sie ihre jungen Gäste: „Kommt, setzt euch.

Möchtet ihr was trinken?"

Sie dreht sich um und geht auf den Holztisch zu. Luisa läuft vor und greift ihrer Tante beim Gehen mit einem Arm um die Hüfte. Sally blickt das Mädchen erfreut an und legt einen Arm um die Schultern ihrer Nichte. Dann hält sie inne und lädt Simon, der verunsichert stehen geblieben ist, ein: „Kommst du?"

Das Mädchen und die Frau aufmerksam beobachtend folgt er den beiden.

Im Gehen fragt Luisa ihre Tante: „Was machst du?"

„Nur Papierkram."

Noch einmal warten die beiden, bis der Junge zu ihnen gekommen ist. Auf ihrem gemeinsamen Weg zum Tisch fragt Sally: „Was möchtest du trinken, Simon? Milch oder Tee? Wasser kannst du auch haben."

Er überlegt kurz. „Ich hätte gerne Milch."

Als die drei beim Tisch angekommen sind, fordert Sally ihren jungen Gast freundlich auf: „Setz dich doch. Wir sind gleich wieder da." Während sie und ihre Nichte noch immer Arm in Arm zur Hütte gehen, setzt Simon sich an den Tisch.

Luisa hat Sorge, dass ihre Tante sie missverstanden haben könnte. „Das war kein Scherz. So einen würde ich niemals machen."

Sally nickt ihrer Nichte beruhigend zu, sie möchte sich jetzt nicht mit der Angelegenheit befassen. „Das weiß ich." Die beiden lösen ihre Umarmung und betreten die Hütte durch die offen stehende Eingangstür.

Währenddessen sitzt Simon am Holztisch und betrachtet die darauf liegenden Papiere. Neben einem Becher mit Tee, zwei Bleistiften, einem Radiergummi und einem Lineal liegen einige handgeschriebene Tabellen mit Datums- und Ortsangaben, Blätter mit verschiedenen Skizzen sowie mehrere kleine Notizzettel.

Luisa kommt mit einer kleinen Holzkiste zurück und stellt sie auf den Tisch. Darin befinden sich verschiedene Holzschnitzwerkzeuge und ein angefangenes Werkstück, dem bereits anzusehen ist, dass es ein Wolf werden soll. Sie setzt sich gegenüber von Simon an den Tisch, nimmt eines der Schnitzmesser zur Hand und macht sich daran, die Holzfigur weiter zu bearbeiten. Er beobachtet sie interessiert.

Sally bringt ein Glas mit Milch und einen Becher mit Tee und stellt beides auf den Tisch. „Möchtest du auch ein Stück Holz?"

Simon blickt auf. „Ich kann das nicht."

„Dann zeigen wir dir, wie es geht. Komm mit."

Er folgt Sally an die überdachte Seite der Hütte, an der das Brennholz aufgeschichtet liegt. Sie sucht ein geeignetes kleines Brett aus und gibt es ihm. Auf dem Rückweg zum Tisch fragt sie ihn: „Was möchtest du schnitzen?"

Er überlegt eine Weile. „Ein Pferd!"

Sie sind am Tisch angekommen und Luisa mischt sich ein. „Ein Pferd ist schwer. Nimm ein einfaches Tier am Anfang, einen Vogel oder einen Fisch oder so was."

Simon ist zu seinem Platz zurück gegangen und

wendet sich an Sally. „Kann ich auch etwas anderes schnitzen als ein Tier?"

„Alles, was du willst." Sie reicht ihm einen der Bleistifte und er setzt sich wieder. „Als erstes musst du das, was du schnitzen willst, auf das Holz zeichnen." Sie setzt sich zurück an ihren Platz zwischen den beiden Teenagern und Simon beginnt etwas auf das kleine Brett zu zeichnen.

Luisa schnitzt weiter an ihrem Wolf und Sally beschließt, die beiden erst einmal in Ruhe werkeln zu lassen. Sie trinkt einen Schluck Tee, nimmt den zweiten Bleistift zur Hand und setzt die Übertragung ihrer Notizen in die vorbereiteten Tabellen fort.

Nach einer Weile wird sie von Simon unterbrochen. „Kann ich bitte den Radiergummi haben?"

Sie reicht ihm den Radiergummi und fängt an, ihn zu beobachten. Er stellt seine Skizze fertig und zeigt ihr das Holzstück. Die Oberseite des kleinen Bretts zeigt ein einfaches Motorrad von der Seite.

Sie lobt den Jungen und nimmt ein Schnitzmesser aus Luisas Kiste. „Sehr gut. Jetzt nimmst du das hier und ritzt die äußeren Linien damit ein. Aber vorsichtig. Die Klinge ist sehr scharf!"

Vorsichtig beginnt Simon damit, das Brett an den Umrandungslinien seiner Zeichnung mit der Messerspitze einzuritzen.

Sally betrachtet die beiden in ihre Schnitzarbeiten vertieften Teenager und ein wehmütiges Glücksgefühl durchströmt sie. Nur selten ist es ihr möglich, solche unbeschwerten Augenblicke gemeinschaftlichen Miteinanders zu erleben.

33. Ruhe vor dem Sturm

David sitzt am Esstisch im Wohnzimmer seines Elternhauses und liest in der vor ihm liegenden Tageszeitung. Auf dem Tisch steht ein leer gegessener flacher Teller mit Besteck und eine noch mit Pudding gefüllte kleine Schale, neben der ein Löffel liegt.

Im Hintergrund hört er den Ton des Fernsehers, in dem gerade eine Quizshow läuft. Er blättert die Zeitungsseite um und blickt dabei auf.

Hellen steht vor einem Bügelbrett, das sie vor dem Fernseher aufgebaut hat und bügelt gerade eine Schlafanzugjacke ihres Mannes. Als sie damit fertig ist, legt sie die Jacke ordentlich zusammen und zur Seite. Dann nimmt sie die Hose des Schlafanzugs.

Eine Zeitlang beobachtet David seine Mutter, schließlich schaut er auf seine Armbanduhr. Es ist kurz vor einundzwanzig Uhr. Mit einem lautlosen Seufzer wendet er sich wieder der Lektüre der Tageszeitung zu, um zusammen mit seiner Mutter auf das Unabänderliche zu warten.

Zur gleichen Zeit sitzt Thomas in der Küche seines Hauses am gedeckten Tisch gemeinsam mit Luisa, Simon, Lukas, Carolin und ihrem kleinen Sohn.

Zwei große Schalen mit Kartoffeln und Gemüse werden herum gereicht, damit sich jeder etwas davon nehmen kann. Anne hat eine Platte mit Steaks in der Hand, geht um den Tisch herum und verteilt sie auf den Tellern. Als sie bei ihrer jüngsten Tochter angekommen ist, erkundigt sie sich: „Na, ihr beiden seht aus, als hättet ihr einen ereignisreichen Tag gehabt?"

Während Luisa ihr Essen auf dem Teller verteilt, weiht sie ihre Mutter unaufgeregt in die neueste Neuigkeit ein. „Wir waren bei Sally. Simon hat ihr gezeigt, dass er die gleiche Gabe hat, wie sie."

Anne blickt überrascht zu Simon, legt ihm ein Steak auf den Teller und schaut dann fragend zu ihrem Mann. Thomas signalisiert wortlos seine Ahnungslosigkeit und zuckt mit den Schultern. Lukas und Carolin reagieren nicht auf die Mitteilung ihrer Schwester – sie sind beide schon oft genug Betroffene ihres Schabernacks geworden.

Luisa hat die Geste ihres Vaters bemerkt und klärt ihn auf. „Na, er kann auch elektromagnetische Felder spüren!"

Anne reagiert mit Ungläubigkeit. „Aha."

Auch Thomas nimmt die Nachricht seiner Tochter nicht ernst. Für die Erwachsenen hat Sally keine Gabe, sondern eine Art von Krankheit, ein Handicap. Sie haben erlebt, wie sehr sie in einer normal elektrifizierten Umgebung leidet und haben nicht den Eindruck, dass es Simon ebenso ergeht.

Während Anne die leere Platte abstellt und sich zu den anderen an den Tisch setzt, wechselt sie das Thema und wendet sich freundlich an Simon. „David hat deine Tasche hergebracht. Wie wäre es heute mit einem Bad?"

Der Hund der Familie ist zu dem Jungen an den Tisch gekommen und bettelt ihn an. Simon weiß nicht, ob er ihm etwas abgeben darf und schaut zu

Thomas. Anne weist den Hund in ruhigem, aber bestimmten Ton zurecht. „Zurück an deinen Platz. – Na, dann. Guten Appetit."

Während der Hund zurück an seinen Platz trottet, beginnen alle anderen ihr Abendbrot zu essen und beschließen, danach gemeinsam Karten zu spielen.

34. „Wandle, was der Tod zerbricht"

Simon steht an einer der hölzernen Werkbänke in Thomas Autowerkstatt und heftet breite Streifen Klebeband an die Risse der Sitzbank des Motorrades seines Vaters. Weiter hinten steht David an einem Tischbohrer, schaltet die Maschine ein und bohrt ein Loch in eine kleine metallene Befestigungsplatte.

Laut dröhnt der Lärm durch die Werkstatt. Als er fertig ist, schaltet David die Tischbohrmaschine wieder ab, spannt das Werkstück aus der Halterung und kommt damit an die Werkbank zu Simon. Er nimmt eine dort liegende mechanische Schieblehre zur Hand und prüft den Durchmesser der Bohrung. Anschließend legt er das Messgerät zur Seite und beginnt, während er die Bohrung mit einem dicken Metallbohrer entgratet, ein Gespräch mit seinem Sohn. „Hattest du gestern noch einen schönen Tag?"

Begeistert lässt Simon sich auf das Gespräch ein. „Ja! Ich bin das erste Mal geritten und wir waren bei Sally."

„Bei Sally?"

„Ja, in den Bergen, bei ihrer Hütte. Sie ist eine Polizistin, mit Revolver und so, aber in den Bergen."

„Und sie hat dich nicht noch mal angemacht wegen deinem Handy?"

„Das Handy funktioniert nicht in den Bergen. Schau mal, was sie mir geschenkt hat!"

Stolz holt Simon ein Taschenmesser aus seiner Hose hervor, klappt es auf und zeigt es seinem Vater.

David teilt die Begeisterung seines Sohnes nicht, möchte ihm jedoch den Spaß nicht verderben. „Toll. Ich hoffe, dass du weißt, wie man damit umgeht."

„Na klar!"

„Und, dass es nichts in der Schule verloren hat."

Mike ist in die Werkstatt gekommen und Simon lässt gerne zu, dass er das Gespräch mit seinem Vater unterbricht.

Mit ernstem Gesicht tritt der alte Mann an David heran und spricht so leise mit ihm, dass der Junge nichts hören kann. Er beobachtet die beiden Männer und sieht, dass der Gesichtsausdruck seines Vaters ebenfalls sehr ernst wird.

Schließlich nickt David mit dem Kopf und legt die Metallplatte und den Bohrer auf der Werkbank ab.

Mit sanftem Ton wendet sich Mike an Simon. „Dein Papa muss jetzt etwas erledigen. Kommst du mit mir? Ich nehm dich mit. Luisa kommt gleich aus der Schule."

Kurze Zeit später geht David die Treppe zum ersten Stock seines Elternhauses hoch und den Korridor entlang zum Schlafzimmer seiner Eltern. Schon vor dem Zimmer hört er eine ihm unbekannte männliche Stimme andächtig beten.

„Christus spricht: Ich bin die Auferstehung und das Leben. Wer an mich glaubt, der wird leben, auch wenn er stirbt."

Er kommt zum Schlafzimmer, bleibt im Türrahmen stehen und blickt in den Raum hinein. Mit geschlossenen Augen und einem friedlichen Gesichtsausdruck liegt sein Vater im Bett, die Hände über der Bettdecke ineinander gefaltet.

Seine Mutter sitzt mit regungslosem Gesichtsausdruck auf einem Stuhl am Bett ihres Mannes. Ihr gegenüber, auf der anderen Seite des Bettes, sitzt die ältere Nachbarin und schaut traurig auf Bens Gesicht.

Ein junger, etwa dreißigjähriger Pfarrer steht am Bett neben Hellen und fährt mit seiner Andacht fort.

„Herr über Leben und Tod, du hast das letzte Wort gesprochen, und wir bleiben zurück, stehen vor verschlossener Tür."

Während der Pfarrer betet, betrachtet David seinen Vater und versucht sich betroffen zu vergegenwärtigen, dass dies das unwiderrufliche Ende aller Hoffnung auf Versöhnung ist.

Der Pfarrer fährt fort: „Herr über Leben und Tod, wandle, was der Tod zerbricht, in neues Vertrauen, bis sich die Tür wieder öffnet, die uns in die Gemeinschaft des Lebens zurückbringt."

Hellen blickt auf zu David. Nun ist ihr nur noch der Sohn geblieben und sie weiß: viel Zeit bleibt nicht, um ihm ihr Anliegen zu offenbaren.

35. Initiation

Luisa und Simon kommen auf ihren Ponys zu Sallys Koppel geritten. Die Nationalpark-Rangerin ist gerade damit beschäftigt, einen Strohballen durch die Tür hinaus vor den Stall zu ziehen, wo bereits zwei andere Ballen liegen. Erfreut begrüßt sie die beiden Teenager.

Luisa steigt von ihrem Pony ab und bittet Simon: „Kannst du den Pferden Wasser geben?" Dann geht sie auf ihre Tante zu, umarmt sie zur Begrüßung und wundert sich darüber, dass sie Strohballen aus dem Stall hinaus und nicht hinein bringt. „Was ist passiert?"

„Das Dach ist wieder undicht, es hat rein geregnet."

„Können wir dir helfen?"

„Danke nein, ich bin fast fertig."

Also kommt Luisa ohne weitere Umschweife zu dem Grund ihres Besuches. „Großvater Benjamin ist gestorben. Opa schickt mich, dir zu sagen, dass er heute nicht kommen kann. Er hat mich gebeten, mich um Simon zu kümmern. Aber ich möchte lieber Mami und Carolin im Geschäft helfen, wegen der Beerdigung. Kannst du das bitte machen? Kannst du ihn hier bei dir behalten und ihn heute Abend zum Tor bringen?"

Obwohl die Nachricht sie nicht überrascht, wird Sally doch traurig. Ben ist ein pflichtbewusster Ehemann gewesen, der berechenbar nach festen Regeln lebte. In den letzten Jahren war die Kirchengemeinde sein ganzer Lebensinhalt geworden. Er hat das Ansehen genossen, das er sich im Laufe der Zeit mit seiner Tätigkeit erarbeitet hatte und wachte argwöhnisch darüber, dass niemand ihm seine Stellung streitig machte. Zwar hat er sein ganzes Leben lang unbeirrbar und kompromisslos versucht, die Menschen in seiner Umgebung nach seinen strengen Wertvorstellungen zu formen – doch war seine Empfänglichkeit für die Schmeicheleien der Frauen, die ihn gut kannten, etwas, an das sie sich gerne erinnern würde.

Sally nickt ihrer Nichte zu und ergreift bereitwillig die Gelegenheit, den Jungen besser kennenzulernen. „Ja, natürlich. Lass ihn hier."

Die beiden gehen zu Simon, der gerade sein Pony aus einem Eimer Wasser trinken lässt und die Rangerin lädt ihn ein: „Hast du Lust mit mir auf Feuerwache zu gehen?"

Feuerwache klingt nach Abenteuer und erfreut antwortet er: „Ja!"

„Ich war aber schon so oft dabei. Meine Tante bringt dich heute Abend zurück. Ich will noch ein paar Sachen erledigen. Wir sehen uns später, ja?" Luisa verabschiedet sich, steigt auf ihr Pony und reitet im Galopp davon.

Sally wendet sich an den Jungen und bittet ihn: „Ich brauche hier noch einen Moment. Möchtest du solange weiter schnitzen?"

„Ja, gern." antwortet er, lässt das Pony den Eimer Wasser leer trinken und geht zum Tisch vor der Hütte.

Die junge Frau bringt Luisas Werkzeugkiste und einen etwa schuhkartongroßen metallenen Behälter. Simon setzt sich und sie stellt die Kiste mit den Schnitzwerkzeugen und den halbfertigen Werkstücken vor ihm ab. „So, hier bitte."

Er nimmt sich sein kleines Holzbrett aus der Kiste, betrachtet es genau und sucht sich ein geeignetes Schnitzmesser aus.

Währenddessen stellt Sally den Metallbehälter ebenfalls auf den Tisch, öffnet den Deckel und greift kurz hinein, um das Gerät, das sich darin befindet, einzuschalten. Danach lässt sie den Jungen allein und geht zum Stall. Auf dem Metallbehälter klebt ein handgeschriebenes Schild mit der Aufschrift „Satellitentelefon und Akkus".

Sie zieht einen weiteren Strohballen aus dem Stall heraus und schiebt ihn zu den anderen. Auf dem Weg zurück schaut sie prüfend zu Simon. Er hat damit begonnen, sein Holzbrett weiter zu bearbeiten und schnitzt an der Skizze des Motorrads.

Sally geht wieder in den Stall hinein, um den letzten Strohballen heraus zu holen. Als sie ihn zu den anderen Ballen geschoben hat, schaut sie erneut zu dem Jungen.

Er kratzt sich mit den Fingern der freien Hand an der Stirn, hält dann sein Werkstück wieder fest, um den nächsten Schnitt in das Holz zu machen und fährt sich einen Moment später mit dem Handrücken über ein Augenlid. Unruhig beginnen seine Knie zu wippen und fasziniert beobachtet Sally, wie das hektische Auf und Ab seiner Beine innerhalb kürzester Zeit zunimmt.

Um Sattel und Zaumzeug für ihr Pferd zu holen, geht sie noch einmal in den Stall. Doch noch bevor sie wieder draußen ist, hört sie den Jungen laut schimpfen. „Das geht nicht! Ich kann das nicht!"

Mit dem Sattel im Arm und dem Zaumzeug in der Hand tritt Sally vor die Stalltür. Sie sieht, wie Simon das Schnitzwerkzeug wütend auf den Tisch schmeißt und aufspringt. Als er sie entdeckt, reißt er sich zusammen und bleibt wie angewurzelt stehen.

Sie legt den Sattel und das Zaumzeug zur Seite und geht zu ihm.

Einfühlsam und beruhigend beginnt sie mit ihm zu reden. „Was ist passiert? Zeig mal. Das kriegen wir bestimmt wieder hin."

Sally schaut sich sein Werkstück an. Auf dem Holzbrett ist die Kontur des Motorrads bereits deutlich heraus gearbeitet worden. Allerdings ist der Junge mit dem Holzschnitzmeißel abgerutscht und hat dabei ein Stück eines Reifens abgeschabt. „Das wird ein sehr schönes Motorrad."

Er widerspricht, noch immer verärgert. „Nein! Hier, schau doch. Da ist das Rad kaputt gegangen."

„Das ist nicht schlimm. Wenn du ein bisschen mehr Holz vom Hintergrund weg nimmst, dann entsteht der Reifen wieder neu. Du musst jetzt nur hier einen neuen Stoppschnitt machen." Sie gibt ihm ein anderes Schnitzmesser aus Luisas Kiste.

Und während der Junge sich mit neuem Mut daran macht, sein Werkstück auszubessern, verschließt die junge Frau den Metallbehälter und bringt ihn fort.

Kurze Zeit später kommt sie in Uniform, mit Waffengurt und Hut aus der Hütte und bringt auch für Simon einen etwas abgenutzten, alten Uniformhut mit. Er wartet schon an der Koppel neben seinem Pony und ihrem Pferd, bereit zum Losreiten. „Hier. Damit alles seine Ordnung hat." Lächelnd reicht sie ihm den Hut.

Er strahlt beglückt und setzt ihn stolz auf. „Danke!"

„Na, dann. Auf gehts." Sie steigen auf und reiten los.

Nach etwa einer Stunde erreichen sie eine Lichtung in der Nähe des Gipfels eines Berges und kommen zu einem Holzturm. Sie steigen die Leiter hinauf bis hoch zur Plattform des Turms und Sally gibt Simon ein Fernglas. Er stellt sich an das Geländer und schaut hindurch auf das bewaldete hügelige Umland des Nationalparks.

„Und, kannst du ein Feuer entdecken?"

„Nein."

„Das ist gut."

Auch Sally schaut noch einmal prüfend über die Baumwipfel. Schließlich lässt sie ihren Blick nachdenklich auf dem Jungen ruhen.

Ein Leidensgefährte! Nach all den Jahren, in denen sie die Hoffnung schon aufgegeben hatte.

Oder, doch noch nicht? Zu deutlich kann sie schon jetzt den Wunsch spüren, sich der Vorstellung hinzugeben, auf welche Weise die Einsamkeit nun enden könnte.

Am Nachmittag reitet sie mit Simon zu einem schmalen Fluss mitten im Wald, um dort Wasserproben zu nehmen. Während sie am Ufer hockt, zwei kleine Fläschchen befüllt, deren Deckel zuschraubt und die Etiketten beschriftet, hat er sich an einen Baum gesetzt und schnitzt mit seinem neuen Taschenmesser an einem Stock.

Die Rangerin packt die beiden Fläschchen in einen kleinen Karton, geht damit zu ihrem Pferd und verstaut ihn in einer Satteltasche. Aus einer anderen Tasche holt sie eine Thermoskanne sowie eine Brotbox hervor und geht damit zu dem Jungen.

Als sie bei ihm angekommen ist, bleibt sie stehen und schaut aufmerksam den Fluss hinunter. Sie flüstert: „Schau mal, dort drüben."

Er schaut erst hoch zu ihr, dann folgt er Sallys Blick. Ein paar Schritte den Fluss hinunter sind auf der anderen Seite drei Rehe aus dem Wald heraus getreten und schauen sich vorsichtig um. Simon lächelt erfreut.

Langsam setzt sie sich zu ihm und öffnet die Brotbox. „Hier, für dich."

Er nimmt sich ein Sandwich, beginnt zu essen und schaut gemeinsam mit ihr über den Fluss zu den trinkenden Rehen. Als die Tiere zurück in den Wald springen, stellt Simon fest: „Es ist schön hier. So still. Keiner nervt. – Man wird ganz ruhig im Kopf."

Die junge Frau lächelt ihm zu, nimmt sich ebenfalls ein Sandwich aus der Brotbox und gemeinsam setzen sie ihre Pause fort.

Es ist kurz vor Einbruch der Dunkelheit, als Sally mit ihm zu einem Tor an einer großen Weide reitet. Mike und Luisa kommen ihnen entgegen geritten.

Simon hat seinen Uniformhut auf und das Mädchen ergreift als erste das Wort. Grinsend salutiert sie im Sattel ihres Ponys und deutet dann mit der Hand auf den Kopf des Jungen. „Hi. Wie ich sehe, hattest du einen guten Tag."

Stolz lächelnd antwortet er. „Ja!"

Mit gespielter Empörung wendet sie sich an ihre Tante. „Warum bekommt er so etwas und ich nicht?"

Sally kennt ihre Nichte, grinsend lässt sie sich auf den humorvollen Schlagabtausch ein. „Warum hast du mir nie verraten, dass du Spaß an so etwas hast?"

„Na ja, ich glaub, du hast recht. Das ist vielleicht doch eher so ne Jungssache." Die beiden zwinkern sich zu und Simon dreht sich in seinem Sattel zu Sally. „Tschüss. Vielen Dank für den schönen Tag."

Sie nickt ihm bestätigend zu. „Bis zum nächsten Mal."

Die Teenager blicken zu Mike und er fordert sie auf: „Reitet ruhig schon los."

Während Sally und er den beiden hinterher schauen, fragt sie ihren Vater: „Wann ist die Beerdigung?"

Mit ernstem Blick dreht sich Mike im Sattel zu seiner Tochter. „Am Sonntag, nach dem Gottesdienst."

Während sie Simon wegreiten sieht, denkt Sally an die Ereignisse des Tages und entscheidet sich dafür, ihre Erkenntnis mit ihrem Vater zu teilen. „Paps, ich denke, er hat es auch. Zumindest ist er außerordentlich empfindlich!"

Mike ist sich nicht sicher, ob er richtig verstanden hat. „Wer? Simon?"

Sally erwidert seinen Blick. „Ja."

Ungläubig hakt er nach. „Wie kommst du darauf?"

„Luisa kam mit ihrem Batterie-Test. Sie haben es mir vorgeführt. Und ich habe ihn heute noch einmal auf die Probe gestellt, ohne sein Wissen. Seine Reaktionen waren eindeutig."

„Er übernachtet bei Luisa, seitdem er hier ist. Thomas hat nichts erzählt von irgendwelchen Problemen dieser Art bei ihm."

„Er ist in der Stadt groß geworden. Er ist an andere Verhältnisse gewöhnt, als ich damals."

Einen Moment lang schauen sich Vater und Tochter ernst an.

„Hast du mit Simon darüber geredet?"

„Nein. Ich hab auch nicht den Eindruck, dass David weiß, was los ist."

„Du solltest hundertprozentig sicher sein, bevor du es tust."

„Ich weiß."

Sallys Nachricht beunruhigt Mike. Er kann sich vorstellen, was in seiner Tochter vor sich geht. „Lass uns das in Ruhe angehen."

Sie nickt ihrem Vater zu. Dann schaut sie wieder in die Richtung, in die Simon davon geritten ist.

Schweigend betrachtet Mike seine Tochter. Er hat

Sorge, dass sie das Verhalten des Jungen aus nachvollziehbaren Gründen falsch interpretiert.

Sally wendet sich wieder ihrem Vater zu und wechselt das Thema. „Das Dach vom Stall ist wieder undicht."

„Ich sag zu Haus Bescheid. Thomas oder Lukas haben bestimmt an einem der nächsten Tage Zeit."

Mike löst einen Beutel mit einem Topf darin von seinem Sattelknauf und reicht ihn Sally. „Hier, mit liebem Gruß von Anne."

„Danke." Sie befestigt den Beutel an ihrem Sattel. „Sehen wir uns Sonntag?"

Mike sieht seine Tochter überrascht an. „Du willst kommen?"

„Ja. Eine Stunde oder so wird es schon gehen."

„Gut, dann treffen wir uns in der Kirche?"

„Ja."

Sie reichen sich zum Abschied von Pferd zu Pferd die Hände, halten sie fest und schauen sich dabei liebevoll, aber innerlich aufgewühlt in die Augen.

„Ich wünsch dir eine gute Nacht", verabschiedet sich Mike von seiner Tochter.

„Ich dir auch. Bis Sonntag." Sie lösen ihren Handschlag. Sally setzt ihr Pferd in Gang und reitet los.

Nach einigen Schritten dreht sie sich im Sattel noch einmal um und winkt ihrem Vater zum Abschied zu. Mike winkt zurück. Er fühlt sich verunsichert und hilflos und ahnt, dass Sally den für sie anstrengenden Besuch auch geplant hat, um Simon in seinem normalen Umfeld zu erleben.

36. Schicksalsgefährten

Die Bänke der kleinen einfachen Kirche sind voll besetzt. Vor dem Altar, mit vielen Blumen, einigen Trauerkränzen und einem Foto geschmückt, steht Bens Sarg.

David sitzt in der ersten Reihe neben seiner Mutter Hellen. In der Reihe hinter ihnen haben Doktor Schwarz, die beiden älteren Nachbarinnen und der Rentner Danny Platz genommen. In der dritten Reihe sitzen Thomas, Anne, Carolin, Lukas und Luisa.

Mike hat in einer der letzten Reihen am Mittelgang Platz genommen und neben sich noch einen Platz frei gelassen. Einige Reihen davor, auf der gegenüber liegenden Seite, sitzt Simon mit seiner Mutter Theresa ebenfalls am Gang.

Die versammelte Gemeinde singt zu dem Spiel einer alten Hammondorgel ein Lied. Da betritt Sally in Uniform, mit ihrem Hut in der Hand, die Kirche. Sie blickt sich kurz um, entdeckt ihren Vater und geht zu ihm. Mike unterbricht seinen Gesang, begrüßt seine Tochter mit einem Kopfnicken und rutscht zur Seite, um den Platz am Gang für sie frei zu machen. Dann stimmt er wieder in den Gesang mit ein.

Sally ist nicht nach Singen zumute. Sie schaut sich um und entdeckt Simon weiter vorn auf der anderen Seite des Gangs. Die meisten Gemeindemitglieder sind ihr bekannt und sie freut sich trotz des traurigen Anlasses einige von ihnen hier wiederzusehen.

Auf dem Sarg vor dem Altar und dem Foto von Ben verweilt ihr Blick, bis sich plötzlich ihr Gesichtsausdruck verzerrt. Ein starker stechender Schmerz durchdringt ihren Kopf. Und nur einen Augenblick später beginnt das Handy des neben Mike sitzenden Trauergastes laut zu klingeln. Die um den Mann herum sitzenden Menschen blicken ihn tadelnd an und er bemüht sich, das Handy so schnell wie möglich verstummen zu lassen.

Da greift die junge, in der Reihe vor ihnen sitzende Frau in ihre am Gang abgestellte Handtasche. Angespannt beobachtet Sally, wie sie ein Handy aus der Tasche holt, prüft, ob es lautlos geschaltet ist und es wieder zurück legt.

Die letzte Strophe des Liedes ist gesungen und Orgel und Gemeinde verstummen. Mit bedächtigen Schritten geht der Pfarrer zum Altar und beginnt einen Psalm aus der Bibel zu lesen.

„Ich habe mir vorgenommen: Ich will mich hüten,
    dass ich nicht sündige mit meiner Zunge;
    ich will meinem Mund einen Zaum anlegen,
    solange ich den Gottlosen vor mir sehen muss."

David trägt einen unbequemen schwarzen Anzug und Krawatte. Er konnte die Nacht zuvor nicht schlafen. Müde lauscht er dem Pfarrer und betrachtet dabei das Foto seines Vaters. Seine Mutter sitzt in sich gekehrt, ohne sichtbare Zeichen der Trauer, neben ihm.

„Ich bin verstummt und still und schweige fern der
Freude
und muss mein Leid in mich fressen.
Mein Herz ist entbrannt in meinem Leibe;
wenn ich daran denke, brennt es wie Feuer.
So rede ich denn mit meiner Zunge:"

Sally schließt die Augen, runzelt die Stirn und
senkt ihren Kopf ein wenig. Starke Übelkeit hat sie
befallen. Mike bemerkt es und berührt besorgt ihren
Arm. Seine Tochter hebt den Kopf, öffnet die Augen
wieder und nickt ihrem Vater beruhigend zu.

„»Herr, lehre mich doch,
dass es ein Ende mit mir haben muss
und mein Leben ein Ziel hat und ich davon muss."

Sally schaut zu Simon. Der Junge sitzt mit wippenden Knien in der Bank, blickt umher und lang-
weilt sich.

„Siehe, meine Tage sind eine Handbreit bei dir,
und mein Leben ist wie nichts vor dir.
Wie gar nichts sind alle Menschen,
die doch so sicher leben."

Theresa versucht sich auf die bedeutungsvollen
Worte des Pfarrers zu konzentrieren. Aufmerksam
blickt sie nach vorn zum Altar. Die wippenden Knie
ihres Sohnes beginnen sie zu stören und mit ermah-
nendem Blick legt sie einen Moment lang ihre Hand

auf eines seiner Knie.

Simon will heute keinen Streit verursachen und stoppt das Auf und Ab seiner Beine. Doch schon nach kurzer Zeit überfällt ihn die mächtige Unruhe erneut und er beginnt wieder mit den Knien zu wippen.

„Sie gehen daher wie ein Schatten
und machen sich viel vergebliche Unruhe;
sie sammeln und wissen nicht, wer es einbringen
wird.«
Nun, Herr, wessen soll ich mich trösten?
Ich hoffe auf dich. Errette mich aus aller meiner
Sünde
und lass mich nicht den Narren zum Spott werden.“

Sally holt ein Taschentuch hervor und wischt sich damit ihre schweißnassen Hände trocken. Sie behält das Tuch in der Hand und atmet tief durch.

„Ich will schweigen und meinen Mund nicht auftun;
denn du hast es getan.
Wende deine Plage von mir;
ich vergehe, weil deine Hand nach mir greift.“

Noch einmal blickt Sally zu ihrem neuen Schützling.

Theresa ärgert sich über die mangelnde Rücksichtnahme ihres Sohnes und flüstert Simon aufgebracht zu, dass er endlich mit dem Gewippe aufhören soll.

Frustriert dreht sich der Junge zur Seite in den Gang.

„Wenn du den Menschen züchtigst um der Sünde willen,
so verzehrst du seine Schönheit wie Motten ein Kleid.
Wie gar nichts sind doch alle Menschen."

Anteilnehmend hat Sally die Auseinandersetzung zwischen Simon und seiner Mutter beobachtet. Auch sie fühlt sich zunehmend unwohl. Sie wendet sich ihrem Vater zu und signalisiert ihm, dass es Zeit für sie wird, die Kirche zu verlassen. Mike stimmt ihr mit dem Kopf nickend zu. Sie nimmt ihren Hut zur Hand, erhebt sich und geht hinüber zu Simon.

„Höre mein Gebet, Herr, und vernimm mein Schreien,
schweige nicht zu meinen Tränen;
denn ich bin ein Gast bei dir,
ein Fremdling wie alle meine Väter."

Der Junge lächelt spontan, als er Sally sieht. Wortlos bedeutet sie ihm, mit nach draußen zu kommen.

Irritiert blickt Theresa zu der Frau in der Ranger-Uniform. Doch bevor sie sich einmischen kann, hat sich Sally schon mit einem kurzen, stummen Gruß von ihr verabschiedet.

„Lass ab von mir, dass ich mich erquicke,
ehe ich dahin fahre und nicht mehr bin."

Wieder erklingt Orgelmusik, während Sally und Simon die Kirche verlassen.

37. Auf dem Friedhof

Zum Teil schweigend, zum Teil mit flüsterndem Gespräch verlässt die Trauergemeinde den kleinen Waldfriedhof. Mike führt Hellen, die sich bei ihm eingehakt hat, zum Parkplatz und der Pfarrer folgt ihnen.

Theresa und David gehen nebeneinander zu dem Vorplatz des Friedhofs und warten dort. Sie haben Simon und Sally entdeckt, die am Waldrand stehen und sich unterhalten.

„Ist das Sally?", fragt Theresa ihren Mann neugierig.

„Ja."

„Du musst unbedingt mit Simon reden. Er hat sich geweigert, heute mit mir zurück nach Hause zu fliegen. Ich habe ihm gesagt, dass seine Suspendierung vorbei ist. Und dass ich einen Termin beim Arzt gemacht habe, damit er wieder in die Schule gehen kann. Aber er meinte, er hätte gar kein ADHS, sondern die gleiche Gabe wie Sally. Und du hättest ihm gesagt, dass er erst wieder in die Schule gehen muss, wenn ihr mit eurer Arbeit fertig seid?"

David kann sich ein Schmunzeln nicht verkneifen. „Na ja, ganz so war das nicht gemeint. Aber, auf die paar Tage kommt es jetzt auch nicht mehr an. Ich muss eh noch bleiben. Ich will sehen, wie es mit meiner Mutter weitergeht."

„Und wie geht es mit unserem Sohn weiter?"

„Wenn du ihn jetzt mitnimmst, gibts doch nur Stress. Genieß doch lieber die Ruhe zu Hause. In ein paar Tagen ist es damit wieder vorbei."

Thomas und seine Frau sind zu David und Theresa gekommen. „Fahrt ihr mit uns?", fragt Anne die beiden.

„Ja, gerne", antwortet Theresa und als sie sich zum Gehen wenden, möchte sie wissen: „Was ist mit Simon?"

„Die Kinder nehmen ihn nachher mit", beruhigt Anne sie und alle vier schließen sich den anderen Trauergästen an, die zu ihren Autos gehen.

38. Hellens Anliegen

David bringt einen großen leeren Pappkarton in das Schlafzimmer seiner Eltern und stellt ihn auf dem Fußboden ab. Hellen hat die Decke und das Kopfkissen aus dem Bett ihres Mannes entfernt und eine schlichte Tagesdecke über die Matratze gelegt. Sie steht am geöffneten Kleiderschrank und sortiert Bens Wäsche. Einige seiner Kleidungsstücke liegen schon zusammen gefaltet auf ihrem Bett.

Er kennt seine Mutter, trotzdem fühlt er sich von ihrem derzeitigen Ordnungswahn irritiert. „Ben ist gestern erst beerdigt worden. Hat das denn keine Zeit?"

Sie antwortet entschieden: „Die Dinge müssen geregelt werden."

Ihr Sohn bemüht sich um Verständnis. „Die Dinge?"

Hellen antwortet nicht. Stattdessen holt sie sich den leeren Pappkarton und stellt ihn vor ihr Bett. Sie beginnt damit, die Kleidungsstücke von ihrem Bett zu nehmen und in den Karton zu legen.

David schaut ihr eine Zeitlang hilflos zu, dann setzt er sich auf einen Stuhl. So einfühlsam er es vermag, fragt er seine Mutter: „Was wird denn jetzt? Ich meine, mit dir?"

Sie räumt weiter Kleidungsstücke in den Pappkarton, überlegt dabei jedoch, was sie antworten soll. „Ich habe meine Pflichten in der Gemeinde. Menschen, um die ich mich kümmern muss. Du brauchst dir um mich keine Sorgen zu machen."

Er hört ihre Worte, allein deren Unterton scheint das Gegenteil zu sagen. Zweifelnd hebt er die Augenbrauen, weiß allerdings nicht, wie er seiner Mutter aus ihrem Schneckenhaus helfen soll.

Da beschließt Hellen, dass der geeignete Zeitpunkt gekommen ist, um sich ihrem Sohn zu offenbaren. „Ich weiß nur nicht, wie es mit dem Haus weiter geht."

„Du meinst, ob du das alles hier noch alleine schaffst?"

„Nein, das musste ich in den letzten zwei Jahren auch schon."

Er weiß, dass es seiner Mutter schwer fällt, um Hilfe zu bitten und lässt ihr Zeit, sich zu überwinden.

Während sie weiter Wäsche in den Pappkarton räumt, teilt sie ihm endlich mit: „Dein Vater hat Geld verloren, während der Finanzkrise. Wir mussten eine Hypothek auf das Haus aufnehmen."

David nickt. Jetzt versteht er, warum sie gezögert hat. Schließlich war Ben, der frühere tüchtige kleine Bankangestellte, das Finanzgenie der Familie. „Wie viel?"

„Du weißt, dass dein Vater sich immer um diese Angelegenheiten gekümmert hat."

„Aber du weißt, wie viel."

„10.000."

„Und die Rückzahlung ist jetzt gefährdet?"

„Das weiß ich nicht."

„Aber du weißt, wo er seine Unterlagen hat."

„Ja, natürlich. Ich kann sie dir zeigen."

„Bitte. Tu das.“

Hellen geht zu Bens Nachttisch, öffnet eine Schublade, holt einen dünnen Ordner heraus und reicht ihn ihrem Sohn.

David öffnet den Ordner, beginnt darin zu blättern und die Unterlagen zu lesen.

Währenddessen räumt seine Mutter weiter Wäsche aus dem Kleiderschrank auf ihr Bett und stellt zufrieden fest, dass die Angelegenheit nun geregelt werden wird.

39. Miriam

Mit den Händen in den Taschen seiner Arbeitshose steht Thomas vor seiner Werkstatt und schaut prüfend vor sich auf den Boden. David kommt hinzu, stellt sich neben seinen Freund und begutachtet ebenfalls das, was vor ihnen steht. „Und, was meinst du?", fragt er ihn.

„Ja. Ich denke, das wars erst mal," antwortet Thomas mit dem Kopf nickend.

Vor den beiden Männern steht die instandgesetzte und polierte Triumph Bonneville. Zwar konnten sie den Originalzustand in der kurzen Zeit nicht wieder herstellen, doch ein begeisterter Laie würde den Oldtimer für ein gehegtes und gepflegtes, wunderschönes Motorrad halten.

„Versuchs! Dreh ne Runde!", fordert Thomas seinen Freund auf.

David trägt Jeans, T-Shirt und ein Hemd und zieht sich eine alte schwarze Lederjacke darüber. Er steigt auf das Motorrad und versucht es zu starten. Vier Mal muss er den Kickstarter nach unten treten, dann springt der Oldtimer an. Ein satter Sound erklingt und lässt die beiden Männer glücklich lächeln.

David dreht den Gasgriff etwas auf, damit die Maschine nicht wieder ausgeht, bis Thomas hinzu kommt und den Choke nachjustiert.

Danach hebt er den an der Seite liegenden Jethelm vom Boden auf und reicht ihn David, der ihn aufsetzt und festschnallt. Thomas grinst seinen Freund an und gibt das Startzeichen: „Viel Spaß!"

Aufgeregt bockt David die Maschine ab, dreht noch zwei, drei Mal den Gasgriff auf und legt den ersten Gang ein. Langsam lässt er den Kupplungshebel kommen und spürt mit pochendem Herzen, wie seine alte Triumph ihn mitnimmt, hinaus auf die Landstraße.

Es ist Mittag. Die Sonne scheint hoch am klaren tiefblauen Himmel und die durch die bewaldeten Berge führende Straße erscheint ihm schmaler, als sie es vor dreißig Jahren war. David entspannt sich und erinnert sich plötzlich an das Gefühl purer Lebensfreude, das ihn im Traum auf der nächtlichen Fahrt mit dem Motorrad begleitet hat.

Eine Zeitlang fährt er einfach nur der Nase nach. Musik klingt in seinen Ohren und die letzte Strophe der Rock-Ballade „Telegraph Road" geht ihm immer wieder durch den Kopf.

„You know I'd sooner forget but I remember those nights
when life was just a bet on a race between the lights
you had your head on my shoulder you had your hand in my hair
now you act a little colder like you don't seem to care
but believe in me baby and I'll take you away
from out of this darkness and into the day
from these rivers of headlights these rivers of rain
from the anger that lives on the streets with these names
'cos I've run every red light on memory lane
I've seen desperation explode into flames
and I don't want to see it again"

Und schließlich wird David klar, wo er hinfahren möchte – wo er hinfahren muss.

Es ist der Vorplatz des kleinen Waldfriedhofs, den er mit seinem Motorrad aufsucht, den Motor ausschaltet und absteigt. Nachdem er die Triumph aufgebockt hat, nimmt er den Helm ab und hängt ihn an den Lenker. Er schaut sich kurz um und stellt erleichtert fest, dass er keinen anderen Menschen entdecken kann. Mit ruhigen Schritten geht er auf den Friedhof zu.

Dort läuft er an einigen Gräbern entlang, bis er zu der noch blumengeschmückten Grabstelle seines Vaters kommt. Er bleibt davor stehen und betrachtet den neuen Grabstein mit düsterem Blick.

Erinnerungen an väterliche Erwartungen, missbilligendes Schweigen, ungerechte Schuldzuweisungen und kränkende Gleichgültigkeit werden wieder lebendig.

Er fühlt den starken Wunsch sich selbst zu befreien, indem er Ben verzeiht. Doch da wird ihm bewusst: bevor er seinem Vater verzeihen kann, muss er sich selbst vergeben!

David braucht Zeit, um sich zu sammeln. Zeit, sich den Mut zu nehmen, bis er den Grabstein anschauen kann, der ein Stück weit neben dem seines Vaters steht. Er ist älter und verwittert. Und er trägt eine Inschrift mit dem Namen – MIRIAM.

Kaum hat er den Namen gelesen, überwältigt ihn ein mächtiges, ihn zutiefst erschütterndes Schuldgefühl. Zitternd geben seine Knie nach und er muss in die Hocke gehen.

Vor über dreißig Jahren starb das Mädchen, seine Schwester, im Alter von nur fünfzehn Jahren.

Und das allererste Mal nach so vielen Jahren ergreift ihn eine allumfassende Traurigkeit.

Das allererste Mal kann er sich des schrecklichen Gefühls, für immer verlassen worden zu sein, nicht mehr erwehren. Ebenso wenig wie seiner Tränen.

Wie lange er schluchzend am Grab seiner Schwester gesessen hat, weiß David nicht zu sagen.

Jedoch als die schmerzvollen Tränen einer erleichternden seelischen Erschöpfung weichen, erwachen verdrängte Erinnerungen an schöne Zeiten in ihm.

Er blickt hoch, empor zu den Baumwipfeln, hört das Rascheln der Blätter und riecht die feuchte Erde. Dann steht er auf, versucht sich zu orientieren und verlässt den Friedhof zu Fuß, um tiefer in den Wald hinein zu gehen.

Er läuft bergauf zwischen den dicht stehenden Bäumen hindurch und steigt eine felsige Anhöhe hinauf. Dort muss er weiter klettern, einen steinigen Berghang empor, bis er abfallendes Gelände erreicht.

Außer Atem blickt er sich um und sucht nach dem richtigen Weg. Da ist sie: er hat die vertraute schmale Lichtung im Wald gefunden und läuft weiter. Und gelangt endlich zu einer von Bäumen umgebenen, inzwischen verfallenen, kleinen Schutzhütte.

Er betritt die Ruine, sucht deren verwitterte hölzerne Balken ab und findet tatsächlich die Stelle, an der vor vielen Jahren drei Teenager ihre Spuren hinterlassen haben. Das Datum ist kaum mehr zu erkennen, doch die Namen, die sie in das Holz geritzt haben, sind noch immer deutlich lesbar:

„Miriam + David + Thomas were here!"

40. Vorboten

In der Koppel bei Sallys Hütte stehen ihr Reitpferd und das Maultier, die zwei Ponys von Luisa und Simon sowie die beiden Pferde und das Maultier mit denen Mike und Lukas hierher geritten sind. Es ist Nachmittag geworden.

Lukas und Sally befinden sich auf dem Dach des Stalls. Mike steht unten an der angelegten Leiter und reicht nacheinander einen Schweißbrenner, eine kleine Gasflasche, eine Rolle Dachpappe und ein Messer nach oben.

Auf dem Dach beginnen Lukas und Sally damit, die undichten Stellen zu verschließen. Eine Zeitlang arbeiten die beiden schweigend, bis sie aufschaut und mit angespanntem, prüfendem Gesichtsausdruck zum Himmel über den nahen Bergkuppen blickt. Er wartet auf das nächste Stück Dachpappe und fragt seine Tante: „Alles klar?"

„Ein sehr schweres Gewitter zieht auf."

Er lässt seinen Blick ebenfalls über den Horizont schweifen, kann jedoch keinerlei Vorboten eines Sturms entdecken.

Sally reicht Lukas das nächste Stück Dachpappe, dann schaut sie hinüber zu Simon und Luisa. Die beiden Teenager sitzen am Tisch vor der Hütte und Luisa zeigt Simon ein paar Akkorde auf der Gitarre. Sein Rangerhut liegt neben ihm auf der Bank.

Sie wendet sich wieder der Arbeit zu und hilft ihrem Neffen dabei, das nächste Stück Dachpappe anzuschweißen. Ein schnaubendes Geräusch und das Getrappel von Hufen lenken sie ab. Sally schaut hinunter zu der Koppel.

Eines der Pferde ist unruhig geworden und hat die nebenstehenden Tiere aufgeschreckt. Wieder schaut sie zu den nahen Bergkuppen. Doch am blauen Himmel sind nur ein paar kaum bedrohlich wirkende weiße Wölkchen zu sehen.

Noch bevor sich Sally wieder ihrer Arbeit zuwenden kann, kommt erneut Unruhe auf. Diesmal hört sie Simon wütend rufen: „Nein, das geht nicht!"

Er hat die Gitarre auf den Boden fallen lassen, ist aufgesprungen und schimpft mit Luisa. „Ich kann das nicht, meine Finger sind zu klein dafür! Spiel doch selber und lass mich in Ruhe!"

Luisa blickt Simon fassungslos an, sie ist sprachlos. Sie hat ihm nur zeigen wollen, wie der F-Akkord gegriffen wird, sonst nichts.

Vom Dach aus beobachtet Sally, wie Mike zu den Teenagern geht, um den Jungen zu beruhigen. Ihr Vater hebt die Gitarre auf und gibt sie Luisa. Danach geht er zu Simon, legt ihm tröstend eine Hand auf die Schulter und spricht mit ihm.

Lukas hat währenddessen in aller Ruhe weitergearbeitet und von alledem nichts mitbekommen. Er hat gerade eine weitere Schweißnaht fertig und betrachtet sie kritisch. Sally atmet tief durch, greift nach einem neuen Stück Dachpappe und bittet ihren Neffen: „Lass uns schnell machen. Ihr müsst nach Hause und ich will in meine Hütte."

In der knappen Stunde, die sie brauchen, um ihre Arbeit zu beenden, werden die weißen Wölkchen am

Himmel zu hellgrauen Wolken. Wind kommt auf und streicht durch die Baumwipfel.

Lukas hat das Arbeitsmaterial auf das zweite Maultier geladen und sitzt wartend auf seinem Pferd. Simon sattelt gerade sein Pony und Sally redet mit ihrer Nichte. Luisa nickt zustimmend mit dem Kopf und umarmt ihre Tante zum Abschied, bevor sie auf ihr Pferd steigt.

Dann kommt Sally zu Simon. Er will gerade den Sattelgurt seines Ponys nachziehen, doch sie fordert ihn freundlich auf: „Steig schon auf, ich mach das."

Er steigt auf und während sie den Sattelgurt nachzieht, gibt Sally ihrem Schützling einen Rat mit auf den Weg. „Weißt du, was ich früher gemacht habe, wenn ich mich genervt gefühlt habe? Ich hab mich in das Auto von meinem Vater gesetzt oder von jemand anderem, wenn er nicht da war. Da hatte ich meine Ruhe. Du kannst es ja heute Abend mal ausprobieren. Wenn du merkst, dass der Trubel losgeht."

Sie steckt seinen Schuh in den Steigbügel, klopft ihm aufmunternd mit der flachen Hand auf den Unterschenkel und lächelt ihn an. „Machs gut, Kollege."

Simon ist nicht nach Lächeln zumute. Er hat nicht verstanden, was sie ihm erklären wollte und schämt sich noch immer für seinen Wutausbruch. „Machs gut, Sally", erwidert er ernst.

Die Teenager sind bereit zum Aufbruch, Lukas führt das Maultier am Zügel und die drei reiten los.

Sally tritt an ihren Vater heran und legt ihm einen Arm um die Hüfte. Mike legt seinen Arm um die

Schultern seiner Tochter und schaut den drei Reitern hinterher, während sie wieder zum Himmel blickt.

Die hellgrauen Wolken sind zu dunkelgrauen Wolkenbergen geworden.

„Lass uns reingehen, Paps. Ich hab Hunger", bittet Sally und Mike folgt seiner Tochter in ihre Hütte.

41. Blitz und Donner

Auf einem Balken der verfallenen kleinen Schutzhütte sitzend hat David seine Gedanken schweifen lassen, bis ein aus der Ferne drohender Donnerschall ihn aufhorchen lässt. Er schaut auf seine Armbanduhr und sieht, wie spät es schon ist. Schnell steht er auf, verlässt die Ruine und macht sich auf den Rückweg.

Als er die schmale Lichtung erreicht, beginnt es zu regnen. Die Dämmerung bricht herein und während er durch das ansteigende Gelände läuft, wird der Regen sehr schnell stärker. Die schweren Wolken des Sturms hüllen die Berge in ein düsteres Zwielicht.

Der Regen peitscht auf David nieder und nimmt ihm die Sicht, als er an dem steinigen Berghang ankommt. Das Unwetter scheint seine ganze Stärke erreicht zu haben. Der Donner folgt ihm und er beginnt, völlig durchnässt, den Hang hinab zu klettern.

Da holen Blitz und Donner ihn ein. Das nächste Krachen dröhnt in seinen Ohren. Und dann: ein Blitzeinschlag, in seiner unmittelbaren Umgebung!

David erschrickt. Er verliert den Halt und fällt. Begleitet von dem folgenden Donnerschall rutscht er den Abhang hinunter.

Das Felsgestein ist glatt geworden durch den Regen. Er versucht sich an dem Gestrüpp, über das er rutscht, festzuhalten. Es gelingt ihm nicht.

Der Abhang wird steiler und seine Hände werden blutig, von dem Bemühen, irgendwo Halt zu finden, sich an irgendetwas festzuhalten.

Bis sein Rutschen plötzlich durch eine Felsspalte gestoppt wird: David schlägt mit dem Kopf an die Kante der Spalte und fällt besinnungslos hinein.

Über dem Felsen toben weiter Blitz und Donner und tilgen alle Spuren seines Unfalls.

Das Unwetter wütet auch über der Farm von Thomas und Anne. Es ist Nacht, das Haus ist dunkel und der Donner grollt über das Gelände, wie eine an das Ufer aufschlagende Wasserwelle im Meeressturm.

Ein Blitz schlägt mit gleißenden Zacken in das Haus ein – der Blitzableiter hat ihn eingefangen.

In Luisas Zimmer schreit Simon auf und beginnt vor Schmerzen zu jammern.

Sie wird wach und schaltet das Licht auf dem Nachttisch ein.

Der Junge liegt in ihrer Nähe auf einem Feldbett und rollt sich hin und her.

Sie springt im Schlafanzug aus ihrem Bett, läuft zu ihm und hockt sich an sein Bett. Besorgt fragt sie ihn: „Was ist los?"

„Es tut so weh! Mein Kopf tut so weh! Alles tut weh!", jammert er.

Simon presst seine Handflächen an die Schläfen und rollt seinen Oberkörper im Bett hin und her, so als ob die Bewegung den Schmerz verteilen und ihn auf diese Weise lindern kann.

Während er weiter vor sich hin jammert, erhebt sich Luisa, geht an ihren Kleiderschrank, nimmt ein

Regencape heraus und zieht es über. Dann holt sie eine Taschenlampe vom Tisch und geht zurück zu ihrem jungen Freund. „Simon, komm! Simon? Komm mit mir! Es wird dir gleich besser gehen. – Komm, bitte."

„Nein! Lass mich. Es tut so weh!"

Mit den Handflächen an seinen Schläfen rollt sich der Junge weiter im Feldbett hin und her.

Luisa fasst ihn am Arm und beschwört ihn. „Vertrau mir! Ich weiß, was wir tun müssen, damit es besser wird. Wirklich! Komm mit!"

Sie zieht immer stärker an seinem Arm, solange, bis sein Oberkörper über den Rand des Bettes hängt.

Zu den furchtbaren Kopfschmerzen gesellt sich ein Anfall von unerträglicher Übelkeit. Simon kämpft mit dem Brechreiz und kann nicht erfassen, was das Mädchen von ihm will.

Doch ihr nächster Befehl erreicht ihn. In erbarmungslosem Ton herrscht sie ihn an. „Steh jetzt sofort auf! Ich kann dich nicht tragen. Es wird gleich besser, das verspreche ich dir! Komm jetzt!"

Simon stolpert in seinem Schlafanzug und noch immer mit den Händen an seinem Kopf auf die Füße.

Luisa lässt ihn kurz los, greift nach seiner Bettdecke und klemmt sie sich unter den Arm, in dem sie die Taschenlampe hält. Mit der anderen Hand beginnt sie ihren Freund zu der Tür des Zimmers zu ziehen.

Sie hasten durch das Haus und stürzen durch die Eingangstür zu dem davor abgestellten PKW von Thomas. Um die beiden herum tobt das Unwetter und der Regen peitscht auf sie nieder.

Luisa öffnet eine der Türen, schiebt Simon auf die hintere Sitzbank und steigt ebenfalls ein. Mit einem kräftigen Schlag zieht sie die Autotür zu.

Das Prasseln der Regentropfen auf das Dach des Autos übertönt das Grollen des Sturms.

Luisa schaltet die Taschenlampe ein und leuchtet zu Simon. Er kauert mit geschlossenen Augen und schmerzverzerrtem Gesicht an der Rücklehne. Sie legt die Taschenlampe oben auf der Lehne der Rückbank ab, so dass sie das Innere des Autos beleuchtet. Dann breitet sie die Decke aus und legt sie über ihren Freund.

Tröstend redet sie auf ihn ein. „Es wird gleich besser. Wirst schon sehen. – Gleich wird es besser."

Sie lehnt sich ebenfalls mit einer Seite ihres Körpers an die Rücklehne der Sitzbank. Ergriffen, ja traurig, betrachtet sie ihren jungen Freund und wartet ab. Das erste Mal kann sie wirklich nachempfinden, wie sehr ihre Tante Sally früher gelitten haben muss.

Simons Gesichtszüge entspannen sich etwas. Sein Atem wird ruhiger. Nach einer Weile öffnet er die Augen und sucht den Blickkontakt zu Luisa. Erschöpft fragt er seine große Freundin: „Woher wusstest du das?"

Erleichtert antwortet sie ihm in sanftem Tonfall. „Das hat mit Physik zu tun."

„Ist es so kompliziert, wie die Sache mit dem Herzen?"

Luisa sucht nach einfachen Worten und beginnt

zu erklären.

„Im Gewitter sammeln sich unten in den Wolken negative Teilchen." Sie hält eine Hand, mit der Handfläche nach unten, in Brusthöhe vor sich.

„Und die ziehen die positiven Teilchen vom Erdboden an." Sie hält ihre andere Hand, ebenfalls mit der Handfläche nach unten, in die Höhe ihres Bauches.

„Die Teilchen wollen zueinander, aber sie können nicht zusammen kommen, weil die Luft sie daran hindert." Mehrmals bewegt Luisa ihre Hände ein wenig aufeinander zu.

„Mit der Zeit sammeln sich durch den Wind, den der Sturm macht, immer mehr Teilchen in den Wolken." Sie dreht die Handfläche der oberen Hand zu sich, so dass sie aus Simons Sicht breiter wird.

„Und die ziehen immer mehr Teilchen von der Erde an." Sie dreht auch die Handfläche der unteren Hand zu sich.

„Damit wird die Kraft, zueinander zu kommen, immer stärker." Wieder bewegt Luisa ihre Hände mehrmals ein wenig aufeinander zu.

„Die Luft verhindert aber noch, dass sie das schaffen. Und zwar solange, bis sich so viele Teilchen zusammen gefunden haben, dass sie gemeinsam stärker sind als die Luft. Und dann:"

Schnell dreht Luisa die Handflächen der Hände wieder nach unten und lässt die Handfläche der oberen Hand auf den Handrücken der unteren Hand klatschen.

„Blitzt es! Die Teilchen kommen zusammen, sie

vereinen sich und der Druck ist weg."

Luisa lässt ihre Hände in den Schoß sinken und wartet ab, ob Simon ihr folgen konnte.

„OK", erwidert er. „Und was hat das mit mir zu tun? Ich bin doch kein Teilchen!"

Luisa lächelt stolz. Sie hebt ihre Hände wieder vor Brust und Bauch. „Der Druck, die Anziehungskraft zwischen den negativen und den positiven Teilchen, nennt man elektrisches Feld. Und im Gewitter bist du in diesem Feld, zwischen den Teilchen, die zueinander wollen. – Sally und du, ihr könnt sie spüren!"

Erneut bewegt Luisa ihre Hände mehrmals aufeinander zu. „Wir anderen nicht."

Sie lässt ihre Hände in ihren Schoß fallen.

„Wir können die Teilchen spüren, die zueinander wollen?"

„Einfach gesagt, ja."

„Und die sind schuld an den Kopfschmerzen? Und dass mir ganz schlecht wird?"

„Ja."

„Aber dieses elektrische Feld, das ist doch jetzt noch da. Das Gewitter ist ja noch nicht vorbei. Warum spüre ich es jetzt kaum noch?"

„Weil wir jetzt in einem Käfig aus Metall sitzen, der die Teilchen quasi aussperrt."

„Das Auto?"

„Ja. Das ist ein Faradaykäfig. Und in den kann das elektrische Feld nicht eindringen."

Simon nickt zufrieden, seine Neugierde ist gestillt. Nur eine Sache versteht er noch nicht. „Ich kann mich nicht daran erinnern, dass es schon mal so schlimm war, wie heute."

„Das liegt daran, dass unser Haus aus Holz ist. Aus Holz kann man keinen Faradaykäfig bauen. Das geht nur mit Metall, wie beim Auto." Luisa hebt einen Arm, klopft mehrmals mit einem Finger gegen die Decke des PKWs und fährt fort: „In der Stadt lebt ihr in Häusern aus Beton und da sind Eisenstäbe drin. Die bilden dann auch so eine Art Faradaykäfig."

Simons Blick wird ernst. Besorgt fragt er: „Aber Sallys Hütte ist doch auch aus Holz."

„Ja", antwortet sie, „die Hütte schon."

Er blickt Luisa einen Moment lang schweigend an. Da bemerkt er, dass seiner Freundin kalt geworden ist. „Willst du mit unter die Decke?"

Die beiden Teenager ziehen die Decke über ihre Körper. Die Pause, die ihnen das Gewitter gegönnt hat, ist zu Ende. Ein neuer Blitz, begleitet von krachendem Donner, lässt sie nach draußen schauen.

„Ganz schön heftige Anziehung da draußen – zwischen den Teilchen." Begeistert betrachtet Simon dieses Schauspiel der Natur nun mit ganz anderen Augen als zuvor.

42. Einsamkeit

Eine brennende Petroleumlampe steht auf dem Küchentisch und taucht Sallys Hütte in einen matten Schein. Mike füllt Tee aus einer Kanne in einen Becher. Draußen rollt der Donnerhall über die Holzhütte hinweg. Das schwere Gewitter ist noch in vollem Gang.

Er nimmt den Becher, geht damit zu der geöffneten schmalen Tür an der Seite der Hütte und betritt den kleinen angrenzenden Raum. Darin befindet sich zum Einen die Nasszelle, bestehend aus einem Waschtisch mit Waschutensilien, Zahnbürste und Becher, einem großen hölzernen, abgedeckten Wasserbottich und einer etwa kniehohen Kiste, der Trockentoilette. Zwei Handtücher hängen an der Holzwand an Haken neben dem Waschtisch.

Mike wendet sich dem anderen Teil des Raumes zu – der metallenen Kabine eines LKW-Fahrerhauses, die losgelöst von ihrem Fahrzeuggestell, dort in einer Ecke abgestellt worden ist. Die Glasscheiben der Kabine wurden entfernt. Dafür ist über die Fensteröffnungen feiner, aber stabiler Maschendraht gespannt und festgeschweißt worden.

Der alte Mann stellt seine Petroleumlampe auf dem Waschtisch ab, betritt die Kabine durch den einzigen Zugang, die Beifahrertür, und schließt die Tür hinter sich.

Der Beifahrersitz wurde ausgebaut, Lenkrad und Armaturen entfernt und der Fahrersitz zur Mitte der Kabine gedreht. An der Decke des Fahrerhauses hängt eine brennende Petroleumlampe an einem Haken und erhellt die Kabine.

Sally hockt im Schneidersitz auf der in die LKW-Kabine eingebauten Liege und liest in einem Buch. Eine Decke und ein Kissen liegen zusammengerollt am Ende der Liege. Als ihr Vater herein kommt, legt sie das Buch zur Seite. Er reicht ihr den Becher mit Tee und setzt sich auf den Fahrersitz.

„Danke." Sie trinkt zwei Schluck, lässt den Becher in ihren Schoß sinken und hält ihn dort, nachdenklich in den Tee hinab blickend, mit beiden Händen fest.

Ernst blickt Mike zu seiner Tochter und setzt das begonnene Gespräch einfühlsam fort. „Ich verstehe, dass du ihn beschützen willst. Niemand wird Simon so gut helfen können, wie du, damit umgehen zu lernen. Die Frage ist nur, mit welchem Ziel."

Sally hebt ihren Kopf und blickt ihren Vater fragend an.

„Sein Weg muss nicht der gleiche sein, wie deiner."

Verwirrt runzelt sie ihre Stirn. „Wie meinst du das?"

Mike versucht seine Worte sorgfältig zu wählen. Er kann sich den Schmerz seiner Tochter vorstellen, wenn er ihre Hoffnung enttäuscht. Aber er will und muss ihr seine Sicht der Dinge mitteilen.

In ruhigem, aber mahnendem Ton erklärt er: „Sally, er ist nicht der Retter aus deiner Einsamkeit. So zu tun, als ob es nur diesen einen Weg für den Jungen gibt, als hier mit dir zu leben, wäre ein Verrat an seiner Zukunft. An seinen Möglichkeiten, einen eigenen Weg zu finden."

Noch beharrt seine Tochter auf ihrem Standpunkt. „Welchen anderen Weg soll es denn für ihn geben, als hier draußen zu leben?"

„Ich weiß nicht. Vielleicht mit Medikamenten, die es vor zwanzig Jahren noch nicht gab. Aber das ist seine Entscheidung und die kann anders aussehen, als deine."

Zweifelnd, fast strafend, blickt Sally ihren Vater an. Sie senkt wieder ihren Kopf.

Tränen rinnen über ihr Gesicht. Die schmerzende Sehnsucht nach Menschen, die so sind wie sie – nach einem Gefährten – ergreift sie stärker als jemals zuvor.

Mike nimmt seiner Tochter mit einer Hand den Becher aus den Händen und stellt ihn zur Seite. Mit der anderen Hand hält er eine ihrer Hände und versucht ihr Trost zu spenden.

Er teilt einen anderen Schmerz mit ihr: die Furcht, diese Welt bald verlassen und seine Tochter Sally hier einsam zurück lassen zu müssen.

43. Ohnmacht

David liegt besinnungslos auf der Seite. Nur ein schwacher Lichtstrahl dringt in das Dunkel der Felsspalte, in die er gestürzt ist. Er ist schwer verletzt. An seinem Kopf ist eine große, blutverkrustete Wunde, sein Gesicht ist dreckverschmiert und der Zustand seiner Kleidung zeugt von seinem langen Sturz über das Felsgestein.

Der unten liegende Arm ist von einer Blutlache umgeben und der aufgerissene Ärmel der Lederjacke durch das Rutschen über den felsigen Untergrund hoch geschoben worden. Ein großer offener Riss klafft in der Haut des Unterarms.

Mit einem kurzen Stöhnen erwacht David. Blinzelnd öffnet er die Augen. Er ist ohne jede Orientierung. Ganz langsam dreht er seinen Kopf in Richtung des einfallenden Lichts.

Der Blutverlust hat ihn geschwächt. Er braucht Zeit, um sich daran zu erinnern, was passiert ist.

Das Gewitter ist vorbei gezogen, es ist früher Morgen.

Ein Aufschrei begleitet seinen Versuch sich aufzurichten. Der stechende Schmerz durchfährt die Seite seines Oberkörpers, zu der hin er sich aufsetzen will. Er presst die Hand seines unverletzten Arms an die schmerzende Stelle und kann fühlen, dass drei Rippen gebrochen sind.

Mit flach an die Rippen gepresster Hand setzt er sich mühsam auf, sein verletzter Arm hängt schlaff herunter. David hat keine Kontrolle über den Unterarm. Er nimmt ihn mit der anderen Hand und legt ihn auf seinen Oberschenkeln ab. Als er die offene blutende Wunde genauer betrachtet, erkennt er, dass er den Arm abbinden muss.

Mühselig, und wegen seiner gebrochenen Rippen unter starken Schmerzen, entledigt er sich seiner Lederjacke. Stöhnend zieht er den Ärmel der Jacke hinunter über seinen verletzten Unterarm. Dann knöpft er sich das Hemd auf und wiederholt die anstrengende Prozedur.

Nun trägt er nur noch sein T-Shirt und beginnt frierend seinen verletzten Arm oberhalb des Ellenbogens und unter Zuhilfenahme der Zähne mit einem Ärmel seines Hemds abzubinden. Als er damit fertig ist, ruht er sich aus und beginnt sich umzusehen.

Die Felsspalte ist nicht sehr breit, aber verhältnismäßig lang und vor allem hoch. Das Gestein der Wände ist außerordentlich glatt und scheint keinen ausreichenden Halt zu bieten, um sich hochziehen oder abstützen zu können.

Mit schmerzverzerrtem Gesicht erhebt sich David und schlurft langsam zu einer der Wände. Er legt die abgeschürfte Hand des unverletzten Arms flach an das Gestein und blickt prüfend die Wand entlang nach oben. Mit den Fingern den Fels abtastend erkundet er die Mauern seines natürlichen Verlieses. Doch er findet nichts, keinen Halt, der es ihm gestatten würde, sich heraus zu ziehen oder nach oben zu klettern.

Angst erfasst ihn.

Mit der flachen Hand seine gebrochenen Rippen stützend schlurft David zurück an die Stelle, an der er erwacht ist. Verzweifelnd blickt er nach oben, sucht noch einmal nach irgendetwas, das ihm helfen könnte, sich zu befreien. Aber er kann nichts erkennen, außer das unerreichbare Ende der Felswände und den blassblauen Himmel zwischen den Baumwipfeln hoch über ihm.

Über der Felsspalte, die ihn verschluckt hat, liegt der noch dunkle Waldrand im Morgenlicht der aufgehenden Sonne.

Auf dem Vorplatz des kleinen Waldfriedhofes stehen neben der Triumph Bonneville drei Dienstfahrzeuge der Nationalpark-Ranger. Zwei Hunde werden aus ihren Transportkisten geholt und mit ihnen die Suche nach dem Vermissten aufgenommen.

Thomas steht mit einem der Ranger in der Nähe von Davids Motorrad. Sie beobachten, wie die Suchmannschaft vom Friedhof aus ausschwärmt. Besorgt erklärt er: „Nach dem Unwetter gestern werden die Hunde nichts finden."

Der Ranger nickt ihm bestätigend zu, bevor er geht, um sich der Suche anzuschließen.

Thomas schaut dem Mann einen Moment lang hinterher. Dann blickt er nachdenklich auf das Motorrad und fragt sich, wo sein Freund vom Friedhof aus zu Fuß hingewollt haben könnte.

Einige Stunden später bahnt sich das Licht der Mittagssonne seinen Weg durch die Baumwipfel in die Felsspalte hinein.

Frierend sitzt David mit geschlossenen Augen am Boden. Er hat die Lederjacke um seine Schultern gelegt und Kopf und Rücken an die Felswand gelehnt. Der verletzte Unterarm liegt abgestützt auf seinem Schoß. Er fühlt sich sehr schwach und hat starke Schmerzen.

Der Sonnenstrahl trifft auf den Felsboden vor ihm. Er hebt den Kopf ein wenig an und öffnet die Augen. Dem Sonnenstrahl folgend nimmt er den Kopf weiter hoch und schaut nach oben.

Ein Geräusch sucht sich, langsam lauter werdend, seinen Weg durch die hell strahlende Öffnung der Felsspalte in die Stille seines Verlieses. David runzelt zweifelnd die Stirn, das Geräusch kommt ihm vertraut vor.

Als es lauter wird, schöpft er neuen Mut: es ist das Knattern eines Hubschraubers. Er nimmt seine ganze Kraft zusammen und steht noch einmal auf. Sich mit der Hand an der Felswand abstützend tritt er in den Sonnenstrahl. Hoffnungsvoll schaut er nach oben, in das ihn blendende Licht.

Lärmend zieht ein Hubschrauber seine Kreise über den Wipfeln der Bäume. Und unten, in der Felsspalte, flüstert David erschöpft: „Hier bin ich. Hier unten."

Plötzlich löst sich der Lichtstrahl, in dem er steht, auf. Die Sonne ist weiter gezogen. Auch das Knattern des Hubschraubers entfernt sich wieder. „Bitte!", fleht David zum Himmel.

Die Ausweglosigkeit seiner Lage ergreift von ihm

Besitz. Erneut bemüht er sich eine Stelle in der glatten Felswand zu finden, die ihn nach oben führen könnte.

Schließlich schüttelt er verzweifelt den Kopf und lässt seine flache Hand mehrmals leise an das Gestein klatschen. Durstig schlurft er zurück an den Platz, an dem er gesessen hat. Er ist dem Schicksal ausgeliefert. Hilflos, ohnmächtig.

Ein Schwächeanfall lässt David zu Boden gehen, entkräftet sinkt sein Kopf an die Wand. Noch einmal fleht er: „Bitte, nicht so!"

Dann kehrt die Stille zurück in die Felsspalte.

Einige Kilometer entfernt reitet Sally, ihr Maultier am Zügel mitführend, aus dem dichten Wald hinaus auf eine Lichtung. Es ist Nachmittag und sie hat ihren Kontrollausritt für heute beendet. Ein in der Ferne kreisender Hubschrauber erregt ihre Aufmerksamkeit und sie beobachtet ihn. Nach einer Weile hält sie ihr Pferd an und runzelt besorgt die Stirn.

Sie steigt ab, geht zu dem Maultier und holt aus dessen Packtaschen den metallenen Behälter mit dem Satellitentelefon hervor. Während sie den Behälter öffnet und das Telefon in Betrieb nimmt, fliegt der Hubschrauber näher an ihre Position heran. Dort bleibt er in der Luft stehen, solange Sally mit dem Piloten spricht.

Nachdem sie sich über die Suchaktion hat unterrichten lassen, verstaut sie das Telefon wieder und geht zurück zu ihrem Pferd. Sie steigt auf und wendet Pferd und Maultier, um in die entgegengesetzte Richtung zu reiten – diejenige, in die der Hubschrauber geflogen ist und in der Ferne seine Suche fortführt.

44. Der Blick des Kranichs

Sally hat mit ihrer Suche nach David begonnen. Sie sitzt auf ihrem Pferd und schaut von einer Anhöhe aus über die vor ihr liegenden bewaldeten Hügel. Die untergehende Sonne hat den Horizont fast erreicht und lässt die Schatten der Bergkuppen lang werden.

Sie reitet im Schritt am Rand der Anhöhe entlang und sucht nach einem geeigneten Pfad, auf dem sie zusammen mit dem Maultier hinunter reiten kann. Als sie einen gefunden hat, hält sie ihr Pferd an.

Die Sonne hat den Horizont erreicht.

Mit einem melancholischen Gesichtsausdruck betrachtet Sally den Sonnenuntergang. Die einsetzende Dunkelheit wird ihr bei der nächtlichen Orientierung helfen. Sie schaut zurück auf das abfallende Gelände vor ihr. Ein langer, toter, vor Jahren von einem Blitz getroffener Baum bildet eine auffällige Markierung.

Sallys Blick verändert sich. Die Farbe ihrer braunen Augen wandelt sich in ein matt leuchtendes Blau. Sie sucht das Gelände ab und konzentriert sich dabei auf ihre visuellen Fähigkeiten.

Die Nacht bricht herein.

Mit Sallys Augen gesehen, verändert sich das Erscheinungsbild des abfallenden Geländes völlig.

Die energiereiche Strahlung aus dem Weltraum taucht den Himmel in rote Töne.

Jedwede Form von Bewegung elektrisch geladener Elementarteilchen – seien sie nun Folge schwacher biochemischer Vorgänge in den Pflanzen oder stärkerer physiologischer Aktivitäten bei Mensch und Tier – verleiht der Natur eine ungewöhnliche weiß, gelb, grün oder blau schimmernde Färbung.

Nur der tote Baum erscheint ebenso schwarz wie zuvor.

Sally hat das Gelände abgesucht. Sie hat einen Ort gefunden, zu dem sie sich begeben will, um ihre Suche fortzusetzen und beginnt den Hügel hinab zu reiten.

Feine graue, linienförmige Schwaden ziehen in fast parallelen Bahnen hoch oben am Firmament entlang – die Magnetfeldlinien der Erde. Sie flimmern ein bisschen wie Polarlichter und markieren für Sally die Nord-Süd-Richtung des Geländes.

Grün-blau schimmernd liegt der dichte Wald vor ihr. Kleine und große Tiere, die sich normalerweise im Schatten der Bäume verborgen halten, können sich vor ihren Augen nicht verstecken. Auf der einen Seite schrecken einige, in der Nähe stehende, gelborangene Rehe auf und nehmen Reißaus. Auf der anderen Seite klettert ein weiß-gelbes Eichhörnchen einen Baum hoch.

Während sie sich von ihrem Pferd den Hügel hinunter tragen lässt, sucht Sally aufmerksam das Gelände nach farblichen Schattierungen ab, die nicht in diese Umgebung gehören.

Der Hügel wird flacher und der aufsteigende Mond beginnt die bewaldeten Berge in ein fahles Licht zu hüllen.

Sally gelangt zu einem Wanderweg, den sie eine

Zeitlang entlang reitet. Geräusche aus dem Unterholz lassen ihr Pferd aufhorchen.

Eine grau-blau schillernde Schlange windet sich zur Seite und ein paar Wildschweine verbreiten einen orange-braunen Schimmer, während sie grunzend ihren Schlafplatz vorbereiten.

Der Wanderweg, den sie entlang reitet, kreuzt einen anderen Weg. Im Licht des bläulich scheinenden Mondes erregt ein Hinweisschild Sallys Aufmerksamkeit.

Sie reitet auf die Abzweigung zu, hält ihr Pferd vor einem alten hölzernen Schild an und betrachtet es nachdenklich.

Im fahlen Mondlicht weist das Hinweisschild Wanderern den Weg zu den nächstgelegenen Sehenswürdigkeiten des Nationalparks und zu den Schutzhütten.

Sally runzelt die Stirn, ein Gedanke bahnt sich seinen Weg in ihr Bewusstsein. Ihre Augenbrauen heben sich und ihr Mund öffnet sich ein wenig, so als ob sie den Namen der verfallenen Schutzhütte aussprechen will, an die sie sich gerade erinnert.

Also wendet sie Pferd und Maultier in die Richtung, in der die Hütte von hier aus liegt und reitet vom Weg hinunter in den Wald.

Auch über der Felsspalte, in die David gefallen ist, bricht die Nacht herein. Das letzte dunkle Grau der Dämmerung fällt auf ihn hinunter. Fällt auf sein verzweifeltes, tränenüberströmtes Gesicht, mit dem er zu der kaum noch erkennbaren Öffnung seines

Verlieses empor blickt. Mit kleinen, schmerzenden Schritten dreht sich David um sich selbst, so als könne die Änderung des Blickwinkels das Einfallen der totalen Dunkelheit hinauszögern.

Er nimmt wahr, wie der Zugang zu der Felsspalte in der Finsternis verschwindet und ihn nur noch pechschwarze Nacht umfängt.

Todesangst stürzt sich auf ihn. Sie zwingt ihn in die Knie und lässt ihn schließlich ohnmächtig zusammensacken.

Sally reitet währenddessen durch den Wald und nähert sich der kleinen verfallenen Schutzhütte, bei der David vom Unwetter überrascht worden war. Sie hält ihr Pferd an und betrachtet die Ruine. Dann schaut sie auf und lässt ihren Blick umher schweifen. Sie überlegt, in welche Richtung sie reiten muss, um von hier aus zum Friedhof zu gelangen und setzt ihren Ritt fort.

David liegt ohnmächtig, mit leicht angewinkelten Knien auf dem Rücken. **Seine Augen öffnen sich. Er blickt nach oben, zum Himmel. Aus der Dunkelheit bewegt sich, langsam größer und heller werdend, ein Lichtstrahl auf ihn zu.**

Die Wände seines Verlieses beginnen zu flimmern. Als der helle Lichtstrahl David erreicht, hebt er verwundert den Kopf.

Die flimmernden Wände bewegen sich auf ihn zu und vereinen sich mit der Helligkeit, die ihn umfängt.

Da reißt das Licht die Wände des Verlieses nieder und gibt den Blick frei auf ein nächtliches sternenübersätes Firmament.

David findet sich selbst in einem Canyon wieder, stehend am Rand eines sehr hohen Plateaus. Viel Zeit sich umzuschauen bleibt ihm nicht, denn er spürt, dass er eine Aufgabe zu bewältigen hat.

Er blickt hinunter in den endlos tief erscheinenden Abgrund vor ihm. Und während er noch den Mut dafür sammelt, sich hinab zu stürzen, fällt sein Blick auf seine Arme: ihm sind Flügel gewachsen!

Zwar hat er keine Vorstellung davon, wie er seine neuen Gliedmaßen gebrauchen muss, doch erscheint es nun möglich, damit nicht in den sicheren Tod zu springen. Vertrauensvoll tritt David ganz an den Rand des Plateaus.

Noch einmal blickt er hinunter. Und lässt sich dann kopfüber fallen!

Mit zunehmender Geschwindigkeit rast der steinige Boden des Canyons auf ihn zu. Bis der Aufwind unter seine Flügel greift und sie ausbreitet.

Sein Fallen verlangsamt sich. Es geht über in ein Dahingleiten. Und dieses Gleiten beginnt ihn geschwind vorwärts zu tragen. Im Zwielicht der am Himmelsgewölbe funkelnden Sterne zieht die steinige trockene Wüste des Canyons unter ihm vorbei.

Da erscheint am Horizont ein kleines, weiß

strahlendes Objekt.

Am Rande eines Berghangs, zwischen grün-blau schimmernden Bäumen, erregt ein weißes Glühen auch Sallys Aufmerksamkeit.

Sie reitet auf den Berghang zu. Das Gelände dorthin fällt steil ab. Schließlich hält sie ihr Pferd an und steigt herunter.

Vorsichtig geht sie auf den Abhang zu, um etwas aufzuheben, das sie dort in der Dunkelheit auf dem steinigen Boden gefunden hat.

Sie hält einen weiß glühenden Gegenstand in der Hand, etwa halb so groß wie ihre Handfläche. Mit ihren matt blau leuchtenden Augen beginnt sie das Gelände unterhalb des felsigen Abhangs abzusuchen.

Zwischen grün-blauen Bäumen kann sie dort jedoch nur einen orange-braunen Fuchs entdecken, der durch die Gegend streift.

Sally geht zurück zu ihrem Pferd und steigt auf. Sie blickt auf die verschmutzte digitale Armbanduhr in ihrer Hand und steckt sie ein. Dann lässt sie ihren Blick noch einmal umher schweifen und beginnt den felsigen Abhang an der weniger steilen Seite langsam hinunter zu reiten.

Aufmerksam blickt sie auf den Pfad vor sich. Der Boden unter den Hufen ihres Pferdes besteht aus größeren und kleineren Felsplatten, Geröll und Steinen.

Das Vorbeiziehen des steinigen Wüstenbodens hat sich verlangsamt. Der Erdboden wird

sandiger. Und das Strahlen des weißen Objekts am Horizont ist schwächer geworden, dafür wird es immer größer.

In der Dämmerung nimmt mitten in der Wüste ein Gebäude Gestalt an: eine Kirche, eine Kathedrale mit gewölbtem Dach.

Unaufhaltsam weiter voran schwebend nähert sich David der immer größer werdenden Kuppel. Der bedrohliche Zusammenstoß lässt sich nicht mehr aufhalten. Doch – begleitet von dem feierlichen, aufwühlenden Klang einer Orgel – löst er sich scheinbar in seine Elementarteilchen auf und strömt durch das feste Dach der Kirche hindurch in das Innere.

Er schwebt herab auf den Platz vor dem Altar und landet auf seinen Füßen. Seine Flügel haben sich zurück verwandelt und er steht dort unverletzt in Jeans und weißem T-Shirt.

Verunsichert blickt er sich in der kaum beleuchteten Kirche um.

Im Mittelgang läuft zwischen den Bänken eine Gestalt auf ihn zu. Sie trägt einen langen schwarzen Umhang mit Kapuze. Ihr Gesicht kann David nicht erkennen.

Mit jedem Schritt kommt die bedrohliche Gestalt näher auf ihn zu. Noch harrt er mutig aus, weil er nicht weiß, was seine Aufgabe hier sein wird.

Da greift die Gestalt nach ihrer Kapuze und zieht sie hinunter: Es ist Ben, sein Vater, der ihn böse anstarrt.

Erschrocken weicht David zurück. Ben kommt noch näher und zieht einen Dolch aus seinem Umhang hervor.

Noch einmal weicht David zurück. Da entdeckt er vor sich auf dem Fußboden einen zweiten Dolch und hebt ihn auf.

Die beiden Männer erheben ihre Waffen und umkreisen sich drohend. Eine neue Prüfung – und die allerletzte Gelegenheit, die Frage der Schuld zu klären.

Begleitet von der Orgelmusik und den Trommeln einer sie antreibenden Musik beginnen Vater und Sohn einen bedrohlich anmutenden Kampf. Wie Tänzer bewegen sie sich immer wieder so um einander herum, dass keiner von ihnen einen ernsthaften Stoß mit seinem Dolch ausführen kann.

Nach einer Weile vergeblichen Ringens werden die tanzenden Kämpfer müde, ihre Bewegungen langsamer. Plötzlich spüren beide eine vertraute Präsenz und halten inne. Sie schauen zum Mittelgang der Kirche.

Dort steht Miriam, das fünfzehnjährige Mädchen, und blickt die beiden Männer fragend an. Davids Verwirrung dauert nicht lange, glücklich beginnt er zu lächeln.

Er lässt seinen Dolch sinken und sieht zu seinem Vater. Erstaunt betrachtet Ben seine Tochter.

David schaut wieder zurück zu Miriam. Seine Schwester verlässt gerade die Kirche. Er lässt seinen Dolch fallen und eilt ihr hinterher.

Vor dem Eingang der Kirche breitet sich die endlose sandige Wüste aus. Alles erscheint ihm unwirklich, bis auf das, was er vor sich liegen sieht: mit weißen Tüchern bedeckte menschliche Körper sind in drei Reihen im Wüstensand abgelegt worden.

David schaut sich um. Er kann Miriam nirgendwo entdecken, also geht er zu den Körpern und beginnt dort nach ihr zu suchen. Er schreitet die Reihen ab und blickt auf die weißen Tücher hinunter. Obwohl er die Leichen durch die Tücher hindurch nicht sehen kann, spürt er, dass keine von ihnen seine Schwester ist.

Als er bei dem letzten weißen Tuch angekommen ist, blickt er ratlos auf. Im Eingang der Kirche steht sein Vater und schaut ihn entspannt an. Da hebt Ben einen Arm und deutet mit der Hand zum Horizont.

Davids Blick folgt der angezeigten Richtung. Und tatsächlich: in einiger Entfernung steht seine Schwester und winkt ihm zu.

Doch dann verwandelt sich Miriam vor seinen Augen in einen prächtigen Kranich, der mit seinen weiten Flügeln schlagend zum Himmel aufsteigt.

Auch Sally sieht einen Vogel aufsteigen. Aus einem Baumwipfel hat sich eine gelb-orange schillernde Eule erhoben und fliegt davon.

Die Rangerin ist am Ende des Berghangs angekommen und schaut dem Vogel hinterher. Sie beginnt, den vor ihr liegenden Waldrand abzusuchen und ihre matt blau leuchtenden Augen entdecken tatsächlich eine ungewöhnliche farbliche Schattierung, die nicht in diese Umgebung gehört. Sie steigt von ihrem Pferd und geht auf den Waldrand zu.

Direkt über dem Erdboden, vor den Bäumen, hält sich ein schwaches weiß-gelbes Schimmern. Während Sally darauf zu geht, wird es größer – bis sich das Schimmern schließlich direkt vor ihren Füßen befindet. Ihr Blick in die vor ihr liegende Felsspalte hinein enthüllt die weiß-gelbe Silhouette eines Menschen, der mit leicht angewinkelten Knien auf dem Rücken liegt.

Kurze Zeit später scheint das fahle Mondlicht auf ein um einen Baum gelegtes Kletterseil. Es führt zu der Felsspalte, an deren Rand Sally steht und damit beginnt, sich abzuseilen.

Mit einem Rucksack und einer, an ihrem Arm festgebundenen, großen, hell leuchtenden Taschenlampe taucht sie ab, hinunter in den schmalen Abgrund.

Als sie unten angekommen ist, löst sie das Seil aus dem Karabiner an ihrem Klettergurt und tritt an den ohnmächtig auf dem Boden liegenden David heran. Sie legt die Taschenlampe ab und prüft seinen Puls an dessen Hals. Dann begutachtet sie den abgebundenen Unterarm.

Sie nimmt ihren Rucksack ab, öffnet ihn und holt

ein Infusionsbesteck und einen Infusionsbeutel heraus. An seinem unverletzten Arm legt sie ihm die kreislaufstabilisierende Infusion an, zieht das Kletterseil zu sich und befestigt den Beutel daran.

Anschließend kniet sich Sally neben Davids Kopf, legt behutsam eine Hand flach auf seine Stirn und die andere unter das T-Shirt über seinem Herzen. Besorgt betrachtet sie den Vater ihres Schützlings und bemüht sich, durch das Auflegen ihrer Hände winzig kleine Ströme von Ladungsträgern fließen zu lassen, in der Hoffnung, dass einige dieser Träger elektrischer Ladung Nervenzellen in seinem Körper zu Aktivität anregen.

Davids Augenlider zucken ein wenig und nach kurzer Zeit blickt er einen Moment lang überrascht in das ernste Gesicht seiner Retterin, bevor er seine Augen erschöpft wieder schließt.

45. Befreit

David liegt mit geschlossenen Augen im Bett eines Krankenhauszimmers. Um seinen verletzten Unterarm trägt er einen Verband und über der Verletzung an seinem Kopf ein großes Pflaster. Sein Gesicht und seine Hände zeigen noch Spuren von Schnittverletzungen und Abschürfungen.

Es klopft an der Tür des Zimmers und er öffnet die Augen. Seine Frau Theresa, Anne, die Frau seines Freundes Thomas und Simon kommen herein. Sein Sohn trägt den Rangerhut, den er von Sally geschenkt bekommen hat. Anne hat eine Dose mit selbstgebackenen Keksen dabei und Theresa einige Zeitschriften.

David lächelt die Besucher an. Seine Frau kommt ans Bett und küsst ihn zur Begrüßung zärtlich auf den Mund. „Wie geht es dir heute?"

„Schon viel besser."

Simon ist an das Fußende des Bettes getreten, hat seine Arme auf dem Bettgestell abgestützt und die liebevolle Begrüßung seiner Eltern aufmerksam beobachtet.

Theresa legt die mitgebrachten Zeitschriften auf dem Nachttisch ab. Anne ist von der anderen Seite an Davids Bett heran getreten und überreicht ihm lächelnd die Dose mit Keksen, die er auf der Bettdecke abstellt. „Hier, damit du wieder zu Kräften kommst."

„Vielen Dank", erwidert David und begrüßt seinen Sohn. „Hallo, Kumpel. Wie gehts dir?"

Simon ist noch nicht wieder nach Lächeln zumute. Er hat sich große Sorgen um seinen Vater gemacht und so wie jetzt, verletzt im Krankenhaus, hat er ihn noch nie gesehen. Es ist ihm wichtig, David mitzuteilen, dass er sich gut in die Familie von Thomas eingelebt hat und dort Arbeiten erledigt, die seine Mutter in den letzten Monaten immer wieder von ihm gefordert hat, zu deren Ausführung er aber keine Lust hatte.

„Gut. Heute helfe *ich* Anne beim Wocheneinkauf für den Laden", beantwortet er die Frage seines Vaters. Eine kurze Gesprächspause entsteht.

„Haben dir die Ärzte schon gesagt, wann du raus darfst?", möchte Theresa wissen.

„Ja. In zwei Tagen."

„Dann würde ja nichts dagegen sprechen, wenn ich heute Abend mit Simon zurück nach Hause fliege und du Ende der Woche nachkommst?"

Bevor sein Vater antworten kann, wendet sich Simon in einem für den Jungen ungewöhnlich ruhigen und bestimmten Tonfall an seine Mutter. „Mama, ich weiß, dass du möchtest, dass Papa sich in Ruhe erholt. Das will ich auch. Und deshalb werde ich hier bei ihm bleiben und aufpassen, dass er sich auch wirklich ausruht. Und du kümmerst dich zu Hause in Ruhe um deine Fortbildung. Und wenn Papa wieder gesund ist, besprechen wir, wie es mit der Schule weiter geht. Anne, es ist dir doch recht, dass ich noch zwei Tage bei euch bleibe?"

Seine Mutter ist sprachlos, David amüsiert sich und Anne antwortet: „Natürlich."

Theresa blickt hilfesuchend zu ihrem Mann.

„Du hast den jungen Mann gehört", erwidert er schmunzelnd.

Erneut entsteht ein kurzes Schweigen, das Anne beendet, indem sie sich an Simon wendet. „Ja, also, wenn das geklärt ist, dann können wir beide uns jetzt um unseren Einkauf kümmern."

Der Junge nickt ihr zu, nimmt seine Arme vom Bettgestell herunter und richtet sich auf. „Bis morgen, Papa."

„Machs gut, David. Bis morgen. Theresa, wir sehen uns noch", verabschieden sich die beiden und verlassen das Zimmer.

David klopft mit der flachen Hand neben sich auf die Bettdecke, um seiner Frau zu signalisieren, dass sie sich zu ihm setzen soll. Sie nimmt auf der Bettkante Platz und er ergreift zärtlich ihre Hand. „Und, wie läufts mit der Fortbildung?"

„Das siehst du ja. Ich schwänze heute schon den zweiten Tag."

Sie wird ernst. Mit besorgtem Blick schüttelt sie die Hand ihres Mannes ein wenig und verleiht damit ihrer Betroffenheit Ausdruck. „Das hat mich schon mitgenommen. Die Nachricht, dass du vermisst wirst. Dass ich dich vielleicht niemals wiedersehe. – Ich weiß nicht, ich frage mich inzwischen, ob ich mich richtig entschieden habe."

„Dich um deine Kariere zu kümmern?"

„Mich *nur* um meine Kariere zu kümmern."

David lächelt. Das ist die Frau, die er einmal geheiratet hat: mitfühlend und auf die Familie bedacht. Er beruhigt Theresa. „Das passt schon."

„Ich freu mich schon auf dich. Auf die Dauer ist das Haus ein bisschen zu leer für mich."

Fürsorglich streicht Theresa mit der Hand über das zerkratzte Gesicht ihres Mannes. Und David genießt ihre lang vermisste zärtliche Zuwendung.

46. Elektrosensibilität

Simon sitzt auf einer Bank am Tisch vor Sallys Hütte und spielt ein paar einfache Akkorde auf ihrer Gitarre. Sein Rangerhut liegt auf dem Tisch. Übereck sitzt die junge Frau in Jeans und Sweatshirt und hört ihm lächelnd zu. Als er mit seinem Spiel fertig ist, schaut er erwartungsvoll zu ihr auf.

„Das war sehr schön!"

„Na ja, ich weiß nicht. Vielleicht wünsche ich mir zu Weihnachten eine Gitarre. Dann kann ich mehr üben."

„Gute Idee."

Simon nimmt die Gitarre vom Schoß, stellt sie auf dem Boden ab und lehnt deren Hals an die Bank. Unvermittelt beginnt er ein Gespräch über das Thema, das ihn zurzeit am meisten beschäftigt. „Ist es ein Fluch oder ist es eine Gabe?"

Sally braucht einen Moment, um sich auf die neue Situation einzustellen. Sie erwidert seinen Blick. „Was glaubst du?"

„Ich weiß nicht. Einerseits zwingt es dich, hier draußen zu leben, wo keine von Menschen erzeugten elektromagnetischen Felder sind. Aber andererseits hat es dir geholfen, meinen Vater zu finden."

„Also, ist es irgendwie beides? Fluch und Gabe."

„Aber es wär doch schön, wenn du irgendwas machen könntest, damit du bei deiner Familie leben kannst."

Sally antwortet ihm ganz ehrlich. „Ja, Simon. Das wäre es."

„Mhm. – Ich möchte gerne meine Schnitzerei fertig machen."

„Na klar. Hol dir, was du brauchst."

Sie lässt ihn in die Hütte laufen, atmet tief durch und greift nach der Gitarre, um selbst darauf zu spielen. Und einen glücklichen kurzen Nachmittag lang begleitet ihr melancholisches Folkpicking den Jungen bei der Fertigstellung seiner Schnitzerei.

Am Abend des gleichen Tages betreten Thomas und Simon das Elternhaus von David und gehen zur Küche. Hellen ist dabei, das Abendbrot für sich und ihren Sohn vorzubereiten. Ihr Enkelsohn hat ein kleines Päckchen in der Hand und begrüßt sie in angemessener Weise. „Guten Abend, Großmama. Ist mein Papa oben?"

„Guten Abend, Simon. Ja, er ist oben."

Der Junge läuft zur Treppe, während Thomas die Küche betritt. „Guten Abend, Hellen. Wir bleiben nicht lang."

Mit dem kleinen Päckchen in der Hand geht Simon den Korridor im ersten Stock entlang. Er will zum Gästezimmer, bemerkt jedoch, dass die Tür des Zimmers davor einen Spaltbreit offen steht. Bisher waren hier immer alle Zimmertüren geschlossen und seine Neugierde ist geweckt. Er bleibt vor der angelehnten Tür stehen und schaut vorsichtig durch den offenen Spalt in das Zimmer hinein.

Sein Vater sitzt auf der Kante eines Bettes, hält eine Puppe in den Händen und betrachtet sie gedankenverloren. Er trägt noch einen dünnen Verband an seinem verletzten Unterarm und ein kleines Pflaster über seiner Kopfwunde.

Simon drückt die Tür langsam auf, so weit, dass er einen Schritt in das Zimmer hinein gehen kann. Etwas verunsichert spricht er seinen Vater an. „Hallo, Papa."

Überrascht blickt David auf. Sein Sohn geht ein paar Schritte weiter, bis in die Mitte des Zimmers und schaut sich um.

Es ist ein altmodisches Mädchenzimmer. An den Wänden hängen zwei Poster, eines von den „Bee-Gees" aus der Zeit Ende der 70er Jahre und ein Plakat zur TV Miniserie „Roots". In einem Regal stehen Schallplatten und ein Plattenspieler. Auf dem Bett liegen Puppen verschiedener Größe. Ein Nachttisch, ein Kleiderschrank, ein Schreibtisch mit Stuhl und ein Wandspiegel ergänzen die Zimmereinrichtung, an der seit etwa dreißig Jahren nichts verändert worden ist.

Als David bemerkt, dass sein Sohn die Puppe in seinen Händen betrachtet, legt er sie wieder zurück auf das Kopfkissen.

Simon spürt, dass etwas mit seinem Vater anders ist als sonst. Neugierig, aber ohne ihn zu bedrängen, fragt er ruhig: „Wessen Zimmer ist das?"

Einen Moment lang betrachtet David seinen Sohn und überlegt, ob er sich einlassen soll auf das, was jetzt möglich erscheint. Beklommen beginnt er, Rede und Antwort zu stehen. „Das ist Miriams Zimmer." Er reagiert auf seinen fragenden Blick. „Das war meine Schwester."

Gefühlvoll setzt Simon das Gespräch fort. Von einer Tante väterlicherseits hat er noch nie etwas gehört. „Wo ist deine Schwester?"

„Sie lebt nicht mehr. – Sie ist vor vielen Jahren gestorben." David senkt den Kopf.

Simon betrachtet ihn. Er spürt, dass sein Vater sehr traurig wird und geht zu ihm. Mit dem Päckchen in der Hand setzt er sich neben ihn auf das Bett und schaut ihn von der Seite an, während er die nächsten Fragen stellt.

„Wie alt war sie denn?"

David hält seinen Blick noch immer gesenkt. „Fünfzehn Jahre."

„Das ist so alt, wie Luisa jetzt ist?"

„Ja."

„Und warum ist sie gestorben?"

Es fällt ihm noch immer sehr schwer darüber zu sprechen. Er atmet tief durch und blickt auf, ohne wirklich wahrzunehmen, was sich vor ihm befindet.

„Wir hatten einen Motorradunfall."

„Du und Miriam?"

„Ja."

„Und dabei ist sie gestorben?"

David nickt mit dem Kopf.

„Und warum?"

„Ein LKW hat uns angefahren. Nur ganz knapp, an einer Ampel, auf einer Kreuzung. Der Fahrer war von der Sonne geblendet und hat uns nicht gesehen. Und das rote Licht an seiner Ampel auch nicht."

„Auf dem Motorrad, das wir repariert haben?"

Er nickt. Sein Kopf senkt sich wieder und ein

paar Tränen rinnen über seine Wangen.

Simon sieht die Tränen. Schweigend legt er das Päckchen zur Seite auf das Bett und steht auf. Er stellt sich vor seinen Vater und tröstet ihn, indem er seine Arme um dessen Schultern legt.

David schämt sich, vor seinem Sohn zu weinen. Doch seine liebevolle Reaktion berührt ihn auch sehr. Er blickt zu Simon auf.

„Danke, mein Sohn."

Da schaut Simon zur Seite auf das Bett und kann nicht anders, als seine Lebensfreude mit seinem Vater zu teilen.

„Ich hab doch ein Geschenk für dich!"

Er löst die Umarmung, nimmt das Päckchen vom Bett und gibt es ihm. „Das habe ich ganz allein gemacht!"

David löst das schlichte Packpapier von seinem Geschenk: Es ist ein kleines Brett aus Holz, in das die Silhouette eines Motorrades geschnitzt wurde, auf dem zwei Menschen sitzen.

Überwältigt von dem Zusammentreffen der Ereignisse versagt ihm die Stimme.

Simon schaut stolz zu seinem Vater. „Gefällt es dir?"

David fasst seinen Sohn behutsam am Arm und zieht ihn neben sich auf das Bett, um ihm einen Arm um die Schultern zu legen. Noch einmal rinnen ein paar Tränen über seine Wangen und er nickt bestätigend mit dem Kopf.

Simon legt seinen Kopf an Davids Brust und genießt lächelnd diesen Moment der innigen Verbundenheit – zwischen einem Jungen, der groß geworden ist und einem Vater, der seine Jugend wieder gefunden hat.

Viel zu schnell endet dieser kostbare Augenblick.

„Papa, ich muss gehen. Thomas wartet auf mich. Anne macht heute Hamburger zum Abendessen."

Mit einem Kopfnicken und einem melancholischen Lächeln lässt David seinen Sohn gehen. Hin- und hergerissen zwischen Stolz und Abschiedsschmerz, aber voller Liebe blickt er ihm hinterher.

An der Zimmertür dreht sich Simon noch einmal kurz um und winkt seinem Vater lächelnd zu, bevor er den Raum verlässt.

Später am Abend hat sich David im Wohnzimmer an den Esstisch vor seinen Laptop gesetzt und surft im Internet. In seine Suchmaschine gibt er den Begriff „Elektrosensibilität" ein und ist überrascht über die große Anzahl von Dokumenten und Internetseiten, die ihm angeboten werden.

Er klickt sich durch einige der Seiten und beginnt zu lesen. Bis spät in der Nacht sitzt er vor seinem Laptop und studiert Dokumente, in denen gesundheitliche Beeinträchtigungen durch elektromagnetische Felder beschrieben werden.

47. Gabe oder Fluch

Luisa und Simon stehen mit David an einem Fluss im Wald. Er trägt noch einen dünnen Verband an seinem verletzten Unterarm, aber kein Pflaster mehr über der noch nicht ganz verheilten Wunde am Kopf. Luisa hat ihre Angel bereits ausgeworfen und schaut zu, wie David seinem Sohn bei den Vorbereitungen hilft, ebenfalls eine Angel auszuwerfen. Simon hat seinen Rangerhut auf und beobachtet seinen Vater.

Ein paar Schritte entfernt sitzt Sally in Uniform auf einer Decke auf dem Erdboden, den Rücken an einen Baum gelehnt und verfolgt das Geschehen am Ufer des Flusses. Als Simon seine Angel ausgeworfen hat, schaut David ihm noch einen Moment lang zu. Dann kommt er zu der jungen Frau und setzt sich zu ihr auf die Decke.

Er beginnt das Gespräch, wegen dem er hierher, zu der Schwester seines Freundes, gekommen ist. „Ich möchte dir danken, für alles, was du für meinen Sohn getan hast."

Sally zuckt mit den Schultern. „Ich hab nicht viel gemacht."

Die beiden Teenager lachen laut auf. Luisa hat sich wieder einmal irgendeinen Spaß erlaubt.

David schaut kurz zu seinem Sohn und blickt zurück zu Sally. Erwartungsvoll setzt er das Gespräch fort. „Was hat es auf sich mit dieser Elektrosensibilität?"

Ihr ist heute nicht danach zumute, sich mit einem

Skeptiker auseinander zu setzen und sie versucht, das Thema sofort wieder zu beenden. „Nichts. Nur Hokuspokus."

David weiß, dass er das selbst verbockt hat und versucht der jungen Frau zu vermitteln, dass sich seine Einstellung verändert hat. „Was Simon mir erzählt hat, klingt nicht nach Hokuspokus. Und was du für mich getan hast, ist es ja wohl auch nicht."

Nach wie vor schaut Sally zu den Teenagern und reagiert nicht.

„Ich hab im Internet recherchiert."

In spöttischem Tonfall lässt sie sich nun doch auf Davids Bemühungen ein. „Und, hast du irgendwelche Beweise gefunden, die dir weiterhelfen?"

„Nein, das nicht. Thomas hat mir erzählt, dass du eine Zeitlang im Krankenhaus gewesen bist, als du so alt warst wie Simon. In einem Universitätsklinikum, bei Ärzten, die deine Gabe wissenschaftlich untersucht haben."

Das Gespräch nimmt eine Wendung, die ihr zu persönlich ist. Es sind keine angenehmen Erinnerungen, die sie an die Zeit als Teenager hat. „Es ist keine Gabe, es ist ein Fluch!"

Sallys Bemerkung macht David bewusst, wie schwer es für sie ist, über dieses Thema zu sprechen. Er bemüht sich um einen einfühlsameren Ton. „Was ist bei diesen Untersuchungen heraus gekommen?"

„Nichts. Außer, dass sie bestätigt haben, was ich eh schon wusste."

„Dass du elektromagnetische Felder spüren kannst?"

„Das. Und mehr."

David betrachtet Sally, die bisher seinem Blick ausgewichen ist und zu den angelnden Teenagern schaut. Er hat den Eindruck, dass die junge Frau nachdenkt, einen Gedanken formuliert und wartet ab.

„Als mir klar wurde, dass die ganzen Untersuchungen nichts ändern würden – für mich nichts ändern würden –, bin ich gegangen."

Er lässt ihr Zeit, in der Hoffnung, dass sie weiterspricht.

„Ich hab aufgehört nach Erklärungen zu suchen. Sie helfen nicht. Sie lösen nicht das Problem."

David fühlt Mitleid mit der jungen Frau, doch er hat ein sehr wichtiges Anliegen und spricht es offen an. „Ich kann nicht aufhören. Ich habe einen Sohn, für den ich mir ein anderes Leben wünsche, als eines außerhalb der Gesellschaft."

Wie soll sie Simon einen Weg weisen, von dem sie selbst nichts weiß? Sally lehnt Davids Verlangen entschieden ab. „Da kann ich dir nicht bei helfen."

Sie schweigen eine Zeitlang. David beschließt, noch nicht aufzugeben. „Warum bist du nicht daran interessiert, dazu beizutragen, dass diese Fähigkeit genauer erforscht wird. Das wäre doch auch in deinem Sinne, wenn Elektrosensibilität exakt diagnostiziert werden könnte. Simon und du, ihr seid doch bestimmt nicht die Einzigen. Es wird doch auch noch andere Menschen geben, die bis jetzt noch gar nicht wissen, woran sie eigentlich leiden. So stark, wie es bei dir ausgeprägt ist, könntest du doch Wesentliches zur Aufklärung beitragen!"

Sally ist seinem Blick bisher ausgewichen. Doch nun schaut sie David wütend an und antwortet ihm aufgebracht. „Wozu? Um eine neue menschliche Spezies klassifizieren zu können? Und dann? Übernehmen wir die Welt und stürzen euch Normalos zurück ins Mittelalter? Oder schlimmer: Ihr sperrt uns in irgendeine Art von riesigem Faradaykäfig, damit wir eure Zivilisation nicht stören? Und die, die noch nicht geboren sind, sortiert ihr vorher aus, wenn ihr erst mal wisst, auf welchem Gen dieser Defekt sitzt? Nein!"

Ihre Worte verstärkend schüttelt sie den Kopf. Als ihr bewusst wird, dass sie die Fassung verloren hat, blickt sie wieder zu den Teenagern und versucht sich zu beruhigen.

David beginnt zu verstehen, dass er sich mit der Thematik intensiver befassen muss. Sally lebt seit mehr als dreißig Jahren damit, anders zu sein, als alle anderen Menschen um sie herum. Er lässt sie nicht aus den Augen und überlegt, wie er das Gespräch fortführen kann. „Bei Simon scheinen mir die Symptome noch nicht so stark zu sein, wie bei dir. Thomas hat mir erzählt, dass du im Laufe der Zeit empfindlicher geworden bist."

Sally antwortet in herablassendem Ton, sie möchte das Gespräch zu einem Ende führen. „Es ist eben wie bei jeder anderen Fähigkeit, etwas wahrzunehmen. Sie entwickelt sich mit der Zeit."

Noch einmal versucht David die junge Frau davon zu überzeugen, ihn zu unterstützen und bittet sie in eindringlichem Ton: „Ich möchte doch nur meinem Sohn helfen. Wenn du mir mehr darüber erzählen könntest, wie ..."

Er wird unterbrochen. Aufgeregt ruft sein Sohn: „Ich habe einen! Papa, ich hab einen!"

Simon hat noch nie zuvor geangelt. Vor lauter Aufregung hält er die Steckrute beim Anziehen der Angelschnur nicht fest genug und verliert sie beim Drehen der Rolle aus den Händen. „Oh nein! Papa?"

Der Fisch an der Angel muss ziemlich groß sein, denn er zieht die Steckrute in den Fluss hinein.

Simon schaut sich hilfesuchend zu seinem Vater um. Luisa legt ihre Angel auf den Boden und geht zu ihrem jungen Freund, um sich das Missgeschick von Nahem anzusehen.

Die beiden Teenager blicken über den Fluss und deuten plötzlich, jeder mit einem ausgestreckten Arm, auf das Wasser.

Erneut wendet sich Simon hilfesuchend an seinen Vater. „Papa, die Angel hat sich auf dem Felsen da vorne verklemmt!" Er reißt die Arme weit auseinander, um die Größe des Fisches anzuzeigen. „Der war so groß! Der ist bestimmt noch am Haken."

Da steht David auf und geht zu seinem Sohn, während Sally die drei von ihrem Platz aus beobachtet.

Er geht zu den Teenagern und lässt sich zeigen, wo sich die Angel verklemmt hat. Simon setzt sich auf den Boden und beginnt damit, sich die Schuhe auszuziehen. Doch David hat Sorge, dass sich sein Sohn in der Strömung und dem steinigen Flussbett verletzen könnte. „Lass mich das machen. Ich weiß nicht, wie tief der Fluss dort ist."

In aller Ruhe knöpft er sein Hemd auf, zieht es aus und legt es zur Seite auf den Boden. Danach zieht er sein T-Shirt aus und legt es zu seinem Hemd. Während Simon seine verlorene Angel im Auge behält, geht Luisa zurück zu ihrer Steckrute, hebt sie auf und angelt weiter.

Im Stehen zieht David auch Schuhe und Socken aus und legt sie zu den anderen Kleidungsstücken. Schließlich öffnet er den Gürtel, knöpft seine Jeans auf, zieht den Reißverschluss des Hosenschlitzes herunter und streift seine Jeans ab. Entblößt bis auf seine bunte, bequeme Unterhose setzt er seinen Fuß vorsichtig in das kalte Wasser des Flusses.

Aufmerksam hat Sally beobachtet, wie Simons Vater sich Stück für Stück entkleidet.

Plötzlich wird sie sich ihres sinnlichen Begehrens bewusst und schämt sich. Verlegen schließt sie die Augen und wendet den Kopf zur Seite, um nach ihrem Hut zu greifen.

Bis zu den Hüften geht David in den Fluss und holt die Angel aus dem Felsgestein. Der Fisch ist jedoch nicht mehr am Haken.

48. Der sechste Sinn

Am Vormittag des folgenden Tages sind Vater und Sohn in die nächste Kleinstadt gefahren, um dort eine Bibliothek zu besuchen. David steht zwischen zwei hohen Regalen, hält ein Buch in den Händen und liest darin. Es trägt den Titel „Schirmung von Räumen – Schutz vor elektrischen und magnetischen Feldern". Er blättert einige Seiten weiter, dann schließt er das Buch und bringt es zum Ende des Regals. Dort legt er es auf einen Tisch zu einem anderen Buch, auf dem steht: „Abhörsichere Räume – Dämpfung elektromagnetischer Signale".

Er blickt den Gang zwischen den Bücherregalen hinunter, um nach seinem Sohn zu sehen.

Simon sitzt an einem Tisch, vor dem Monitor eines PCs und liest aufmerksam, was dort auf dem Bildschirm steht. Unter dem Tisch wippen seine Beine auf und ab.

David geht zurück an die Stelle zwischen den Regalen, an der er zuvor gestanden hat und sucht nach weiteren Büchern.

Konzentriert schaut Simon auf den Bildschirm und betätigt die Bild-ab-Taste der Tastatur, um den Text vor sich weiterlesen zu können. Es ist ein populärwissenschaftlicher Artikel mit dem Titel „Der Magnetsinn der Zugvögel".

Darin wird beschrieben, dass sich dieser – sechste – Sinn im Auge der Vögel befindet. Über Blaulichtrezeptoren, lichtempfindliche Nervenzellen, in der Netzhaut können sie das schwache Magnetfeld der

Erde als visuelles Raster erkennen. Bei nachtziehenden Zugvögeln ist dieser Sinn in der Dunkelheit aktiv und ermöglicht es ihnen, sich während des Fluges magnetisch, wie mit einem organischen Kompass, zu orientieren. Zwei Abbildungen veranschaulichen die wissenschaftlichen Erkenntnisse.

David hat kein weiteres Buch gefunden, das ihm bei seinem Vorhaben nutzen kann und nimmt die beiden Bücher vom Tisch vor dem Regal. Auf dem Weg zu dem Tresen, an dem die Bücher ausgeliehen werden können, schaut er wieder nach seinem Sohn.

Simons Beine wippen noch immer auf und ab. Während er weiter auf den Bildschirm schaut, verzieht er sein Gesicht ein wenig und reibt sich mit der flachen Hand über seine Stirn.

David geht zu ihm und legt Simon von hinten eine Hand auf die Schulter. Fürsorglich fordert er ihn auf: „Komm, es ist Zeit für eine Pause."

Er blickt hoch zu seinem Vater, steht auf und folgt ihm zum Tresen, um die beiden Bücher auszuleihen.

Am Nachmittag erklingt in Davids Auto wieder die Rock-Ballade „Telegraph Road". Er sitzt allein in seinem Van und fährt eine Autobahn entlang.

Nach einer Weile stellt er die Lautstärke der Musik leiser und nimmt sein Handy zur Hand. Er betätigt ein paar Tasten und hält es dann an sein Ohr. Er hat die Nummer seines Geschäftspartners gewählt, erreicht allerdings nur dessen Mailbox.

„Hallo, Mark. Ich hab heut Mittag schon mal versucht, dich zu erreichen. Ich wollte dir sagen, dass ich mich entschieden habe. Ich bin einverstanden mit der Kreditaufnahme und der Hypothek auf unsere Häuser. Allerdings zu etwas veränderten Bedingungen. Ich brauche Geld für ein privates Projekt. Ich übernachte heute zu Hause. Ruf mich bitte zurück und sag mir Bescheid, wann wir morgen zur Bank gehen können."

David beendet den Anruf, betätigt eine Taste seines Handys und legt es zurück. Anschließend stellt er die Musik wieder laut und fährt so schnell es geht heimwärts.

Spät in der Nacht sitzt Theresa in bequemer Kleidung zu Hause an ihrem kleinen Schreibtisch vor dem Laptop. Daneben liegen eine aufgeschlagene Mappe mit Schulungsmaterial, ein Block Papier und ein paar Stifte. Sie trägt ihre Lesebrille, schaut auf den Bildschirm und tippt auf der Tastatur einen Text in das Versicherungsprogramm, mit dessen Bedienung sie sich zurzeit vertraut macht. Plötzlich hört sie ein Geräusch. Die Haustür wird geöffnet und wieder geschlossen.

Ein Lächeln huscht über ihr Gesicht. Theresa nimmt ihre Brille ab, legt sie neben die Tastatur und steht auf.

David betritt mit einem kleinen Rucksack in der Hand den Raum. Erschöpft von der langen Fahrt und gespannt auf die Begrüßung durch seine Frau schaut er sich um. Sie kommt ihm mit einem erfreuten Lächeln entgegen.

David stellt den Rucksack auf den Boden, erwidert ihr Lächeln und öffnet seine Arme. Theresa kommt zu ihm und lässt sich von ihm in die Arme schließen. Nach dem ersten innigen Moment der Begrüßung hebt sie ihren Kopf, um ihrem Mann zu zeigen, dass sie ihn küssen möchte. Ein Wunsch, den er ihr zärtlich erfüllt.

„Ich hab dich vermisst", flüstert sie ihm zu.

„Ich dich auch." Noch einmal küssen sie sich, leidenschaftlicher als zuvor.

David spürt den sich ergebenden günstigen Moment für die herbeigesehnte Nacht. Doch er hat ein kleines Problem, das er seiner Frau sanft mitteilt: „Ich bin ohne Pause durchgefahren. Ich hab schrecklichen Hunger!"

Theresa lächelt ihren Mann an. „Es ist alles vorbereitet."

Sie führt ihn an der Hand in die Küche zum Esstisch, den sie übereck feierlich gedeckt hat. Während er sich setzt, holt seine Frau das vorbereitete und im Backofen warm gehaltene Essen.

David öffnet die auf dem Tisch stehende Flasche Rotwein und schenkt sich und Theresa etwas ein. Mit Topflappen in den Händen stellt sie die Schale mit Auflauf auf den Tisch, legt die Lappen zur Seite, nimmt den bereits auf dem Tisch liegenden großen Löffel zur Hand und lässt sich Davids Teller reichen. Erfreut schaut er zu, wie seine Frau ihm und sich selbst das Essen auf die Teller füllt. Sie setzt sich und wünscht ihm einen guten Appetit.

„Danke, mein Schatz. Das sieht sehr lecker aus."

Sie beginnen zu essen. Zärtlich ergreift er ihre Hand und hält sie fest, während er weiter isst.

Theresa sucht den Blickkontakt zu ihrem Mann. Einen Moment lang schauen sie sich vertrauensvoll in die Augen, bis sie interessiert fragt: „Wie geht es dir?"

David lächelt seine Frau an. „Es geht mir gut. – So gut, wie lange nicht!"

„Wie lange bleibst du?"

„Leider nur bis morgen", antwortet er. „Aber du kommst doch nächstes Wochenende?"

„Auf jeden Fall", bestätigt Theresa.

Liebevoll streicht David mit seinen Fingerspitzen über die Hand seiner Frau. In Vorfreude auf die vor ihnen liegende Nacht lächeln sie sich noch einmal an und essen weiter.

Am nächsten Vormittag verlassen David und sein Geschäftspartner die Bank. Mark trägt einen Aktenordner in der Hand und lächelt befriedigt. „Na, das hat ja alles perfekt geklappt!"

Nebeneinander gehen sie zum Parkplatz vor dem Gebäude. Neugierig fragt Mark: „Und was du vorhast, willst du mir nicht verraten?"

David ist in angespannter Aufbruchsstimmung. „Ich erzähls dir, wenns geklappt hat."

Sie sind bei ihren nebeneinander stehenden Autos angekommen. „Dann sehen wir uns nächste Woche?"

„Wir sehen uns nächste Woche", bestätigt David freundlich.

Mark reicht seinem Geschäftspartner zum Abschied die Hand. „Pass auf dich auf."

Während sie zu ihren PKWs gehen, holen die beiden Männer ihre elektronischen Autoschlüssel hervor und betätigen deren Druckkontakte. Die beiden Fahrzeuge reagieren mit kurzen akustischen Signalen der Hupe sowie optischen Signalen der Scheinwerfer und entriegeln die Türen. David steigt in seinen Van, Mark in seinen Sportwagen, beide Autos werden gestartet und verlassen nacheinander den Parkplatz.

49. Ein richtiger Faradaykäfig

Vor und in der Garage von Davids Elternhaus stehen neben dem Auto von Ben und Hellen, Davids Van, Mikes Pickup, Thomas PKW und das Auto der Nachbarinnen. Die unmittelbare Umgebung des Hauses hat sich in eine Baustelle verwandelt.

Zwischen den schattenspendenden Bäumen liegen auf einer Palette Spanplatten zur Verlegung auf dem Fußboden, daneben aufeinander gestapelte Holzlatten und eine Kreissäge. Simon steht an den beiden vor dem Stapel aufgestellten Böcken und sägt von einer Holzlatte, die darauf liegt, ein kurzes Stück mit einer Handsäge ab.

Im Hintergrund, auf der gepflegten Rasenfläche, befinden sich, mit Plastikplane abgedeckt, die Esszimmergarnitur und das Sideboard aus dem Wohnzimmer. An die Veranda des Hauses gelehnt stehen, noch in Folie verschweißt, neue Fenster für das Wohnzimmer und eine Zimmertür aus Aluminium.

Ein großer LKW kommt herangefahren und hält auf der Landstraße vor dem Grundstück. Der Beifahrer steigt aus und geht auf Simon zu, der inzwischen das kurze Stück Latte abgesägt hat. Er hält das Holz in der einen und die Säge in der anderen Hand und blickt dem LKW-Beifahrer gespannt entgegen. „Ist dein Vater da?"

„Ja", antwortet er sofort.

„Dann hole ihn mal her. Sag ihm, seine Lieferung ist da."

Er legt die Handsäge auf den Boden und läuft mit

dem kurzen Stück Latte in das Haus seiner Großmutter.

Auf dem Fußboden des Flures ist Plastikplane
ausgelegt. Simon hört das Geräusch eines Akku-
schraubers. Mit dem Stück Holz in der Hand läuft er
in die Küche, in der die beiden alten Nachbarinnen
damit beschäftigt sind, Mittagessen für zehn Personen vorzubereiten.

„Ist mein Papa hier?"

„Nein, Simon", erwidert die Jüngere. „Schau mal
nebenan nach."

Er läuft zum Wohnzimmer. Es ist vollständig
leergeräumt, auch die Zimmertür wurde entfernt.
Mike montiert gerade einen Heizkörper ab, während
Thomas und Lukas damit beschäftigt sind, eine Un-
terkonstruktion aus Holzlatten an die Decke, die
Wände und auf den Fußboden zu montieren.

Die hintere Hälfte des Raumes ist bereits vollständig mit Latten ausgekleidet. Als Simon das
Wohnzimmer betritt, stehen Thomas oben auf einer
Leiter und Lukas unten auf dem Fußboden und befestigen mit ihren Akkuschraubern eine Latte senk-
recht an der Wand.

Er geht zu den beiden Männern und wartet, bis
sie ihre lärmende Tätigkeit beendet haben. Dann
hält er Thomas das von ihm zugesägte kurze Stück
Holzlatte entgegen und fragt ihn: „Wo soll ich das
hintun?"

„Leg es einfach auf den Fußboden, zu den Papp-
schachteln mit den Schrauben."

„Weißt du, wo Papa ist?"

„David ist oben."

Simon legt das Holzstück auf den Fußboden und verlässt das Wohnzimmer. Er läuft zurück in den Flur, die Treppe hoch und den Korridor im den ersten Stock entlang. Die Tür zu Miriams Zimmer steht offen und er schaut hinein.

Die Einrichtung des Zimmers hat sich sehr verändert. Anstelle der Möbel des Mädchenzimmers stehen dort jetzt ein Teil der Couchgarnitur mit Tisch, die Vitrine und der alte große Röhrenfernseher aus dem Wohnzimmer. Statt der Poster hängt eines der kitschigen Bilder an der Wand. Und in der Vitrine befinden sich jetzt Miriams Puppen sowie einige der Fotos von ihr, die vorher im Wohnzimmer standen.

Luisa und Hellen sind damit beschäftigt, Miriams Sachen in Pappkartons zu räumen, um Platz zu schaffen für Gegenstände, die sich zuvor in der Schrankwand des Wohnzimmers befanden.

„Ist Papa hier?", fragt Simon.

„Dein Vater ist nebenan", antwortet Luisa.

Er läuft zum Gästezimmer und geht hinein.

David sitzt auf der Kante eines der beiden Betten und betrachtet auf der Bettdecke ausgebreitete Konstruktionsskizzen und Detailzeichnungen zum Einbau von Fenstern, einer Tür sowie eines Zu- und Abluftkanals.

„Papa, da ist ein großer LKW gekommen."

Sein Vater schaut auf. „Ich komme."

Als David und Simon auf die Veranda des Hauses hinaus treten, haben der LKW-Fahrer und sein Beifahrer bereits mehrere große Holzkisten am Straßenrand abgeladen. Mit einem Hubwagen laden sie die restlichen Holzpaletten aus, auf denen sich große kupferfarbene Rollen befinden. Aus seinem Van holt David eine Brechstange und geht damit zu dem LKW.

Während Simon seinen Vater von der Veranda aus beobachtet, kommt Luisa aus dem Haus und bleibt neben ihm stehen. Mit der Brechstange öffnet David eine der großen Holzkisten, so dass auch die beiden Teenager deren Inhalt erkennen können. Ein Stapel übereinandergelegter, dünner, großflächiger, silberner Metallplatten befindet sich darin.

Zufrieden stellt Luisa fest: „Platten aus Eisen und Rollen mit Kupfervlies."

„Wozu sind die?", fragt ihr junger Freund wissbegierig.

„Das Eisen schirmt die magnetischen und das Kupfer die elektrischen Felder ab", erklärt sie und lacht voller Vorfreude: „Jetzt bauen wir einen richtigen Faradaykäfig!"

Am Mittag sind vor dem Haus im Schatten eines Baumes zwei Campingtische aufgestellt worden und auf Klappstühlen sitzen Luisa, Thomas, Mike, David, Hellen, die beiden Nachbarinnen und der Rentner Danny sowie Lukas und Simon. Während des Essens herrscht eine harmonische, lebhafte Atmosphäre. Voller Tatendrang schauen Luisa, Thomas, Mike und David auf die vor ihnen auf dem Tisch liegenden Konstruktionsskizzen.

„Wenn die Eisenplatten im ganzen Zimmer lückenlos Stoß auf Stoß verlegt sind, kleben wir, wie beim Tapezieren, das Kupfervlies überlappend darauf. Schwierig wird es eigentlich nur beim Einbau der Fenster und der Tür", stellt David fest und zeigt auf eine der Detailzeichnungen. „Hier. Zwischen Türblatt und Zarge müssen Federkontakte hin, damit bei geschlossener Tür eine nahtlose Verbindung zu den Platten hergestellt wird. Wie wir das vernünftig hinkriegen, ist mir allerdings noch nicht ganz klar."

Mike nimmt sich die Zeichnung, um sie genauer betrachten zu können. Nach einer Weile erwidert er entschlossen: „Das kriegen wir hin." Dann fragt er David: „Hast du die Geräte für die Messung der Feldstärken schon bekommen?"

„Ja. Die liegen in meinem Auto."

Mehr für sich selbst, als zu den anderen nickt Mike bekräftigend mit dem Kopf und legt die Zeichnung wieder zurück.

Als es Abend geworden ist, erhellen mehrere aufgestellte Halogen-Baustrahler das Wohnzimmer des Hauses, in dem Hochbetrieb herrscht.

Der hintere Teil des Zimmers wurde an Decke, Wänden und Fußboden bereits vollständig mit dünnen Eisenplatten ausgekleidet. An einer der drei Wände fehlt noch die letzte Bahn Kupfervlies, die Lukas, der oben auf einer Leiter steht, mit der Hilfe von Danny anklebt. Auf dem Fußboden sind Spanplatten verlegt worden. An der äußeren Kante zum vorderen Teil des Wohnzimmers sind die darunter liegenden, silbrig glänzenden Eisenplatten und der darauf klebende, kupferfarben schimmernde Vliesstoff zu sehen. In einer Ecke stehen Simon und Luisa und streichen, jeder mit einer Farbrolle in der Hand, die beiden Wände hellgelb, an denen das Kupfervlies schon weiß gespachtelt und grundiert worden ist. Auf dem Fußboden in ihrer Nähe steht ein Farbeimer mit Abstreifsieb.

Im vorderen Teil des Zimmers sind die Eisenplatten bis jetzt nur an der Decke und an einer Wand montiert worden. Mike steht vor einer Fensteröffnung, aus der das alte Fenster entfernt wurde. Auf dem Fensterbrett vor ihm liegen ein Zollstock und ein Stift. Mit einer Blechschere schneidet er ein kleines Stück aus einer Platte zu, um es später zwischen Fensterrahmen und Wand einfügen zu können.

Thomas und David bringen ein paar Eisenplatten in das frühere Wohnzimmer und legen sie auf der Holzunterkonstruktion am Fußboden ab. In ihrer Nähe befinden sich zwei Blechscheren, eine Flex und mehrere Packungen mit Blechschrauben, um die Platten zuschneiden und befestigen zu können. Sie nehmen die oberste Platte herunter und bringen sie zu der Wand, an der eine zweite Leiter steht. Dort heben sie ihre Akkuschrauber vom Boden auf. Und während David die Leiter hinauf geht, balanciert er mit Thomas die Eisenplatte hochkant so an die Wand, dass sie direkt neben der letzten Platte auf die Latten der Holzunterkonstruktion geschraubt werden kann. Als die Eisenplatte richtig steht, schalten die beiden Männer ihre lärmenden Akkuschrauber ein und montieren die, magnetische Felder abschirmende, Platte an die Wand.

Mike hat das kleine Stück Eisenplatte zugeschnitten und prüft, ob die Abmessungen stimmen, indem er es an die Fensteröffnung hält. Er legt das Stück zur Seite und blickt sich um. Eine Zeitlang schaut er den Familienmitgliedern und Freunden bei ihrer Arbeit zu. Als er spürt, dass ihm Tränen der Freude in die Augen steigen, wendet er sich ab, um mit seiner Arbeit fortzufahren.

50. Das Ende der Einsamkeit

Mikes alter Pickup steht am Waldrand vor einem schmalen, steil ansteigenden Pfad, der in die Berge führt. Sally steigt zu ihrem Vater in das Auto. Sie trägt Jeans, Hemd und eine Weste und blickt ihn besorgt an. „Warum will Doktor Schwarz, dass ich komme?"

Er startet den Pickup und beginnt den holperigen Feldweg am Waldrand entlang zu fahren. Mike tut ahnungslos. „Das hat er nicht gesagt. Nur, dass ich dich so schnell wie möglich holen soll."

Kurze Zeit später fährt er vor die Garage von Davids Elternhaus und hält neben dem Auto von Hellen und dem von Doktor Schwarz. Sie steigen aus und gehen auf das Haus zu. In der unmittelbaren Umgebung deutet nichts mehr auf die Bauarbeiten hin. Es ist auch kein weiteres Fahrzeug auf dem Grundstück zu sehen.

Mike und Sally gehen die Treppe zur Veranda des Hauses hinauf. Er öffnet die Eingangstür und hält sie für seine Tochter auf. Sie betritt den Flur des Hauses, bleibt stehen und wartet mit fragendem Blick auf ihren Vater. Nachdem er die Haustür hinter sich geschlossen hat, sagt er: „Im Wohnzimmer."

Sie geht zu der angelehnten Wohnzimmertür und stutzt irritiert, denn die Tür aus Aluminium ist neu, ebenso wie der neben dem Türrahmen an der Wand hängende Sicherungskasten. Sally öffnet die Tür und betritt den Raum dahinter.

Verblüfft über die unerwarteten Veränderungen in dem früheren Wohnzimmer schaut sie sich um. Die Wände sind hellgelb und die Decke weiß gestrichen, auf den Spanplatten des Fußbodens liegen drei bunte Teppiche. Im hinteren Teil des Raumes steht ein neues Bett mit einem großen Baldachin.

Vor dem Bett stehen David und Simon. Er steht direkt vor seinem Vater und hat sich mit dem Rücken an ihn gelehnt. Aufgeregt schaut er zu Sally. David hat seine Arme von hinten um die Schultern und die Brust seines Sohnes gelegt. Auch er ist sehr gespannt auf die Reaktion der jungen Frau, kann dies aber besser verbergen.

Sally dreht sich um, zu ihrem Vater, der die Zimmertür inzwischen geschlossen hat. Aus ihrer Verblüffung wird Verwirrung. Zweifelnd, fragend blickt sie Mike an. Noch wagt sie dem, was sie spürt, nicht zu trauen.

Denn sie spürt: NICHTS!

Ihr Vater lächelt sie glücklich an.

Aus Sallys Verwirrung wird Überwältigung, als ihr bewusst wird, dass sie wirklich keine elektromagnetischen Felder wahrnehmen kann! Hier, in der Nähe der Stadt, mitten in der Zivilisation! Ihr Mund öffnet sich. Doch der Gedanke, der sich seinen Weg in ihr Bewusstsein bahnt, scheint unfassbar.

Mit geöffnetem Mund beendet Sally die angefangene Körperdrehung um sich selbst und schaut sich noch einmal das Zimmer an. Im vorderen Teil, vor dem Fenster, steht Hellens Esszimmergarnitur mit dem großen Esstisch, acht Stühlen und dem leeren

Sideboard.

Erschüttert schaut sie erneut zu David und Simon, als sie beginnt zu verstehen, was hier geschehen ist – und für wen.

Da kann der Junge seine innere Anspannung nicht länger ertragen. Diese Überraschung ist gelungen! Er löst sich aus der Umarmung seines Vaters und läuft auf Sally zu: „Das haben wir für *dich* gebaut! Alle zusammen!"

Begeistert ergreift Simon ihre Hand und zieht sie zum Bett. Nach wie vor sprachlos, fassungslos, lässt Sally sich von ihm im Zimmer herum führen und alles erklären.

„Dieser Baldachin ist auch ein Faradaykäfig, weißt du. Jetzt musst du nicht mehr alleine bleiben und alle können dich besuchen kommen!"

Simon zieht Sally zum Fenster. „Und hier, das Fenster, da ist auch ein Metallgitter drin. Siehst du?"

Dann zeigt er mit der freien Hand in eine Zimmerecke, oben an die Decke, zu einer Öffnung in der Wand. „Und da kann Luft rein und raus. Aber sonst nichts!"

Schließlich deutet der Junge nach oben zur Mitte der Zimmerdecke, wo sich eine festinstallierte Lampe hinter feinem Drahtgewebe befindet. „Und die Lampe, die musst du draußen vor der Tür ein- und ausschalten. Aber dafür spürst du sie nicht, weil die Stromleitung, die ist draußen."

Simon dreht sich zu Sally um. „Und morgen helfen wir dir beim Einrichten, damit du dich hier wohl fühlst."

Er lässt ihre Hand los, bleibt vor ihr stehen und blickt sie stolz an. „Wie findest du es?"

Sally blickt Simon an, aber sie kann ihm nicht antworten. Ihre Fassungslosigkeit weicht Tränen der Ergriffenheit. Hilflos schaut sie zu ihrem Vater.

Mike kommt zu ihr und führt sie an den Tisch, während David zu seinem Sohn geht und ihm zuflüstert, dass er den anderen Bescheid sagen soll. Fröhlich läuft er aus dem Haus.

Sally und ihr Vater setzen sich nebeneinander an den Tisch. David geht ebenfalls zur Tür. Bevor er den Raum verlässt, um den beiden Gelegenheit zu geben, ihre Fassung wieder zu finden, schaut er noch einmal zu ihnen. Dankbar lächelt Mike ihm zu und legt einen Arm um seine Tochter, die weinend aus dem Fenster schaut.

Vor dem Fenster, vor dem Haus, kommt die Familie zusammen. Hellen, Thomas, Anne, Carolin, Lukas, Luisa und Theresa lassen sich fröhlich und scherzend von David und Simon erzählen, wie die Überraschung verlaufen ist.

Aus dem Fenster blickend schüttelt Sally immer wieder ungläubig den Kopf. Dann schaut sie zu ihrem glücklichen Vater und lässt sich von ihm schluchzend in die Arme schließen.

51. Der Gefährte

David sitzt mit einer Flasche Bier in der Hand auf der Eingangstreppe seines Elternhauses und beobachtet das lebendige Geschehen um ihn herum.

Auf den beiden Campingtischen vor dem Haus stehen die Reste des gemeinsamen Abendessens. Auf Klappstühlen darum herum sitzen Hellen, Doktor Schwarz, die beiden Nachbarinnen sowie der Rentner Danny und unterhalten sich angeregt.

Auf der Rasenfläche in der Nähe haben sich Anne und ihre Tochter Carolin auf einer Decke niedergelassen und spielen ausgelassen mit den beiden Enkelkindern. Daneben liegen Lukas und seine Freundin und flirten miteinander.

Vor der Garage stehen Thomas und sein Vater an der geöffneten Motorhaube von Mikes altem Pickup und diskutieren, ob es sich lohnt, ihn noch einmal richtig flott zu machen. Währenddessen lässt Luisa, die es sich seitlich auf dem Fahrersitz des Pickups bequem gemacht hat, die Beine zur geöffneten Wagentür heraus baumeln und liest in einem der von David ausgeliehenen Bücher.

Simon sitzt seinem Vater zugewandt auf der aufgebockten Triumph Bonneville und erklärt seiner neben ihm stehenden Mutter Theresa stolz, was er alles an dem Motorrad repariert hat.

Sally kommt mit einem Glas Saft in der Hand aus dem Haus zu David. Er schaut auf und sie lächelt ihn an, bevor sie sich neben ihn auf die Eingangstreppe setzt. Eine Zeitlang beobachten beide das friedvolle Miteinander.

Da blickt Sally auf. Die untergehende Sonne hat den Horizont fast erreicht.

David schaut sie von der Seite an. „Du hast mich mal gefragt, ob ich mir sicher bin, was mein Vater mit seinen letzten Worten gemeint hat. Ich würde gerne wissen, ob du weißt, was er meinte?"

Sie lächelt wieder und antwortet freundlich: „Ich bin elektrosensitiv, keine Gedankenleserin."

Etwas enttäuscht blickt er zurück zu Simon und seinem Motorrad.

Nun schaut Sally ihn von der Seite an. „Vielleicht meinte er: warum bist auch du fort gegangen. Warum hast du das getan? Mich auch zu verlassen."

Erneut wendet sich David der jungen Frau zu und sieht sie fragend an. Also ergänzt sie: „Als deine Schwester verunglückte, starb auch sein Traum, durch den Erfolg seiner Tochter einen Beweis dafür zu haben, dass er ein guter, rechtschaffener Mensch ist, dass seine Anstrengungen als Vater sich gelohnt haben. Nach Miriams Tod musste er irgendwie sein Selbstbild aufrecht erhalten. Und in seiner Hilflosigkeit stellte er eine neue Ordnung in seiner Welt her, indem er dich zum Schuldigen machte."

Aufmerksam hört David ihr zu. „Wenn er dich damals frei gesprochen hätte von jeder Schuld, hätte er sich seinen eigenen Gefühlen stellen müssen. Allen, nicht nur seiner Wut und Verzweiflung. Auch seinen Wünschen und Hoffnungen in dieser Welt. Und einer Zukunft ohne seine Tochter. Und, den Mut dazu, den hatte er nicht. Oder das Vertrauen in seinen Glauben. Er wollte in der Vergangenheit leben."

„Du glaubst an ein Jenseits?", fragt David erstaunt.

Ernsthaft antwortet Sally. „Ich glaube, dass es noch unendlich Viel gibt, das die Wissenschaft nicht erklären kann. Und ich bin mir nicht sicher, ob sie alles erklären können sollte. – Und, ich glaube daran, dass Nichts verloren geht. Auf keinen Fall gehen physikalisch wirkende Kräfte verloren! Energie verändert immer nur ihre Form. Warum also soll es kein Jenseits geben?"

Ein Lichtstrahl der untergehenden Sonne wird von Sallys Glas reflektiert.

Sie schaut auf.

Die Sonne hat den Horizont erreicht.

Sally blickt zu Simon.

Er sitzt inzwischen allein auf dem Motorrad, hat seine Hände um die Griffe des Lenkers gelegt und fährt in seiner Phantasie in eine enge Kurve auf der Landstraße durch die Berge.

Amüsiert lächelt Sally ihm zu.

Da schaut Simon auf und lächelt glücklich zurück – während seine Augen beginnen, matt blau zu leuchten.

Epilog

David hat den Platz des Fahrers mit seiner Frau getauscht und sitzt auf der Rückbank des Vans neben seiner Tochter Katharine.

Er hat seine Schilderung der Ereignisse des vergangenen Frühsommers beendet. Ruhe kehrt ein, nur die Fahrgeräusche des Autos sind noch zu hören.

David fühlt sich erleichtert. Nicht nur, weil seine Tochter nun die Veränderungen in der Familie nachvollziehen kann. Sondern auch, weil er rückblickend spürt, die richtigen Entscheidungen getroffen zu haben.

Seinen Vater hat er für immer verloren, ohne sich mit ihm versöhnt haben zu können. Doch er hat die lebendige Erinnerung an seine Schwester Miriam gewonnen. Er fühlt sich nicht mehr leer. Traurig, aber nicht mehr einsam und verlassen.

Es ist später Abend geworden. Um sich zu orientieren, sieht David hinaus in die Dunkelheit.

„Wir sind gleich da!", blickt er überrascht nach vorn zu Theresa. Dann schaut er zu seiner Tochter neben sich und lächelt sie an.

Katharine hält seinem Blick einen Moment lang stand. Dann senkt sie nachdenklich den Kopf. Sie sucht nach angemessenen Worten.

„Es tut mir sehr leid. Das mit deiner Schwester", sagt sie schließlich.

Behutsam ergreift David ihre Hand. „Danke, mein Schatz."

„Jetzt verstehe ich die Sache mit dem Baldachin

über Simons Bett. Aber, was passiert denn jetzt mit ihm?"

„Das wird die Zeit zeigen. Solange Luisa noch da ist, wird er wohl so viel Zeit wie möglich hier verbringen wollen. Und wenn sie aufs College geht, werden wir weiter sehen."

Theresa bremst den Van vorsichtig ab und fährt langsam auf das Grundstück ihrer Schwiegermutter Helen.

Noch bevor das Auto zum Stehen kommt, öffnet sich die Tür des Hauses und Simon stürmt auf die Veranda. Er springt die Treppen herunter, rennt auf seine Familie zu und ruft freudestrahlend: „Kathy! Hallo, Kathy!"

Kaum ist Katharine aus dem Van gestiegen, ist Simon schon bei ihr angekommen und umarmt sie stürmisch.

Seine Schwester erwidert erfreut die herzliche Umarmung und bemerkt überrascht: „Du bist gewachsen!"

Luisa ist ebenfalls hinaus auf die Veranda getreten. Lächelnd kommt sie auf David zu und reicht ihm zur Begrüßung die Hand.

Da wendet sich Simon seiner großen Freundin zu und stellt sie vor: „Kathy, das ist Luisa."

Und aufgeregt fährt er fort: „Gut, dass du endlich da bist. Du kannst uns helfen! Luisa, Sally und ich, wir wollen ein Start-up gründen. Wir werden vernünftige Häuser bauen. Häuser, die uns schützen können. Nächstes Jahr, wenn Luisa aufs College kommt. Wir haben gerade angefangen, es zu planen.

Und wir können deine Hilfe gut gebrauchen."

David muss ein Grinsen unterdrücken. Er hat Katharines Rede vom Vortag nicht vergessen – die Rede über ihre Kommilitonen, die sich mit dem herrschenden Raubtierkapitalismus identifizieren und in blindem Glauben an die Digitalisierung wie im Rausch und in Selbstausbeutung Start-ups gründen würden, um reich und berühmt zu werden.

„Smart Homes?", fragt Katharine ihren jüngeren Bruder skeptisch.

Hellen ist aus dem Haus auf die Veranda getreten, um David und seine Familie zu begrüßen. Theresa friert. Sie ist müde und hungrig und fordert die Umstehenden auf, ins Haus zu gehen.

„Nein", beantwortet Simon die Frage seiner Schwester ernst: „Wirklich intelligente Häuser! Häuser, in denen du alles Elektrische abschalten kannst! Und deine Ruhe hast. So richtig. Wenn du es willst – oder brauchst."